Victorian Poetics (I)

ヴィクトリア朝の詩歌 第I巻

- 忘れたくない詩人と詩群
- 女性「小《マイナー》」詩人の再評価

森松 健介 著

音羽書房鶴見書店

ヴィクトリア朝の詩歌　第Ⅰ巻

はしがき

『ヴィクトリア朝の詩歌』第I巻を世に出すに当たって、いきなり、すでに名声を得ている詩人と作品について、新たな視点を提供する大仕事を始めるよりも、注目されていない詩人や詩編、日本ではまだ眼が届いていない隠れた女性詩人をまず扱いたいと願った。

というのも、私は『十七世紀英詩の鉱脈――珠玉を発掘する』(中央大学人文研、タイトルの決定には私も大きく関わった)を出版したチームの一員だったからだ。チーム・メイトが各自、世に埋もれた名詩を見つけて、叩き台としての訳文を作り、これを研究会で練りに練るのだった。当時のロマン派学会副会長が主導し、大きな学会や研究所の長を経験した人物四人、新刊の英文学研究書の紹介が二十年ほど続く女性、医学・生理学の飜訳で有名な女性、十七世紀女性詩人に詳しい女性など、英詩と英語の解釈経験豊かな年輩の方々、その他新進気鋭の若い女性数人に助けられる有意義な研究会だった。

それではヴィクトリア朝についても珠玉を発掘して、まさしく叩き台的に、忘れられてはならないと私が考える詩人と作品をとりあげることから始めたいと思った。比較的知られていない作品が多く登場する。これまで大声で重要性を主張したのに、見向きもされなかった作品や、単行本にしたのにまったく売れなかった作家などもここには入っている(つまり、使い回しが一部分混じる章も三つある)。しかしD・G・ロセッティや、W・ハウイットの章をはじめ、大多数は純粋な書き下ろしである(アイルランドの困窮時代を代表する詩人や、貧しいハイランドの女工詩人も収録できた)。欠点が多いと思うが、叩き台としてご愛読を乞いたい。とは言え、この本を書くにあたって、私は極めて多くの詩文に接した。解読に困難を要する詩――第

Ⅰ部ハンナ・モアの「奴隷制」、第Ⅱ部M・J・ジューズベリの「私自身の心に」――も私なりに訳した。この二つは日本語に訳してあっても読みにくいだろう（読み飛ばされてもよい）。また、Ⅰ部、Ⅱ部を通じて、ある程度ヴィクトリア朝を通観できる構成にしようと努力してみた。この熱意をお認めくだされば幸せこの上ない。

森松　健介

二〇一八年七月

目次

第Ⅰ部

忘れたくない詩人と詩群

第Ⅰ部への「前書き」

全編への「はしがき」にも似たことを書いたとおり、どんな時代にも、良い作品でありながら、放置すれば忘れ去られる詩がある。個人の場合にも、「名声」というものは、いったん良いレッテルを貼られるといつまでもその人に付着したままになる。その反面、漱石の言う「偉大なる暗闇」のような人物は陰に隠されてしまう。イギリス詩についてもものを書く人間は、次第に闇に隠れそうになっている名詩にも光をあてるべきであろう。誰もが傑作と認める作品よりも、「忘れてはならない作品」を気遣う人間がいても許されるだろう。

主流としての傑作を思い浮かべると、時代の傾向に付き従うものが多いことに気づく。

ヴィクトリア朝詩のひとつの支柱は、明らかにキリスト教であった。ここでキーブル（John Keble, 1796–1866. オックスフォード・ムーヴメントの創始者）の詩論「聖なる詩歌」（'Sacred Poetry', 一八二五年の *Quarterly Review* に寄稿したもの）をひと覗きしてみよう。これは決して宗教一辺倒の過激な論考ではなく、一八世紀末にジョンソン博士が知的な信仰を詩歌より上位に置き、《神》の全能は詩の表現によって凌駕され得ないと述べたのに対する反駁文である。つまりキーブルは《聖なる詩歌》にも人間活動の全分野が入りこむ可能性を示唆する。しかし「聖なる詩歌の作者が描かねばならないのは、宗教教義そのものではなく、むしろ人間の精神とこころに宗教教義が及ぼす影響である」(Bristow '87: 29) と述べる。この寛容な詩歌観の根っこで《聖なる詩歌》の必要性を強調するわけである。

これに対して、ミル (John Stuart Mill, 1806–73) は進歩的立場から詩歌の性格づけ（「すべての詩歌は独白的性質を有する」, Bristow' 87: 37）を述べ、詩人の詩と一般人の詩的感情の差異を示し、また詩歌の多様性を語った（同 34–44）。

この「多様性」のなかには、やがて「聖なる詩歌」と正反対なものも現れてくる。最も信心深い著作家（たとえば「聖なる詩歌」を受け継ぐ執筆態度を有したカーライルやテニスン）にさえ宗教懐疑が生じ、次第にその周辺に文学の主題が集まるようになる。アン・ブロンテ、クリスティーナ・ロセッティの詩群が「聖なる詩歌」に近いものを示す同じ時期に、神不在をほのめかす詩も現れてきた。神不在もまたヴィクトリア朝詩歌の中心的な主題となった。こうして「多様性」は、ミルが示唆した以上に幅広いものとなる——あまり人に知られていない、主流的ではない（ときにはキリスト教徒の堕落を指摘する奴隷制反対の、あるいは軍国主義反対の）名詩も数多く存在する。

そしてこうした傍流的な作品こそが忘れられがちになる。だからまずこの種の作品や、「聖なる詩歌」と正反対の傾向を示したD・G・ロセッティの唯美主義にも触れつつ第Ⅰ巻を書いてみたいと思ったのである。ただし筆者森松は決してキリスト教を前面に据える詩人が嫌いなわけではなく、本書第Ⅱ部はきわめて信心深いヘイヴァガルの、臨終に当たっての賛美歌も収録している。

かつてミルトンが『アレオパジティカ』(*Areopagitica*, 1644) で述べたとおり、建築物には多彩な部品が必要である。ヴィクトリア朝詩歌の全体像を描き出すには、主流についてだけではなく、時代の文化の細部を支えていた目立たない梁や蝶番《ちょうつがい》、主流から取り残された作品にも光を当てたい。

この主旨で私は書いたつもりである。

アンナ・レティシア・バーボールド (Anna Laetitia Barbauld, 1743–1825)

アンナ・レティシア・バーボールドは、母によって教育を受けた。父は、当時の知性を代表する非国教徒の一人だったジョン・エイキン博士 (Dr John Aikin, 1747–1822) である。彼女は、のちに父の同僚となったジョーゼフ・プリーストリ (Joseph Priestley, 1733–1804) から大きな影響を受けた。プリーストリは、高度に知的な人びとが多かった非国教徒の中でも特に知的な人であった。彼はキリスト教の神秘的部分を全て否定した新しい人道主義者である。化学者として酸素を発見した大きな功績も有する（森松訳 '75 第一〇章参照）。バーボールドは生涯をつうじて、この非国教徒的な革新性を失わなかった。

詩人としてのバーボールドは、初期には子どものための作品や、夏の夕べ、秋景色を歌った詩など、感性豊かな精神を披瀝したが、次第に公共の分野に目を向けて、優れた社会批判を歌にした。本著では、第Ⅱ部の最初に掲げるアンナ・シーワードの個人的感性とは対照的な、政治のあやまちを衝《つ》く革新的作品に目を向けたい。ヴィクトリア朝の数多くの女性詩人群が取り組むことになる公共圏での諸問題を扱う詩法のさきがけとしてのバーボールドを、以下に扱う奴隷制批判の詩人たちとともに、ヴィクトリア朝詩歌に大きな影響を与えた人として冒頭に扱うわけである。

一七九五年ころに書かれた「女性の諸権利」（'The Rights of Woman'）の冒頭を、まず読んでおきたい。

そうとも、不当に扱われている女よ、立ち上がれ、お前の権利を主張せよ！
あまりに長期間、資格を奪われ、侮《あなど》られ、抑圧されてきた女よ、
おぉ、不平等な法の悪意のなかでも自ら統治すべく生まれてきた女よ、
お前の生得の領土を胸に取り戻したまえ！
神々しい武具一式——汚れを知らない、天使のような、女の純粋という
鎧兜《よろいかぶと》に身を包んで進み出て、
驕《おご》り昂ぶる男性に、彼らが誇る支配権を諦めよと命じ、
女の支配を示す黄金の王杓《おうしゃく》にキスさせせよ。

——これが、同じ女性権利の擁護者ウルストンクラフトの批判（バーボールドの書き物を、女性の庇護者ぶっているとしてからかった）への返答とは思われない激しい詩文である。しかし最後には、《自然の学園》のなかで、《自然》の優しい処世訓に導かれて、男女間の権利分割などという考えは、相互の愛のなかに消え失せるだろうと穏やかさを見せるのである。

次に見るのは、イギリスの対ナポレオン戦争への参画を非難する長詩である。十八世紀詩人に分類される

バーボールドが、十九世紀になって十年以上も経って書いた作品だ。ヴィクトリア朝にクレア、ハウスマンやハーディが反戦詩人として登場するのを促すような、本格的反戦詩である。

『一八一一年』(*Eighteen Hundred and Eleven*, 1812)

（一八一一年一二月一日までに書き終え、一二年二月発表）

作品は、対ナポレオン戦争の継続と、母国ブリテンの戦費の増大を背景に、明快な主張をもって始まる。九頁末まで訳文に脚韻を用いるのは、彼女の作風がいかに秩序正しいかを示す意図なのだが……

遠方からなおも声高に、雷鳴のように響く死のドラム、
苛立つ諸国に、戦禍の嵐を吹きつけようと、今も企む。
仮借《かしゃく》のないこの怒声に、ブリテンはなお耳を傾け、
希望と恐怖を織り交ぜて、獰猛な戦闘に国力を入れ上げ、
虚しいことだが勇ましげに、《運命》と戦っている、
沈没しそうな各々の国家を次々に支えようとしている。
《巨大権力《ナポレオン》》が、圧倒的な軍勢を用いて威圧する、
進軍しながら、《自由》の砦《とりで》の全てを制圧する。
《女神・自由》は《暴君》の支配下にひれ伏したまま、

その間、声も立てぬ国々が彼を呪い——忍従したまま。　(1-10)

——これに続けて、戦乱は《自然》を破壊することにほかならないと歌われる。

《自然》は、命ある者に、喜んで恩沢《おんたく》を与えて、優しい。
だが、半狂乱の人間が戦闘に明け暮れ、その善意は虚しい。
無益にもそよ風は、オレンジの花々に香りを与え、
甲斐《かい》もなく丘にオリーブの衣を纏わせ、平野に麦を湛え、（中略）
だが人類は《饑餓》を招き寄せ、その招きは実現する、
《饑餓》のあとには《病》と《強奪》が出現する。
行進する軍隊の足踏みが、田畑に乗り入れる、
現今は鎌ではなく、剣が、稔る小麦を穫《と》り入れる。
僅かな落ち穂を《兵士》がかすめ取るのは自明、
そうなれば無力な貧農は、退いて死ぬのが宿命。
どんな法律も彼の小屋を護らない、国家公認の暴行から、
戦争の最小の恐怖として、血みどろになった畑だから。

実際、ヨーロッパ全土が、田畑の荒廃と軍隊による食品の強奪によって、飢饉に陥った。

由緒正しくお腹《なか》に宿った、花咲く息子たちは誇りの種、
威厳ある母親はその数を数える、だが子沢山は悲哀の種、
寡婦《かふ》となった母親の手を握るべく息子は帰還しないから、
散華《さんげ》*した彼女の花々は、異国の土に散り敷いたから。
――子沢山は悲哀のもと、母は貞節の産物を誇るけれど、
お上品な美術と、優しげな慈悲が息子を飾るけれど。
結婚の申込みというオマージュを奪われて美女が嘆く、
この薔薇は、生娘のまま、いばらの上で褪せてゆく。
しばしば、どこか名も知れぬ小川、野暮ったい地名に、
箔《はく》がつくのだ――血塗られた戦闘によって一躍有名に。
幾たびも日々の頁の上で、母は柔らかな首を曲げて、
夫、兄弟、友人の運命を知ろうとする、新聞を広げて。
また延べられた地図の上で、心配げな目が捜し求める、
国境には点を打ち、鉛筆の印で海岸を囲む、
彼女の幸せを打ち砕いた地点がどこかと尋ね求める、
その地点を探し当てて、その地名を激しく憎む。

――ヨーロッパ大陸内だけではなく、ブリテン本土においてさえ、インフレ、大小の企業の倒産、失業者の

＊戦死を美化して言うまやかしの言葉。

氾濫、生産の停滞が戦禍として現れることが示唆されている。
詩はブリテン王国の（特に精神的な）没落の預言へと転じる――

ブリテンよ、お前はなお、臣下である四海のなかの
女王島として、安楽に坐しているつもりなのか？
その間、逆巻く大波が、遠方で轟音を奏でながら
お前の熟寝《うまい》を慰め、お前の岸辺にキスするだけだと思って。
危険がよそ事であるあいだ、お前の緑の芝草を
敵の軍馬が踏みにじらない限り、戦争を楽しむつもりか？
お前への阿諛者《あゆしゃ》はそう歌う――だが英国《ブリテン》よ、知るがいい、
他国と共に罪を犯したお前は、戦《いくさ》の禍《わざわい》も共にすべき事を。
その時は遠くはない、低い声の囁きと、噂される恐怖が
広がっている、そして彼ら阿諛者が恐れるものを拵《こしら》えている。
自身の衝撃に伴うように、こちらには壊滅があり、
また、あちらには口にされない恐怖による心の萎《な》えがある。
またあの悲しい死がある、それに先立つものは魂だけの
病だが、この死からは人間的愛情が血のように流れ尽くす。
根拠のないお前の富も空中で溶け去るように跡を隠す、

（以下の24行、巻末に原詩あり。）

朝の陽光に溶け去る霧のようなかたちで。
もはや、混みあう市場や、人通り多い街路で
友人と出会う人びとが急いで陽気に挨拶を交わさなくなる、
王侯のようだったお前の商人は、変わり果てた表情を
悲しげに地面に落として、災厄の日を預言する。
彼らは腕を組み、心配げな心をもって
遠い西方に黒ずんできている大嵐*を眺めている。
意気消沈して当然だ、お前のミダースの夢*は消えた。
経済活動《コマース*》の金色の潮は、お前の岸辺から引き、潮が去ってしまう。

未来には、街を放浪する人びとは沈思し、想いに捕らわれて
素晴らしい広場、静まりかえった、人の踏まない街路、
《時》に破壊され、崩れかかった装飾の塔を眼にし、
毀れた階段を足どりも危うく登り詰めて、
頂上からあたりの広々とした地平に視線を伸ばし、
散り散りになった小村の傍にロンドンの境界を辿り、
美しいテムズが、もはや艦船に埋もれることなく
葦と菅の生い茂る中をのんびり流れるのを見るだろう。

*この詩の発表後、一八一二年六月に米英戦争が勃発）。
*一攫千金の夢。フリギア王ミダースは手が触る全てを金に変えた。
*コマースという言葉はブレイク、シェリーにおいても人の敵を示す言葉だった。

少し前へ戻れば、文化に恵まれていたブリテンが、戦禍を蒙らずに本来の姿を維持できていたならば
《老いたる父親》テムズが詩人のテーマとなり（中略）
トムソンの鏡*の中に、純真な若者が
《自然》のより美しい顔を見分ける術を学び知っただろう。

＊人工的景色を映すクロード・グラスではなく、真に自然美を映すJ・トムソン的な鏡。

だが現状はこうではなく、文化を司る精霊はブリテンを見棄てて去るだろう——

《精霊》は今やこの恵まれていた岸辺（わが国）を見棄てる、
そして気紛れにも、これまで愛した国を嫌悪する。
帝国は倒れて灰燼《かいじん》に帰し、次には学と芸術が衰退し、
荒れ果てた国土は、疲弊《ひへい》して、専制者に支配される。
《自然》さえ変化する。《精霊》の養育と笑顔なしには
オフルは金をもたらさず、ナイルは潤沢を産みはしない。

——オフルは金の産出地で、ソロモン王に財をもたらした。またナイルは、当時ブリテンの植民地のような役割であった。こうしてバーボールドは、利益のための計算高い戦争に徹底して反対したのだった。また、ブリテン島では《文化》と呼ばれる精神内容も変質することが予言される——

かつてはアイオロスの貝殻*の優しい吐息に合わせて
澄みきった流れのような音色を奏でていたブリテン島の詩神は
心ならずも、粗野な調べに屈服してしまい、
自分の、様変わりした声を己の歌声とは信じがたくなるだろう。

そしてロンドンに呼びかけて、ロンドンでは夏にアイスが食べられるほど栄えるとしても

しかし、お前ロンドンの中心に蛆虫《うじむし》*がいるから、
最も美しい花々がたくさん咲いても、お前の栄光は消え失せるのだ、
諸技巧、軍備、財貨が、花のもたらす果実を腐らせてしまう、
経済活動は。美と同じで、二度目の春を知らない、
犯罪がお前の街路をのし歩こう。

戦争に加担した国の運命はかくのごとし、というわけである。

＊アイオロスの竪琴はイギリス・ロマン派詩人が愛した。

＊破滅をもたらす元凶。

ハンナ・モア　(Hannah More, 1745–1833)

モアは十八世紀後半にロンドンで栄えた《青鞜会《せいとうかい》=Blue Stocking Circle》の優れたメンバーである。《青鞜会》は男女同数のメンバーからできていて、高踏《こうとう》的な会話を楽しむ社交会であった。個々人の信条、すなわち宗教や政治などの話題を避けて、純粋に知的な分野について話したのである。こんにち、「学才をひけらかす女」の意味で用いられるblue stockingとは異なる雰囲気の会であった。彼女はこの会で、ジョンソン博士やサミュエル・リチャードソンと知り合い、知的刺激を受けて貧民救済のための小冊子をいくつも書いた。

辞書はモアを「宗教作家」としていることがあるが、次の詩を読めば狭い宗教ドグマではなく広い人類愛の詩人だと感じられよう。

「奴隷制：一つの詩」('Slavery: A Poem', 1788)

まず巻頭題辞（エピグラフ）として十八世紀改革的詩人トムソンの詩の一部を掲げる——

おぉ、大いなる設計よ！*
汝ら慈悲の息子よ！　おぉ、汝らの業《わざ》を成し遂げよ。
《圧政》の手から鋼《はがね》の指揮棒*をもぎ取ってくれ、
残忍な者どもに、奴らが人に与える苦痛を感じさせよ。
——ジェイムズ・トムソン『自由』より。

ここからがモアの詩である——

おぉ《自由》*よ、もし《天》が慈悲深くも、
全ての上に輝くはずの貴女《自由》*の灯り、光輝ある知の太陽を
世に在れと産み出し給うたのなら、なぜ貴女の光は地上に
部分的な昼間*しか分かち与えないのか？
人の心からは、事物全てを貫く貴女の光に逆らって
貴女に抵抗する動機《いわれ》が流れ出すはずがない*のだから、

*予定された良き世界を実現する神の業。

*権力の象徴。王笏を暗に示唆するか？

*暴政、迫害、好戦の反対概念でもある。

*《自由》はもちろん女神とされる。

*先進国だけが個人的にも《自由》を享受し、アフリカは闇のまま。

*出版当時難解とされたが、自由を求めるのは人の本性であり、必然であるとの考えが示されている部分。

また、繊細霊妙《せんさいれいみょう》な貴女の光線を阻害する障碍《しょうがい》が
《自然》の手に導かれて人の心から湧き出るはずもなく、
《運動の法則》が貴女の行動経路をせき立てるはずもなく、*
磁気の強烈な反撥《はんぱつ》作用が貴女の力をはね返す訳もないから、
それに、――人の心には凹面体《おうめんたい》なんかあるわけがないのであるから、
なぜ貴女の温和な光線は地上の一部だけを照らすのか？
この寒い北国【英国】が貴女の輝く光に浴しているのに
いったいなぜ残忍な暗闇が南の半分を覆っているのか？
美しい《自由》よ、貴女の出生時に命令でも受けたのか、
地上全てを照らしてはならぬぞという命令でも？
英国《ブリテン》が貴女の翳《かげ》りのない明るい光にぬくぬくとする間《かん》に
なぜ悲しみのアフリカは完全な闇夜に浸されているのか？
　節度ある自由の女神よ、私は貴女のみを信頼する、
抑制された笑顔、慎み深い態度に身を包んだ貴女のみを。
あの、群衆という姿の、放埒《ほうらつ》な怪物は信頼しないのだ、*
この怪物の恐ろしげな怒号はあまりに大きく轟くので
《平和》の耳を聾《ろう》するだけだ。これは過激な党派の常套手段、
無思慮な扇動《せんどう》と狂おしい無政府状態から生まれたもの。

＊ここからの三行、当時の最新の自然科学のイメージ。

＊一七八八年は既にフランス革命の黎明。以下の叙述も、モアが一五年先の革命の帰趨を予見していたかのようであり、彼女を保守派として非難できないだろう。

その強情な言いぐさは、《理性》の手綱をはねのけるので、
どんな力も制御できず、どんな方策も抑制できない。
その魔法がかった叫びは、逆上した大衆を惹き寄せる、
「秩序を侮《あなど》れ、法律を凌辱《りょうじょく》せよ」とのその叫びは、
「謹厳なる《権威》と《政権》を踏みにじれ」とのその叫びは、
長い年月の建造物を、一時間で揺さぶり倒せとの叫びは。
その声は引きつり、吐息は毒に満ち、
慈悲を唱えながら、他方で人びとに死を分配する——
叫びの一吹きは全て破滅の源《もと》。どちらの手からも矢を、
赤い大火災の矢を、全土の上に投げて驚愕させる。
《平和》を、とわめき散らしつつ騒音で大気を劈《つんざ》き、
一部分を改革するために全体を破壊し尽くす。
　おお哀切なサザン*よ、貴方《あなた》の情熱的な悲劇の言葉は
何度も私の無気力な詩神を目覚ましながら無益に終わった。
だが今、私の詩神は同じテーマに心惹かれてしまったので
輝かしい貴方の作品と競うことを熱望している、
彼女《私の詩神》の力弱き努力は、その愚かな願望を裏切るかもしれぬ、
彼女は貴方の感情を共有するが、詩的霊感は共にはできぬ。

＊アフラ・ベーンの『オルーノコ』(1688) を基に奴隷の苦況を悲劇 (1695–96) に書いた劇作家（More 自注）。

【一般に】歌の不思議な力――読者の心を暖める歌いぶりは
作者と同じ霊感を読者にも分かち与えるかに思われるもの、
心を燃えたたせる作者の活力に触れるだけで
作者と読者を融合させる炎は私たち共通の財産と思いがち、
読んで得る歓びを自分の才能だと取り違え、誤解して
読みながら魅惑され、私たちも書けるかのように思うのだ。
　優しいサザンよ、貴方の力は私のものではないけれど
神聖な案内人・美しい《真理》が私の歌に霊感を与える！
詩の分野では技巧《アート》が最大に豪華な花を織り上げても無駄、
《真理》がそんなきらびやかな作り事を蔑《さげす》むからだ。
なぜなら私の詩句は絵空事の苦悩を垂れ流しはせず、
現実の苦悶《くもん》と実体のある悲哀を流出させるからだ。
一人二人の悲しみが私の心を感動させるのではない、
なぜなら何百人がオルーノコの感じたことを悩むからだ。
一個の不法に心を燃やすのではなく、アフリカの海岸から
強奪拉致《ごうだつらち》された、数え切れない人びとの不幸を嘆くのだ。
　漆黒の肌をした民族の、生得の色を貶《おとし》めたがる考え方、
そんな偏狭《へんきょう》で《反自由》な考え方よ、失せよ！

彼らから、対等の思考力を奪い去ろうとした高慢な心、
驕れる思想体系《フィロソフィイ》よ、消え失せよ！
人間内部に存在する不滅の精神《プリンシプル》が、
偶発的な皮膚の色によって変わるとでもいうのか？
物質性が精神《スピリット》を支配するのか、あるいは精神《マインド》が
結びつけられた形状によって劣化するとでもいうのか？

　そんなことはない。彼らには考える頭、感じとる心、
試行錯誤《しこうさくご》ながら確かな熱意で行動する魂が存在する、
なぜなら彼らには強烈な愛情、優しい願望、
死ほどに強い恋と愛、行動を伴う愛国の炎があるからだ。
自然のままの活力があり、高貴な魂による情熱と
天真爛漫《らんまん》な羞恥心の、白熱する炎も彼らのもの――
野生の根が吸い上げる奔放な活力から、大胆に放たれる、
強固だが豊かな、美質の数々も彼らのものだからだ。

　また彼らの自尊心の強い、名誉を尊ぶ気持も弱くない、
自尊心《プライド》*は異教徒の考えでは美徳なのだから。
価値観を有し、信賞必罰を旨とする良心を抱き、
高貴な、打ち破りがたい傲慢にも似た高潔さを心に持つ。

*西欧神学ではPrideは七大罪の筆頭。

彼らは大昔、誇り高い諸帝国を支配したのと同じ素材、
世界の征服者を拵えていたのと同じ素材でできているのだ、
人類の気まぐれな運命よ！　この同じ誇り高さが
アフリカでは鞭打たれ、ローマでは神格化されたとは。
　どんな詩神も、おおクワシ*よ、貴方《あなた》を歌わないだろう、
どんな彫刻も、忘却という運命から貴方を引き離すまい！
なぜなら貴方は、優しい詩神が《剛勇》の墓の上に
才を讃える花々を撒く国には決して生まれなかったからだ、
貴方の生まれた国では、記録を残す頁が、麗しい行為を
滅却し食いつぶす《時》の荒廃から護らないからだ。
もし幸運が、貴方をどこかより良い国土に置いていたなら、
洗練された魂が英雄的美徳を賛美する所に貴方がいたなら、
自らの刃《やいば》で自発的墓所を求めた貴方に、
寛大なる腕が、野蛮な主人を刺し殺さなかった貴方に、
貴方の名声の汚れ無き名誉を救うために
祭壇から薫香がけぶり、聖堂が建設されていただろうに。
　アフリカの岸辺に、私が眼を向けるたびごとに
この上なく忌まわしい、恐ろしい罪悪が見えてくる。

＊白人との喧嘩の末、組み伏せた白人の腹上で自刃した黒人（More自注）。

空想の鏡が映し出す悲惨を大きく凌《しの》いで、
焼き滅ぼされる村、炎に包まれる町が眼に触れる。
悲惨な犠牲者が、社会生活から引き裂かれる姿や
悲鳴あげる赤子、苦悶する人妻の姿が眼に跳び込む！
寄辺《よるべ》のない哀れな姿の彼女は敵意ある手に引きたてられ、
遠い国々の、縁もゆかりもない暴君へと送られる！
彼女の子どもは、母から譲り渡される惨めさと鎖の拘束、
これらを、ただ一つの遺産として受け継ぐのみ！
母と子で共に泣くこと、あるいは共に死ぬこと、
この最後の惨めな幸せをさえ、敵たちは拒むことがある。
凶悪な手で、情け容赦のない一撃で、見るがいい、
物を感じる人の本性、愛情深い絆が断ち切られる様を！
親の心のまわりに巻きついていた繊維【幼児の心と両手】が
握りしめをふりほどかれ、別れ際に血を流す様を！
　控えよ、殺人者よ、慎め！　苦悩を募らせるのを止めよ、
君たち自身が持っている強い感情に敬意を払え！
悪漢の心と無慈悲な手を持った君たちでさえ、
自分自身の子どもを愛し、故国を愛しているではないか。

あぁ、彼らの顔にも神聖な《自由》の元気づけの笑みを留めよ、
《天》が教える、郷土への愛を留めよ、
全ての本性、全ての国土において不変である愛情、
私たちの身と共通し合っている愛情を尊《たっと》びたまえ、
全ての人のなかに、この感情に平等の支配を維持させよ、
全ての人のなかに、故郷と《自由》への愛を支配させよ——
テンペの谷*にも、陽に焼かれたアンゴラの砂にも、同等に
その地に生まれた人びとの愛着を抱かせよ。野生の人は、
征服されないでいれば、苦痛や労働を笑い飛ばすのだ、
自国の土地を輝かせる《自由》の光を浴びてさえいれば。
　帝国領土への渇望、名声を得る欲望、これらが*
（こんなのは*見てくれだけの犯罪）我々の激怒に火をつけるのか？
いや違う。激怒を呼ぶのは金《ゴールド》への下劣な欲、彼ら《アフリカ人》の運命を支配する白人の欲、
最も低俗な心が示す最低俗な情欲なのだ。
金《ゴールド》は、より良い形で、彼ら《アフリカ人》の上に広がる、実を円熟させる太陽と
彼ら《アフリカ人》の豊沃《ほうよく》な野と、彼らの*技芸や鉱山によって得られるのだ。
《圧政》は、この《自然》に反した行為を言い逃れるために
何という悪行を、何という危害を、正当化しているのであるか？

＊黒人の愛する砂漠とは対照的に美しいと白人が決めている自然風景。

＊これらだけが、の意であろう。

＊以下に示す金銭欲に較べて、の意か？

＊ギニアは農作物のほか、優れた衣料とカーペットをもたらす（More 自注）。

何という奇怪《きっかい》な、何という悪辣《あくらつ》の極みの罪科を？
彼ら《アフリカ人》は、我々より濃い肌色をしていることを犯罪扱いされる状況にいる！
野蛮人ども*よ、止めよ！　恥ずべき《財欲《コマース**》》を慎め、
彼ら《アフリカ人》が身に帯びている、《神》による聖なる姿かたちを敬え。
肌色濃く、野生のままだが、知に恵まれず眼も開かれていないが、
彼ら《アフリカ人》は人類《カインド*》共通の人権《プリヴィリッジ》を要求して当然。
《悪意》には次々と寄せられる心からの願いを彼らから剥ぎ取らせるがよい、
だがそれでもなお、彼らは人間、そして人間は自由であるべきだ、
侮辱された《理性》は、商道徳倒錯《とうさく》の《交易《トレード*》》を嫌悪する——
　品質極悪な交易！　【奴隷】周旋業者は《不正取得《パーチェス》》に早変わり！
《詩神》は悩んだ末、この【奴隷の】物語に係わることになる。
《自然》が困惑して、言葉も見つけられないのも当然！
【婦女】暴行されたも同然の《自然女神》は、嫌悪に満ちた眼で
人間を《密売買《トラフィック》》と同一、人の魂を《商品》と同一だと見てしまう！
　誰もが感知できる《理性》の悪用*によって、彼ら《アフリカ人》の感情・感覚を
鈍感だとか、鈍いのだとか言い抜ける*なかれ。
頭から心の先まで、人には《自然》の明白な訴えが宿っている——
理屈を並べる人は少なくても全て人はものを感じることができるという訴えだ。

*もちろん白人を指す。

**ブレイク、シェリーが痛罵した《経済優先《トレード》》や《商活動《コマース》》と同一。

*カインドには種族の意も滲む。

*《財欲《コマース》》や《商活動《コマース》》と同義だが、《経済優先《トレード》》による奴隷貿易を指す。交易の原語 change = exchange と解した。

*彼ら《アフリカ人》は平気だという暴論。

*生きる術《すべ》がないよりまし、として一七八八年に奴隷輸入数制限法。

《才知》は、彼ら《アフリカ人》より恥辱を怖れる鋭い誇りを有するとしても、
不当な待遇へのより尊大な感受性と繊細な屈辱感を主張するとしても、
また、《洗練された作法》は、待遇への新たな要望を考え出すだろうが、
微妙な差別は、微妙を解する精神を苛《さいな》むだろうが——
こうしたことは、より「上品な」精神たちにはより重くのしかかるだろうが、
しかし人の《自然》に反する邪悪は、どんな人間にも同じく受け取られるのだ。
理性の力が治癒してくれる心の傷はあれこれあるだろうが、
私たちに確実に、悪行を感じさせるには、何の論理も不要なのだ。
人の神経は、どんなに教育が乏しいとしても、苦痛を感じるための
鋭い、言葉にはできない感覚を持ち続けることができるのであり、
この感覚は、不平等な運命が人に王笏《おうしゃく》を与える場においても
奴隷における場合でも、見事に形づくられるのだ。
人の感覚は、誇り高いテヴェレ河が古典古代の波をうねらせている場所でも*
コンゴの人びとが統治する土地においても、同じように鮮烈なのだ。
雄弁術だの詩歌だのは、感情の描線を引き立てるかもしれない——
だがそれらは感覚を研ぎすませはせず、定義を行うだけ。
ゼノン*が苦痛のなかには害は無しと証明したからといって
奴隷がそれだけ鎖の苦しみを減らすことができようか？

*古代ローマとその王族を示唆。

*キプロスのゼノン（前335–263）はストア主義の哲学者。禁欲を重んじた。

奴隷たち*の痛みを、哲学者の詭弁《きべん》は一笑に付するが、
彼らは、ストア主義の傲慢《ごうまん》が存在を否定した激痛に呻いている。
　獰猛《どうもう》な太陽の、真上からの光線の矢が突き当たるとき、
喉の渇《かわ》きとひもじさが交わって激しくも極端に至るとき、
刃《やいば》鋭い鋼鉄の責め道具*が奴隷の心の奥底まで傷つけるとき、
奴隷の緊迫した両眼が、燃える苦痛で睨《ね》めつけるとき――
干上がった黒人《ニグロ》は、息を引き取る前に感じないのか、空腹の苦しみを、
火のような灼熱にさらされた我が身の悲しみを？
　運命が彼の苦しめ抜かれた体躯《からだ》を滅ぼすとき、彼にとっては
現世での名誉や、来世での歓びなんか、何の意味があろうか？
この名誉のために、英雄たちは自然的生涯を縮小した、
あの歓びのために、殉教者は従容《しょうよう》として死を一笑した。
だが一人孤立した奴隷を、どんな英雄の誇りが支えるものか、
どんな殉教者の天国への夢想が彼の苦痛を慰めるものか。
陰鬱なまま、彼は同類の死骸のなかにまみれる、
なぜなら彼はキリスト教徒の委託統治を恐れるのを覚えたからだ。
彼に対して、どんな《慈愛《マーシー》》がその力を発揮できるものか、
キリスト教徒の僕《しもべ》が殺戮を行い、その教徒の落とし子が裏切るのだから。

＊傍点部、原文は斜体。
＊比喩ではなく、実際に恐るべき拷問道具。

野生の人よ、あなたの、許せる過誤《かご》*を私は嘆くしかない――
あなたの国土に寄生した奴らは、キリスト教徒ではないのだ！*
　おゝあなた、悲しみの霊よ、不合理極まりない軛《くびき》を
偉大なる解放者《死》によって遂《つい》にようやく打ち破られた霊よ！
苦役から解き放たれ、心痛から逃れたあなた、
人間がこの世では与えなかったあの《慈愛《マーシー》》に出遭いたまえ。
圧政を受けた人びとの確実な隠れ家、あなたの暗闇の家*のなかでは
悪辣《あくらつ》な奴らに悩まされることはない、疲れる仕事も永眠している。
そしてもし、ぼんやりと曖昧な、未来の世での恐ろしさについての
何らかの考えがあなたの心を悩ませたことがあったのなら、
もし、あなたの雇い主が生意気にもそんな考えを教え込んでいるのなら
あの世での恐ろしさだけしか雇い主は説教しないことが多いのだから、
なぜなら、もし、雇い主が永遠の《慈愛《マーシー》》の支配を説いたなら、
圧政の道具である鞭だの、虜囚《りょしゅう》を縛る鎖は何の役にたつ？
だからもし、あなたの悩み多い霊が、震える足で踏みつけてゆく
暗黒の未知の世界を恐れるように教え込まれているのなら――
今あるあなたを創り出した《あの方》*を頼りにしてください。
途中のやり方はお隠しになっているが、最後の目的は達してくださいます。

＊偽《にせ》キリスト教徒を信頼した過ち。
＊傍点部、原文は斜体。
＊もちろん墓所を指す。
＊もちろん神を指す。

あなたには神の光《ライト》による恐ろしい応報*が誤用されはしない、
懺悔して世間に顔向けできなくなることも、特権《神のリバティ》が乱用されることもない、*
あなたには、激怒《インセンスト》した恐ろしい裁判官が座して、
正道を外れた役割や、名誉を汚す才知を調べ上げはしない。
《無知》が最も確実な抗弁であるそのような場では
どんなに多くの学ある者や智恵ある者があなたを羨む*ことか!

そして貴様、肌白き野蛮人よ、黄金への貪欲、あるいは
征服への貪欲のどちらが貴様の心を抑制なく支配したにしても――
《英雄》であれ、盗人《ぬすっと》であれ――どちらの、またいかなる者の名にかけて
貴様らが《財宝《ウエルス》》または《名声》への不敬《インピアス》*な権利を唱えるにしても、
また、ガンビアの西海岸を探して財宝を得る、けちくさい暴君として
数々の劣等な悪行を行うのが貴様の誇りであるにせよ、
あるいはアフリカの王たちを退位させ多くの地方を餌食にし、
広大な地球の最遠方の土地、コルテス*が殺戮した全て、そして
コロンブスが見いだした全てをも食い物にしようとし、
掠奪した多くの地域を、憎悪される君主として統治し、
何百何千万人を悲惨へと陥れ、貴様自身を嫌われ者にし、こうして
より大胆な大虐殺が、貴様の進路の筋道を示すのであれ、

*前世の悪行に対する神智の報い。
*現世の宗教や権力の悪弊の正反対。
*この行でも薫香《インセンスト》のなかでの裁判じみた牧師の説教も連想される。
*以下の行、傍点部は原文斜体。
*邪悪な、意味と重なる。
*メキシコの先住民アステカ族を征服したスペイン人(1485–1547)。

《理性》の眼で見れば、《叡智《えいち》》の公平な評価からすれば
貴様が手にした栄光の総額は、それと同額*を誇るに過ぎない。
手段は異なるかもしれぬ、だが結末は同じなのだ。
《征服》は高尚な名前だけを付けた強奪である。
人間の幸福の総計をより少なくする輩《やから》、あるいは
全人類の幸せの蓄《たくわ》えを減少させる輩は
いかなるものであれ根拠のある名声や真の名誉が優美を添えはせず、
また、その輩の生涯を飾りはせず、輩の記憶に栄誉を与えもしない。
大海原の道もない荒野を通って、遥か彼方の大陸を目指した精神たち、
もしも、これらの冒険心に満ちた精神たちが——
飽くことを知らない財欲の持主、あるいは権力欲をたぎらせる輩だろうと、
また荒廃をもたらす征服者、またあたりを食い尽くす悪漢だろうと——
もしこの彼らが、おおクック*よ、あなたのような優しい心と
美術工芸への愛、人類への愛を持っていたなら、そして
彼らがあなたのような、穏やかで偏見のない方式を採っていたなら
大航海者たち《ヂスカヴァラーズ》が人類の呪いとなることはなかったろうに！
そうだったなら、喜ばしい博愛主義、他者との友愛《ソウシャル》を尊ぶあなたの手が
分かたれていた諸世界を、肌の色、住む土地の風土の異なりなんかを

＊大虐殺への評価、つまり大きな非難。

＊キャプテン・クック（1728–79）。

眼にもくれずに、兄弟の絆で結びつけていただろうに、
そうだったなら、愛され愛して、人は生き、生涯を全うしたろうに。
　入植領地《エンパイアズ》創設の功を讃える、栄光の神殿を飾るための
純潔な花冠は、平和を愛したペン氏＊よ、貴殿《あなた》のものだ。
貴殿の有徳の労苦に、血で汚された月桂冠が与えられたことがない。
貴殿が公明正大に得た土地に、虐殺された原住民の血が染みはしなかった。
今なお貴殿の優しい精神は、貴殿の追随者＊のなかに生きている。
今なお一貫して、原住民の信条が原住民の生活を支配している。
貴殿に倣った人びとだけが、奴隷制度によってキリスト教徒の名に
刻みこまれた恥ずべき世評を消してきたのだ。
　《自由》《フリードム》の魂が統治しているこのイギリスが
自分が見下している他の諸国のために鎖を鋳造《ちゅうぞう》することがあろうか？
《天》よ、これを禁じたまえ！　おお諸国には、イギリスが
自分の愛する自由《リバティ》をこそ贈り届けるだろうと知らしめてください、
この栄光ある贈物《ギフト》を自国だけに留めおきはせず、イギリスは
この《天》からの贈物を全人類というべき広範囲に広げるだろうと、
時や場所について狭隘《きょうあい》な考えを持つのを潔《いさぎよ》しとせず、
全地球の広範な地域で、全ての人が自由であれと努力するだろうと。

＊ペンシルヴァニア州の創設者ウィリアム・ペン（1644–1718）は絶対平和主義者。そこは既に入植されていたが、ペンは自己の理念を実行し、原住民と融和した。

＊クエーカー教徒たちは全米の奴隷を解放した（More原注）。ペン自身がキリスト教の一宗派・クエーカー教徒。

人間の諸権利が回復されるというほどに輝かしい功績《ディード》を
人類史のどのページが記録することができるのだろうか？
おおその神の業に似た偉業《ディード》と、それを記録した輝くページが
私たち[1]の評判を汚名から救い、私たち[2]の時代を清らなものとしてくれ！
　そして見よ、智天使《ケルビム》*の《慈愛》が天上から降臨する姿を、
《愛の天球層》*を後にして、静かに舞い降りる姿を！
思いやり深い人びとの心に智天使は天上界の甘露を注ぐ、
そして智天使の霊力を、啓蒙された少数者に吹きかける。
人の魂から魂へと、忍び込むようにその影響は及んでいき、
全ての人の胸が、この優しい感染力を感じるに至る。*
智天使は喜悦に満ちて、あの灼熱の岸辺へ
天使がかつてもたらし得た最美最善の助力をもたらすのだ――すなわち
天界において崇《あが》められている《力》の正しさを証明し、
鎖の鳴らす拘束の音を鎮め、刀剣《とうけん》を鞘に収めさせ、
嘆きの人*を元気づけ、慰めに満ちた手で
怒りに膨らんだ心から圧制者の手枷《かせ》・足枷を解き放ち、
キリスト教徒の名の光沢をいや増し、
キリスト教徒の名を貶《おとし》めていた最悪の汚点を拭い去る助力を。

1は「我が国」、2は「一八世紀末」を指す。

*天軍九隊第二位の天使。知を司る。

*九つの天球層のうちで神の居ます至高天に二番目に近い。各天球層に位階に従って天軍九隊とされる天使が配される。

*その後の二世紀でこの預言は多少実現。

*近親者の苦役での死を悼む人。

この優しい天の使いがアフリカの岸辺に舞うとき、
萎《しお》れ果てていた風景たちが、新鮮な色を誇るに至る。
治癒力ある彼女*の笑みは、破滅に瀕した情景を修復し、
荒涼と化していた《自然》は歓びの雰囲気を帯びる。
彼女は天界から任命された神聖《ブレスト》な任務を広域にわたって果たす、
その任命状には、神の手《セイクリッド》による《愛》の霊印が押捺《おうなつ》されているのだ。
智天使は血と涙で汚されていた横断幕を引き裂いてしまい、
《自由《リバティ》》は、貴女の輝く御旗《みはた》を高々と掲げる！
《自由》がその光に満ちた軍旗を誇示している間、
見よ、青ざめた《圧政》は、その光輝の下で悶絶しているではないか！
巨大な怪物は息絶える、彼の睨みつけは、もはや恐れを呼ばない、
鎖に触れる敵さえ無く、鎖は地に墜ち、枷も地に横たわる。
《谺《こだま》》は驚愕して、声を発してやまない岸辺に向かってこう告げる——
「《圧政》は斃《たお》れたり、《奴隷制度》は、もはや世に無し！」と。
蒸し暑い平原に、肌の黒い何百万が群れ成して集《つど》い、
長いあいだ、助力を求めて虚しかった《慈愛》*を、今は歓呼して迎える。
勝利を呼び込む《力》よ！　彼女*は何百万人の手と足の二重の枷を劈《つんざ》き、
《慈愛》の両手から、《信念《フェイス》》と《自由《フリードム》》とが、飛び出してくる。

＊智天使はこの詩では女性扱い。

＊キリスト教信仰の意と重なる。

＊ここでは《慈愛》を指す。

以上は堂々とした論説風の詩だが、これとは別に、具体的な物語としての奴隷制反対の詩もハンナ・モアは書いている。『ヤムバの悲しみ、あるいは黒人女性の嘆き』(*The Sorrows of Yamba, or the Neguro Woman's Lamentation*, c. 1795)では、拉致されるヤムバとその子どもへの虐待が活写される。部分訳を示そう。第一連では、幸せだったころのヤムバが描かれている――

アフリカの黄金海岸に生まれたわたし、
かつては皆様と同じほど、恵まれた生き方をしていました。
優しい両親をわたしは誇っていたのです、
愛する夫、子たちもまたわたしの誇りでした。

しかし第七連では悲劇の発端が示される――

ある夕方、未開墾地のほうから
獰猛な人さらいの一群が突進してきたのです。
わたしのそばにいた子どもたちを捕《つか》まえ、
このみじめなヤムバもまた捕えました。

第十一連では、拉致されてゆく船のなかが描かれる。

わたしは呻きながらその夜を過ごした。
痛む頭は、確かに船底を転がった。
朝の光が明け初めるころ
可哀想なわたしの赤子は冷たくなって死んだ。

第十三連ではすべてはカネのためだということが強調される。

家畜のように競り市へと追い立てられたわたしたちを
　彼らが、老若の区別さえしないで売りまくるのを見よ。
彼らはまた、子どもを母親から引き裂いてゆく。
　これは皆、穢らしい金《きん》を愛するがため。

監督官に暴力を受け続けた彼女は、第十八連で、波間での死を覚悟して海辺へ逃げ出す。だがそこでキリスト教の使節に出遭う。第二十、二十一連では

彼はそのあと自分の小屋へわたしを連れ行き、（中略）
《神》の御子キリストについて話してくれた。
（物語は不思議な、素晴らしいものだった）

これによってヤムバは信仰深い女となり、第三十連では洗礼を受ける。第三十四連では

止めよ、あなたがたイギリスの殺人者たちよ、
　止めよ、アフリカ人を縛る鎖を作るのを。
これ以上《御救い主》を嘲るのを止めよ、
　利得への野蛮な欲望を断ち切れ。

三十七連ではヤムバ自身が伝道師になったかのような言葉を発する。

あなたがたがこれまで殺戮と
　悪徳と、奴隷制、罪悪を運び入れ、
夫、妻、娘に飛びついて捕まえたところへ
　《福音》を入りこませよ。

——このようにして、ハンナ・モアのこの詩はキリスト教的な祈りで終わっている。

アン・イヤースリー　(Ann Yearsley, 1756–1806)

「奴隷貿易の非人間性」(A Poem on the Inhumanity of the Slave Trade, 1788)

アン・イヤースリーは下層階級の出身で、同じく奴隷制批判の詩を書いたハンナ・モアに見いだされて世に知られるに至った異色の女性詩人である。彼女はミルク売りの少女として世に知られていたが、母が書物を借りてきてくれ、それによって文学に目覚めた。

貧しい小農場主イヤースリーと結婚したのち、六人の子の母として、また農婦として忙しく過ごした。

前掲のモアの思索詩とイヤースリーのこの詩は、同じ一七八八年に公表された。以下はイヤースリー詩の部分訳にすぎないが、モアの詩と合わせてお読みいただければ幸いである。なおブリストルは海外から、捉えられた奴隷が到着する貿易港湾都市だった。第一行の「心《ハート》」で、市の中心部《ハート》の栄えを示す。

ブリストルよ、君の心《ハート》は脈打ち、栄光に至った――《奴隷たち》、すなわち
キリスト教奴隷*とさえ呼べる奴隷たちが、拘束鎖《チェーン》を震わせ、

＊到着以前にキリスト教に改宗させられた。

君《ブリストル》を不安《ワンダー》と驚きの目で凝視しつつ着岸した。
私の用いた耶蘇《キリスト》教奴隷という言葉をそれ故に
矛盾だ！　と詰《なじ》る卑屈な心よ、お前らに私は
呼びかけないぞ、お前らを狭隘《きょうあい》な考え方に
委《ゆだ》ねるだけ。その考えで満足してあれ、また
束縛された心で《自由》の道を遮《さえぎ》るなかれ。

だがブリストルよ聞け！　女奴隷ラクチラの魂を
距離《アフリカ》の遠さで矮小化するな。その素朴な思い、
彼女《ラクチラ》の未熟な思いを、彼女の喘《あえ》ぎのなかから汲み取れ、
その思いを広い世界に飛翔させよ。百万人の
粗野な大衆が分かっていない君の活力を用いよ、
そうすれば私は天界産の自由の重みに耐えて
自然を自由の声に服させる。あぁ私の味方よ、
情熱的自由思想は魂内部で消散し、一方、権力は
血を流す犠牲者を引きずってくる。人類の
幸せであり呪いでもある君たち慣習*よ、法よ、
君たちはどんな悪を産み出すのか？　我々は

＊奴隷制が慣習化してしまうと悪とは感じられなくなる。

君らの虜《とりこ》になって引き寄せられる。《慣習》よ、
君は親への孝心を説く。君に従う息子たちは
呻き、まるで誓って奴隷制を破棄するように
軽率にも天を眺めるが、奴隷制では《罪》が
《非人道》にあぐらをかく。彼らは教会を
偽善の言葉、幻《まぼろし》と消える溜め息と涙で満たし、
その涙は、陰険な鰐《わに》の涙*のように頻繁に流れ、
だが人間の幸福を犠牲にして落ちてくるだけ。
《慣習》よ、お前は我々を破滅させ、神聖な
誠実から遠ざけ、真実と天国から遠ざけた。

(1–28)

＊偽善的なそら涙を指す。

――つまり、ブリストル市民は、慣れっこになって、奴隷制が非人道的だとは思わなくなっている。この現状を打破するには、実際に奴隷となってやってきた異国の人びとの姿を見るしかない。途中から詩に新たに登場するルーコ（彼は中南米の砂糖黍農場で働かされ、ブリストルへはやってこない）が拉致された時、彼の小さな弟たちは泣いた、母は海に突き出た断崖の先まで登りつめて、息子の姿を見ようとした。また「素朴な娘」インチランダと、歌い手の《私・イヤースリー》は心を一つにしたい、と歌われたあと――

奴隷ルーコは、母国近隣の島々を連れ回され

自分の郷里がどのあたりなのか、見当がつかなくなった。
あたりは道もない海の水。彼はその先、鬱蒼《うっそう》と茂る
甘い砂糖黍《きび》を植えて育てる宿命。彼は気に入られようと努め、
一度も不平を漏らさず、頑張って悲しみを押さえ込んだ。
両手は水ぶくれとなり、両足は疲れ果てた。
やがて彼のマタック*のひと掘りは
彼の命に激しい苦痛を与えるようになった。そんな時、胸からは
ため息が立ち上り、そのため息には、まるで重荷のように
インチランダ*の名前が吊り下がっていた。

（213–22）

*硬い地表を掘り起こすつるはし。

*引き裂かれて別れた恋人の名前。

祖国にいられなくなった犯罪者が、ルーコの労働現場にやってきて、親方の機嫌をとってルーコの監視役となった。この《無慈悲なキリスト教徒》であるゴーゴンが

物思いに耽るルーコを見て、そっと後ろから
忍び寄って、勤勉なこの奴隷の頬を
重い瘤《こぶ》だらけの鞭《むち》でひっぱたいたが、目にも当たってしまい、
その目を永久に見えなくした。ルーコは振り向いて
この上なく苦しみながら、手に持ったマタック鍬で

この無礼なえせクリスチャンの額を殴った。憎しみと
悪意の混じった権力者の傲慢さが、もともと獰猛《どうもう》な
ゴーゴンの心に飛びついたので、ルーコは岸辺へと走り、
波の下へ飛び込んだ。しかし彼の近くに
監視船がいたのだ。その船員どもがルーコの髪を掴んで
死にたいと思っていた哀れな男を引き上げて死なせなかった。
(253–63)

――これは救命活動ではない。彼を捉えて、火刑に処するためだった。巨大な木の根本に鎖で縛られ、他の奴隷を威嚇《いかく》するために《徐々に》燃やすのであった。

火が近づくのを見よ！
ルーコは次第に大きくなる炎を見て、叫ぶのだ、
「水、水を呉れ！」――この小さな頼みも拒否された。

雇い主側はすべてクリスチャンばかり。彼らは「この灼熱の死」を見物する。詩の最後近くでは「おぉ恥じよ、恥じよ、キリストに付き従うはずの信者たちよ、恥を知れ！」と書かれる。ルーコは「早くぼくを燃やせ！」と叫ぶ。聞き入れられないその間にも、ルーコの心にはインチランダの姿がなお消えないのだった。

メアリ・ロビンソン (Mary Robinson, 1758–1800)

メアリ・ロビンソンは夫が負債者牢獄に収容されたとき、ともに獄中で過ごし、出所後には女優として大成功を収め、『冬物語』のパーディタ役を演じているときに、当時一七歳だった皇太子に見初められ、二万ポンドの報酬を受ける約束（夫は女衒《ぜげん》役。報酬の支払いは不履行に終わったが、強請《ゆすり》もどきに、その後五百ポンドの年金を手にした）で彼の情婦となり、他の幾多の情事、そのパートナーの裏切りなどを経て、詩人としても名声を確立した女である（伝記は桑子・正岡参照）。

金子《きんす》を持って岸にたどり着いた水夫への殺人劇を描く短詩「亡霊の出る海岸」('The Haunted Beach', 1800) が詞華集では人気のようだが、最も注目すべき彼女の詩はソネット連作『サッポーとパオーン』(*Sappho and Phaon*, 1796) であろう。古代ギリシアの女流詩人サッポーについては、一八世紀の初頭にアディソン (*The Spectator* 223, 15 Nov. 1711) とポウプが各所 (*The Temple of Fame*, 225; 'Epistle to a Lady', 25; 'Epistle to Bathurst', 123; 'Epistle to Dr Arbuthnot', 101; 369) で注目した。しかしサッポーがイギリス女性の心を強く惹きつけるようになるのは明らかにロマン派の時代になってからである。中でも一九世紀に僅かに先立って発表されたこのロビンソンの詩がその後に大きな影響を及ぼしたと思われる。ヴィクトリア朝を論じる本書に、彼女を持ち込むのは、十九世紀を通じて詩のテーマであり続けたサッポーの人気を考えてのことである。

ここでアディソンの描くサッポーを見ておく。ロビンソンが詩想の源としたアディソンの言葉はサッポー伝説の源だからである。彼はまず「サッポーの魂は愛と詩から成り立っていたようだ……古代の作家は彼女を第十の詩神と呼んだ」(Addison vol.3: 304, この記述を出典の明示なしにロビンソンは自分のイントロダクションに使用) と褒めたのち、伝記を概略次のように述べる——

パオーンという不誠実な恋人がこの女性詩人に大きな不幸をもたらした。彼女は命がけで彼を愛し、彼女を避けてシシリーへ逃れていたパオーンを追って海を渡った。のちに示す「ヴィーナス賛歌」を書いたのはこの時らしい。……サッポーは情熱の激しさに耐えかねて、恋情を消そうと決心した。アポロに捧げられた神殿のある岬……があった。絶望した恋人《サッポー》はここで誓いを捧げ……海に身を投げた。(海に身を投げた者のなかには) 時には助けられる者もいた……助かった者は恋を忘れ、二度と恋に逆戻りしなかった。サッポーはこの治癒力を求めたのだが、この試みのなかで死んだ。(Addison vol.3: 305)

アディソンはこれに続いて、アンブロウズ・フィリップス (Ambrose Philips, 1674–1749) が英訳した「ヴィーナス賛歌」('A Hymn to Venus') を掲げる。サッポー紹介として記念碑的なこの英訳の第一連を読めば、彼女は死ではなく恋の治癒を求めたことが判る。

おぉヴィーナス（ウェヌス）様、空にあって、美の女神であられるお方、
一千もの宮殿が建立されて崇められている御方《おんかた》、
優しげな微笑みの中で、陽気に偽っておられます、
恋をたぶらかす悪だくみに満ち満ちておられます、
おぉ女神様！　わたしの心から取り除いてください、
身を滅ぼす恋の煩《わずら》いと苦痛とを引き剥《は》いでください。
(Addison vol. 3: 306)

ロビンソンはソネット連作の第三十四連を「サッポーのヴィーナスへの祈り」でこれを確かに受け継いでいる。しかし全四十四連には彼女の独創性もまた顕著に見られる。ここに一部を掲げるソネットには、当時の女性の立場を代弁する意識が見える。序詩では

情熱が心を引き裂き、望みのない恋が食い荒らすとき、
理想郷の四阿《あずまや》に女性を案内して、挫ける寸前の魂に
天国を一目見させるのが、清き詩歌よ、お前の手腕だ。

と女の恋と詩歌の関係をまず明らかにする。不幸な恋の苦しみの中からこそ、サッポーの優れた詩、そして《現代》女性の詩が生まれるとする。第二連「貞節の宮殿」では

多くの棘を武器とした、不死の薔薇に飾られた階段が
　祭壇に続いている。嘲弄によって石と化された
涙の粒が突起となった、凍てついた床の上で
　青ざめ、清らな尼たちが貞節の女神を崇めて跪《ひざまず》き、
その間、愛の神クピド*は矢も折れて淋しく去ってゆく。

*ウエヌス（ヴィーナス）の息子（＝キューピッド）。

恋に破れた女の涙は、淫らな行いを弾劾する世人の嘲弄《ちょうろう》によって石化され、貞節を誓う修道女は青ざめ、恋とは無縁となる。

逆に第三連は「逸楽の四阿」を描き出す——「谷間」、「縺れあった枝の蔭」、「赤らむ小花たち」など、大胆な性描写に注目あれ——

向こうの谷間に目を転じよう。縺れあった枝の蔭は
　真昼の光の、燃えさかる松明を寄せつけない。
はしゃぐ子鹿と、靨ある愛の妖精がそこへ招く。
逸楽の部屋は、緑葉に続く空き地へと開かれ、
そこでは優しい横笛にあやされ、菫の葉の上に置かれ、
　見る者の目は、魔力で誘う美に恍惚となるのだ、
　それは、銀色の衣裳のひと揃い全てを用いた

夜の支配者・月よりも、さらに優しい美しさ!
　鳥たちが幸せを吹きつけ、軽やかな風が大地に
ヒヤシンスの極上の香りから盗んだ吐息でキスをする。
　その間、澄みきった泉の水がまわりに煌めき、
漏れ出た細流が、競合する小花に赤らむように命じる。
　この流れで妖精は、傷つけた胸を水浴で治癒させ、
暴君として荒れた恋の激情は、栄光ある墓場を見出す。

これは自然描写にほかならないけれども、女陰と交合をその裏に示唆して已まない――二度'Cupids'が言及され、'Cupid's alley'を連想させる。林間の空き地、溢れ出る愛の泉、漏れ出る細流……。キューピッドの矢で傷ついた者の胸が、この泉の水で快癒するのも当然であり、最終行は願望を成就して恋の激情が鎮まることを指す。なお「逸楽の四阿」はスペンサー『妖精女王』Ⅱ、xii、第七一―二連が起源とされるが、イゾルデ伝説に類似表現があり、のちにはスウィンバーンが『ライオネスのトリストラム』でランスロットの城を逸楽の場としている(本書のスウィンバーン『ライオネスのトリストラム』参照)。
　第四連ではサッポーが登場して「私の竪琴は黙り込み、無視されて地に横たわる」と嘆き「《絶望》が野蛮にも勝利するのを嘲笑ってやるために」もはや死なせてくれ、と恋の苦しみをやや平凡に歌ったあと、「高貴な情念全ても、恋に睨《にら》まれればいかに褪《あ》せるか!」(第五連)、「何と恋は、相手のつれなさを/愛を籠めて託《かこ》ち、あげく、愚かにもその人を褒めることか!」(第六連)、「凪だった海も、哮り狂う風にはこのよう

に従うのです！」(第七連)、「恋する心の泉水がかくも密かに全身に浸透」(第八連)などの表現で、女の恋の制御不能な激しさが印象的に歌われる。このうち第四連、七、八連はサッポーの語りであるが、第五、六連はロビンソンの語りとなっており、サッポーと同じ恋愛経験、それもサッポーに較べて純情とはいえない多数回の経験を経たロビンソンが、自己とサッポーの同一視を読者に求める戦略が伺われる(詳しくは川津著参照)。

サッポーの肖像

アミーリア・オーピー (Amelia Opie, 1769–1853)

女流詩人アミーリア・オーピーは、小説家としても有名で、また多作であった。長老教会派の医師であった父とユニテリアン派（キリストの神性を否定、信教の自由を主張する進歩派）の母を持っていた。結婚した相手は画家だったが、九年後に死去した。しかしその九年は幸せだった。

幼時には、最初は恐れていた黒人とまもなく友人となり、黒人の苦しみを聞き知った。家庭内にも奴隷制反対の考えが充満していたので、多数の奴隷制反対者たちとも知りあった。一七九〇年代には反体制派のホルクロフト (Thomas Holcroft, 1745–1809) やメアリ・ウルストンクラフト (Mary Wollstonecraft, 1759–97)、その夫（『政治的正義』の著者）ゴドウィン (William Godwin, 1756–1836) と知り合い、ゴドウィンとの淡い恋を経たのち、画家であったオーピーと結婚、ロンドンへ出てサウジー (Robert Southey, 1774–1843) と、またフランスへ旅して女流詩人ヘレン・マリーア・ウィリアムズ (Helen Maria Williams, 1761–1827. 彼女も奴隷制反対の詩を書いている）などと知り合う一方、夫に励まされて詩作に熱中した。

夫に死なれたあと、夫の著した絵画論、皮肉られるほど数多く書いた自作の小説を出版し、一八二五年にはクエーカー教徒（絶対平和主義・慈愛が信条）となった。早くも一七九〇年代に反戦詩を書いたことでも注目すべきである。「孤児となった少年の語った話」('The Orphan Boy's Tale')では、戦場で父を失った少年がその後、母にも死なれて物乞いする姿を活写している。
次に掲げる詩は、この時代の多くの女流詩人が書いた奴隷制度反対の詩のなかでも、特に物語性を用いて、読者を惹きつけている点で注目に値する。

「黒人少年の語った話」('The Negro Boy's Tale', 1802)

「急げ、帆を揚げよ！　風は順風《おいて》だ、
蒸し暑い国ジャマイカよ、*さらばじゃ！
すぐにやれ！　ぶらぶらしているアンナ*を探せ！
大事なイングランドの岸辺を早く見たいものじゃ」

船乗りたちは喜んで、急ぎ足で乗船する、
トレヴァニオン*の命令はすぐに実行される、
ただちに、父親の言葉に従って
使用人たちが、姿を見せないアンナを探す。

＊三角貿易の拠点である植民地。
＊話し手トレヴァニオンの娘。
＊彼は既に植民地で富を得ている。

だがどこに「ぶらぶらしているアンナ」はみつかったのか？
無言のまま、一人の黒人の祈りに耳傾けていたのだ。
彼は、悲しみを語る哀切な声音を
いつでもアンナが、快く聞いてくれることを知っていたのだ。

彼は優しいアンナが、奴隷の苦しみを慰めて心から喜んでいることも知っていたので、祈りの際にもアンナの許に駆けつけたのである。

「お嬢様」、気の毒なザンボ少年は叫んだ、
「お嬢様がこれから行く国は、いい国やてうわさを聞いてます、
そこに行けば、その浜辺に立っただけで、すぐに
哀れな黒人の奴隷も、自由になれるそうじゃが。*

「あぁ大切なお嬢様、いつもほんとに親切な！
お願いです、その素晴らし国に連れてってくださんし、
ぼくが、ぼくの産まれた大事な国を捜《さが》しだして
ぼくを愛してくれる人たちに、も一度会えますように。

*一七七二年のあるイギリスの裁判で、イギリスに到着した奴隷は、その後強制的に他の場所で奴隷とされないというだけの判決が出た。

「おぉ、もう奴隷でなくなったときにゃ、おふねを買う、
ぼくにゃ、ちっちゃなおふねで間に合うからね、
そしたら海の波の上を飛んでいって、
ぼくの産まれた、愛する黒人の国を、また見るのです。

(中略　この部分で母との再会の希望が語られる)

「この前ぼくが御母《おっかぁ》と会ってから長いこと経った、
悪い白人にぼくが連れてかれた時のこっちゃ、
あん時、御母《おっかぁ》は泣く、白人の足にキスして頼む、
ぼくザンボが拉致されるあとを追うて、金切り声をあげた。

ザンボは拉致されたあと、暗闇の船のなかでも母を忘れず、くさりに縛られた自分の姿を母が見られなかったことを唯一の喜びとしたのだった。「ぼくがこんに大きゅうなったんで御母《おっかぁ》は見分けがつかんだろう。でも御母《おっか》様はぼくが大喜びするので。これがぼくじゃと思うはずじゃ」。

「なので、一番親切なお嬢様、味方になって下され、
ずっと前からお嬢様は、味方じゃったけれども。

でもこんどは、一番でっかい願いを叶えて下され、
おぉぼくに、産まれた国を、また見るチャンスを見つけて下され！

「そしてぼくが御母《おっかぁ》の腕のなかに入ったときにゃ、
これまでに知った驚くようなできごとを話すつもり、
話すとも、一番最も素晴らしかったことは
黒人の悲しみを感じとってくれたお嬢様に会ったことじゃったと」。

ザンボは、肌の黒い自分たちも、心の中は真っ白で汚れがないことを力説する。そのあとで——

「その心はお嬢様を愛しておる、それに
黒人奴隷が全部自由になるちゅうあの国*も好き。
おぉそのイギリスが、黒人の受けている虐待《ぎゃくてぇ》を
判ってくれたら、どんにあの国は怒ってくりょうか！

きまっておるわ、あの国は絶対《ぜってぇ》に、何一人悪いことせん奴隷、
かわいそな黒人奴隷を買い占める船なんか出さん、
それにイギリスは、あんなひどい売買を平気でやるよな

＊以下の国はイギリスを指す。

悪い奴らの味方になったりせんだろう。

おぉ、お嬢様の信じる神様があの国に祝福を！」
アンナの顔色は赤くなったり青くなったりした、
だが《聖人様》*たちもアンナと同じ困惑を感じただろう、
というのもアンナはほかの人たちの*恥ずべき行為に赤面したから。

——イギリスへの同行を懇願するザンボを見て、アンナはうろたえる。

それから気の毒なザンボは跪《ひざまず》くように倒れた、
アンナは口を利こうとしたができなかった。
期待に胸を膨らませていた少年に、どうしても言えなかった、
もう二度と母親に会うことはできないなどと。

船の出る時間だった。なかなかやってこないアンナを船員たちがむりやり船に乗せようとする。

あぁ、すると近づいてくる不安に圧倒されて
気の毒にもザンボはアンナの震える手を捉え

*当時の奴隷制反対論者を指す。
*一八〇二年、なお英国は奴隷貿易国。

「ぼくのただ一人の味方」と叫び、「心配《しんぺえ》になった、
お嬢様が向こうへ行く、ぼく、もう産まれた国を見られんか」

アンナは純真にも手を握りかえして、
「わたしはあなたの願いを叶えられない身です」と大声で言い、
「でも父様《とうさま》の膝にしがみついてみます、
聞き届けてくれるまで、立ち上がりもしないわ、

「それはね、あなたのたっての願いが叶わなかったとしても
そしてあなたの国を、もう二度と見られなかったとしても、
でも父たちの《憐れみ》の手があなたの鎖を断ち切ってくれるかもしれない、
あなたの仕事が、もっと楽になるように命じてくれるかもしれないから。

「ここジャマイカでは、可哀想に、鞭打ちがあなたにはいつものことね、
それに仕事ははるか、はるかにあなたの力には無理ね、
でもわたし、父様《とうさま》の心を動かしてみせる、
あなたをもっと優しい国へ運んでいくようにと。

「岸辺まで来て！　皆、わたしを待っているから」
そして、ザンボの黒い手を握りしめ、
風のようにすみやかに、希望に元気をもらって、
この愛らしい懇願娘は砂浜へと着いた。

間の悪いときになされた願いには災いがつきもの。
アンナのぐずぐずに業を煮やしていたために
父トレヴァニオンは、我が子に黙れと命じ
そんな無益な願いを口にするなと言いつけた。

「判っています」アンナは声を大にして「わたしのまわりで
悲しみ嘆く、おびただしい数の奴隷をわたしが解放できないことを。
だけど一人だけのネグロの味方になることくらい
わたしには（神聖な機会だわ！）、今のわたしにもできることじゃないの？」

アンナはは泣きながら祈ったが、聞き入れられず
ザンボは砂浜に跪《ひざまず》いていた。
トレヴァニオンは返事もせずに、ザンボを憐れむ娘を

船へと追い立てていった。

ネグロを打つ鞭《むち》を手にした支配人が来た。

その瞬間、絶望によって大胆になったザンボは
最後の大きな努力を一つ試みた、
鞭打ちの男が抱え込むのをふりほどき、
泡立つ波のなかへ跳び込んでいった。

この必死の努力をトレヴァニオンは見る、
弱まっていた彼の憤激が、これを見て飛び去ってしまう、
「おい見ろ、この船を追いかけてくるぞ、
お願いだから、彼の命を救ってくれ！」　とトレヴァニオンは叫ぶ。

「救命ボートを出せ――急げ、綱を投げてやれ！
うすのろめらが！　人助けに、何てぐずぐずしておるのか！」
そのあいだ、恐怖に青ざめ、希望に頬を染め、
アンナはこの凄《すさ》まじい情景を眺めていた。

（中略　ザンボは必死で船を追いかける）

「見ろ、見ろ、救命ボートを、ザンボが近づくためのロープを、
今はもう腕を伸ばしているのが見えるぞ、
アンナよ、その可愛い涙を拭き取れ、
私の娘を《二人だけのネグロの味方》にしてやるからな！」

あぁ、だが希望を挫折させる運命が近づこうとしていた、
ロープにしがみつこうと気の毒なザンボは試みた。
しかしロープを掴む前に、泳ぎ疲れて弱り果て
奮闘していた犠牲者は水に沈んで死んだ。

オーピーは「あなたの徳高い悲しみを悼《いた》む、父親の激しい後悔の念にも悲しみを捧げる、しかし西インド諸島の蒸し暑い風は、惨めな奴隷たちの嘆きの吐息で膨《ふく》れあがっている。《正義》よ、悪鬼を喜ばす奴隷貿易を差し止めてくれ」と叫ぶように歌って、この物語詩を閉じている。

エベニザー・エリオット　(Ebenezer Elliott, 1781–1849)

エベニザー・エリオットは、「パンの値をつり上げ、労働賃金を安くする」ことに反対してチャーティスト運動の活動家となった人物である。イングランド北部地方では、「働く貧民」(Working Poor) の味方としても、講演や詩作品を通じて支持を得ていた。彼の没後に当たる一八五四年には、シェフィールドの労働者が六百ポンドもの基金を寄付して、彼のブロンズ像を建てた（Cunningham 19、六〇頁の写真参照）。

妻とのあいだに十三人の子を設けた彼は、男性の側から女権擁護を唱えた先駆的思索家でもあった。次の作品「女」(**'Woman'**) の第一連は、言うまでもなく、当時一般化していた世人（男性）の女性評であって、E・エリオットの考えではない——

1

学問にしろ、芸術にしろ
　女はいかなる栄誉を勝ち得たであろうか？
町や畠、または市場が、女性によって成されたどんな最高の仕事を誇りにしていようか？
「女のラファエルなんていないぞ！」と《絵画》は言う、
「女のニュートンもおらん！」と《学会》も叫ぶ、
「女の作った蒸気船、女の書いた『マクベス』を見せろ！
女が作戦を考えた戦《いくさ》の勝利を示してみろよ」

2

待て、自慢ばかりする男性よ！　男の業績は
　立派だ、真実味がある場合には。
だが、さらに価値ある仕事、遥かに神聖な事柄を
　我々の姉妹がこの先やり遂げるぞ、
人間の住む全ての国で、女性は次の点で
　自らの価値を示すだろう、
つまり、男性が英知の上で進歩すれば常に
　男性は女性をなおさら尊ぶだろう。

3

おお男性の温和《おとな》しい天使は、財宝、名声、権力、

こんなものを求めて努力してはこなかった。
逆に、育ちゆく花のように、声も出さずに
　地上を天国に仕上げてきたのだ！
そして女性の、日の照る庭園では
　天上界の最も輝かしい薔薇《ばら》が開くだろう。
女性の最善のものはまだ始まっていないから！
　女性の神的降臨は、なお未来のことなのだ！

E・エリオットは正しい預言をしたわけである。
また彼は、共産主義についても、その理想の実現が非現実的であることを見抜いていた。四行詩「エピグラム」('Epigram') でこう書いた——

共産主義者とは何ぞや？　格差のある所得を
平等に分配することを熱望する輩《やから》である。
怠け者、仕事下手、または両者が、自分の
小銭を渋々供出して大銭《おおぜに》をせしめるだろう。

実験的にこの理想を実現しようとした国々が、その後どうなったかは、私たち二十一世紀の人間が良く知るところである。
また彼には滑稽な詩を書く才能があり、次に見る「ソネット」(‘Sonnet’)は、稚拙な訳文となるけれども
――

近年ではどんな母から生まれた男でも娘でも
作者以外には誰も読みはしない詩を書く、
インクで汚さなければ、それに要した紙はもっと白くなって
五百枚単位で売れば、うまく野兎を捕まえた場合の、野兎一匹の値がつくだろう。
自己を抑えられない何百人ものシェリーが、毎日、液体で書く、
期待に応えてくれないへぼ詩を。千人のワーズワスもどきが書き散らす、
二千人の《穀物法反対詩人》*がインクを滴《したた》らす、
押韻された詩、読まれない詩のために。欺瞞と殺人の賛美歌捏造者が
俗界では麗しい名で呼ばれている偽《にせ》詩人だけが、買い手を見出している――*
買い手は買うけれども、読みはしない。「何たる紙の浪費か」と
溜息を吐《つ》きつつ大群を成す神がかりの詩人各自が嘆きの声を発する。*
「下劣な期待をこめて、真夜中の蝋燭《ろうそく》の、何という冒涜《ぼうとく》的浪費か！
ただし我が輩は上手に書けるんだぞ、
また賢明に本にする。何で我が輩の詩は売れないのか分からん」。

＊E・エリオット自身もこの派の詩人。
＊賛美歌集だけが売れる。
＊「　」内は二つとも自称天才詩人の声。

E・エリオットの記念像

ウィリアム・ハウイットの『四季の書、もしくは《自然》のカレンダー』
(*The Book of the Seasons, or the CALENDAR OF NATURE.* 1831)

ウィリアム・ハウイット (William Howitt, 1792–1879) は、本書第Ⅱ部に掲げたメアリ・ハウイットの夫である。メアリと同じく、小説家としても有名であった。『大邸宅と小村』(*The Hall and the Hamlet*, 1848) や『ウッドバーン農園』(*Woodburn Grange*, 1867) はともに、田園共同体を描く小説で、彼が生涯持ち続けたイギリスの田舎に対する愛着が顕著に現れている。

しかしここで目を向けたいのは、《自然》の美しさに対する人びとの感受性を高めるためにさまざまな試みをしたこと、またそれを実行に移した著作『四季の書』である（吉川 2013 は、標題を現代の語感に即して『季節の本』とし、詳細で卓越した論究と紹介を提供している）。

夫妻は絶対平和主義が最大の主張であるクエーカー教徒だった。奴隷制はもちろん、工場労働者の苛酷な勤務に反対し、参政権の拡大を唱えた。《自然》への愛を農夫にまで広めるための活動もこうした進歩的な考え方の延長線上にある。「田舎屋の棚に自然描写に優れた近代詩人たちの詩集があれば、もともと自然に恵まれた環境にいる人々の暮らしは心豊かなものになるだろう」（吉川、上掲書、254）とハウイットは考えていた。

さて、『四季の書』（『季節の本』）は、志を同じくして仕事をする愛妻メアリに、署名して献呈されている。二人は学校も設立していて、これはこんにちでも存続している。ヴィクトリア朝の理想の一つであった「夫婦仲の良さ」を生涯見失わなかった二人であった（ただしハウイットの死後の九年間、妻メアリは芸術家に与えられる王室年金を得て、ヨーロッパ各地で優雅な生活をした。なおウィリアムのほうも一八六五年に王室年金を与えられている）。

『四季の書』の「目次」を開けば、つぎに「一月」を例として挙げるように、すべての月の記述に先立って、一月《ひとつき》ごとの記述内容が一目瞭然《りょうぜん》である（これは詩ではないが、引用であることを示すために字体を変える。このあとも、字体を変えた部分はすべて『四季の書』からの引用）。

一月。この季節の特徴——暗闇の優勢——雪——強烈な結氷の寒気——山岳地帯での吹雪——英国《ブリティッシュ》の炉端の楽しみ——貧しい人びとの悲惨——寒気の継続——この季節における害虫、鳥類等の大量の死滅——鬱《ふさ》ぎ込む鳥——霜の季節における歩行——凍てついた霜と、その危険——白霜とその美しさ——冬の花々——時々訪れる温暖な天候とその影響——January,（一月）——ラテン系民族にそう呼ばれる理由とサクソン語でのその呼称——植物の霜からの物理的防御策——ウタツグミとゴジュウカラ——ミミズやナメクジの再出現——イケガキスズメ、オオツグミ、クロウタドリが鳴き始める——雌鳥が卵を産むこと——幼い仔羊——さまざまな鳥たちの習慣——冬場の人の仕事、魚釣り——渡り鳥の飛来——庭の様子——庭園栽培の花々のカレンダー——昆虫学的見地からのカレンダー——二月的諸特徴——雨天——大いなる雪解け。

このような「目次」が、すべての月について最初に示されている。そして渡り鳥や、この一月の昆虫の一覧をはじめ、ここに書かれたとおりの内容が、やがて後続のページに現れてくるのだけれども、その記述に先立って、イントロダクション的な一章が続いている。そこではこの書物を世に出す目的が、読者の心に《自然》への愛を呼び起こすことだと述べられている。時おり、後続章に見るバーンズの詩もそうだが、この「イントロダクション的な一章」にもミルトンやバイロン、特にワーズワスなどの有名詩人からの引用が、差し挟《はさ》まれる。ワーズワスについては、

彼は愛の眼によってだけではなく、哲学の眼によって《自然》を熟視したので、完全に心の内側から、《自然》の魅力と《自然》の精神を省察した。

こう書いて、『序曲』のなかから、有名な「《自然》は《自然》を愛する人の心を裏切ったことがない」を引用する。《自然詩人》への敬慕の念は書物の全編を貫くことになる。

この「イントロダクション的な一章」の最初の一節を訳しておきたい——

私が幸いにも本書に目をとめてくださる読者を得たならば、その人びとの目を《自然》の美しさと良き影響力に惹きつけたい。

（中略）書物というものは、我が国でもっとも広大で密な人口をもった諸都市の、あらゆるすみずみにまで浸透し得るし、また現に浸透している。しかし毎日のように、諸都市と町は境界線を

拡大し、《自然》の美しい姿は住民の目から隠されてしまっている。

それゆえにわたしたちは、こうした書物が、人間の心の自然的な滋養物である《自然》への愛を、あらゆる街路、広場、小道にまで吹き込むようにしなければならない。いやそれとともに、トランペットのようになって、彼らを呼び起こして、ときどき戸外に出かけるように仕向け、神様が人の魂と宇宙の美しさとのあいだに維持されるように設計された、人を元気づける両者の親睦を回復させねばならない。

これは疑いもなく、すべての人の心に植えつけられた原則である――これはおそらく、完全には消し去ることのできない原理であると思われる。(xiv; xv)

そして右記「貧しい人びとの悲惨」に相当する本文を読むならば、まずイギリス家庭の炉端の楽しみを描いたあとで目を転じて

次に、この炉端の楽しみの輝かしさから暗鬱な情景、貧しい人びとの住むあばら屋に目を向けるならば、そこには生活の優雅さや便利さは輝いてはいない。その替わりに、寒風が(中略)身を震わしている一群の人びとに吹き寄せる。人びとはこの苦しみから身を護る暖炉も衣服もほとんど持っていない。その部屋では軽やかな笑いが鳴り響きはしないし、歌声も聞かれない。ロマンチックな物語や愉快な会話が、笑顔と幸せな心のあいだを、輪を描いて渦を巻くこともない。

――そしてバーンズの詩を引用して、父親が、眠気に襲われるがままに

自分の藁《わら》の上に身を伸ばして眠りに就く、
その間にも、でこぼこの屋根や隙間だらけの壁から
寒気は彼の眠りの上に、漂流する雪を山のように積み上げる。

――筆者＝森松自身も、かつて石川県の、安宅の関から二キロのあいだ、さえぎるものもなく寒風が吹き寄せる借家に住んでいて、朝起きてみると頭の間近に、急坂のような三角形を作って、雪が窓から舞い込んでいるのを知ったものだ。さて、母親のほうは、

子どもたちが、暖かく柔らかいベッドに、薔薇色の頬で笑いながら眠りに入るのを見られはせず、沈み込んだ心で、今日起こった惨めな生活を思い、また、明日を恐れるのである。

また、「冬場の人の仕事、魚釣り」に相当する箇所を探せば、

この一月、農夫にとってもっとも重要な仕事と言えば、自分に頼って生きている家畜たち――馬屋と牛舎、敷き藁のある囲い地などにいる動物――に餌をやって慰めること、暖かく風雨から護られた囲いのなかの羊たちに、干し草や藁、蕪などを与え、雪のなかで迷子にならないように十分

に、羊たちを見張ることである。

（中略）寒気襲来の際には、養魚池の氷には穴をいくつも穿《うが》って、さかなたちに必要な空気を送り込まねばならない。（中略、以下は養魚池以外の河などについて言う）天候は一般的に極めて寒いのであるから、水はたいがい、一面に凍りついている。釣り人は多くの場合、温暖な日をじっと待たなければならない。

――右記「目次」の内容の列挙に従って、すべての月についてここに示してきたような、散文による描出がある。自然界の四季を描き尽くそうとするわけだ。

しかしそれと同時に、ウィリアム・ハウイット自身による詩も掲載される。ここでは全巻の最後を飾っている詩を全訳しておきたい――標題は「十二月、すべての季節を歓迎するけれど」（'DECEMBER. ALL SEASONS WELCOME.'）である。

《春》の甘美な優しさを歓迎しないものがどこにいようか、
《春》は永らく待ち続けて虚しかった友人のように
笑いながら突然はいってきて、心配を一気に吹き飛ばし、
人の心にも、自然の平原にも、季節の喜びを送り届ける。
熱気あふれる支配を示す《夏》もまた、歓迎に値する。
《秋》もこれに劣らない。燦然《さんぜん》と輝く天空、

たわわに垂れる果物、豊かに実る金色の穀物、
霧と大嵐、自然の色彩を最後に見せる豪華さ
つねに飛び去りつつ、森の上に美しさを投げかけて行く《秋》も。
そしてお前十二月よ、陰鬱な時間よ、歓迎するぞ、
私の家をいま取り巻いているお前も――暗闇のなかを疾走する
風の音で取り巻き――もの寂しい森がたてる
崇高な轟音で取り巻き、軽やかに跳ねる霰で取り巻くお前も。
お前は、疾走する雨、地面を清らかな静寂で覆う
雪をもたらすのだね。――これらに呼び出されて
暖炉の火が、魔法のような夏を周りに投げかけ
ランプが、由緒ある書物に飾られた壁を照らす。
思想が再び玉座に就き――精神が内奥の広間に坐す。
歓迎するぞ！　暖かく豊かな感情よ、大いに歓迎するぞ！
歓迎するぞ！　霜と、轟く嵐から家庭へと逃れて
おのおの、冬場に相応しい一隅へとやってきた
お前たち喜びあふれる想像の群れよ*、大いに歓迎するぞ！
お前たちは寒気と、大声の嵐から逃れて家へと急ぎ、

＊ハウイットの場合、自然界を歌う想像力。

おのおの、冬場の隠れ家に向かうのだね。
おぉ！　お前たちの誇り高い車座のなかに私を坐らせてくれ、
ちょうど、見張りの塔のなかの番人がくつろいで坐るように。
——またこの番人と同じく、お前たちの明かりで私だけを喜ばせるのではなく
お前たちの導きの光線を、万人の嵐吹く波間に打ち広げてくれ。

W.H.

——すなわち、十二月という寒さの季節においてさえ、自分は室内にこもってであっても、想像力のちからを借りて、自然の美を歌うというのである。「疾走する雨、地面を清らかな静寂で覆う雪」など、戸外から室内に帰っても十二月の自然界を自分は描くという詩の終結部分は、詩の前半で歌われた春、夏、秋の自然界の美しさと連動しているのだ。

このW・ハウイットの自然への愛情表現を補完するように、妻メアリがより素朴な、童謡風な自然愛の歌(小唄＝Lays)を、冬、春、夏、秋および『四季の書』の締めくくりに、計五作にわたって挿入している。意図的にあまりに分かり易く書かれた詩群なので、秋、冬と締めくくりの歌の一部を訳すに留める。

秋

朝方には大地の上に灰色の霧が懸かっています、
北国の海にただよう霧のようにうすぐらいのです。

小蜘蛛の巣は、透けて見えるほど細くしあがっています。
月光の妖精が編んでくれた織物のようです。
そよかぜのなかでだんだん白く見えてきます。
(中略) どの木のてっぺんにも、くすんだ輝きが見えます、
おとろえていく栄光が、枯れていく木の葉すべてに
おごそかな姿でぶらさがっています。

冬

丘の上には一輪の花も咲いてはいない。
木の上には一枚の葉も揺れてはいない。
夏に歌った鳥たちは太枝を去って
太陽を好む輝かしい生き物なので、今は
海の向こうの、花かぐわしい国で歌っている。
収穫がなされた野には沈黙がある、
山の渓谷には暗黒がある。
何日も丘の頂上から消えることのない
雲もまた、ここにはある。
そして人びとのすみかのまわりには静寂があり

老いた木は、さらに年とったように見える。
つねにさびしげだった場所は、いっそううなだれている。

締めくくりの歌も、夫と同じく十二月を歌う――

十二月

……フクロウは自分ひとりだけで身を丸める、
寒さがフクロウのからだじゅうを突き刺したから。
我慢強い牛たちは首をたれたまま、
鹿たちは冬ごもりの枝の下、
赤毛のリスはねどこにこもっている。
ちいさな虫たちはそれぞれ自分の穴に身をひそめている。

――この単純で直截的な歌いぶりが、『四季の書』の、自然を描こうとする意図に貢献している。
なお、第Ⅱ部のメアリ・ハウイットの章も参照していただきたい。

ジョン・クレア (John Clare, 1793–1864) の多様な作品群

ジョン・クレアは、イングランド北西部ノーサンプトンシャの寒村ヘルプストンに生まれ、極貧のなか、母親の温かい配慮で、労働の合間を縫って村の老婦人や遠方の教師のもとへ通わせてもらった。母が、クレアの頭の良さを見抜いたからだった。

しかし一八三七年以降は一種の認知症患者として病院生活を送った。このせいか、日本でもイギリスでも彼はあまり読まれていない。しかし読み慣れてみると、エコロジカル意識の高まったこんにち、彼はまたとなく貴重な作品群を残してくれたと思わざるをえない。クレアの『羊飼いの暦』が一八二七年に発売されたときには、ほんの数冊が売れただけだったのに、一九六四年にエリック・ロビンソンとジェフリー・サザランドが編纂した新版を出すと、五千部以上が売れた (Robinson: ix)。読書界がクレアを底辺の無学な詩人まがいだなどとは考えなくなったこともこの変化の理由であろうが、《自然》と農村をありのままの姿で、かつ庶民の眼で見て呈示したことが、あまりにも物質文明に冒されてしまった二〇世紀に、新風をもたらしたのが何よりの原因であったろう。

自宅の庭に立つクレアの彫像

しかしまず彼の認知症詩人というレッテルを剥がすことが重要である。

彼のノースバラ時代、すなわち多少なりとも認知症の傾向が出始めていた一八三五年から三七年の病院生活に至るまでの時期の作品を集めた一四行詩《ソネット》集を通読しても、病の傾向はまったく見えてこない。感じられるのは、この時期でさえクレアは、自然を描き、農村の生活を描く達人であったということだけである。まずは、それを端的に示すものとして、この時期の彼の《鳥の歌》を二編訳出しておきたい。エコロジカルな目で見た場合、これらは気品ある詩に見えるはずである。

最初の歌は、これら一四行詩《ソネット》では例外的に「**尾長シジュウカラの巣**」('Bumbarrels Nest') という表題がついている。

孤立した藪。そのなかで、まずは冬じゅう水を浴びた緑まがいの新芽で
春が早々と好む姿をして客を呼び寄せる生け垣、
新たに春の雨を浴びた、密に風雨から護られたこの孤立した藪。
そこでまことにいち早く、尾長シジュウカラが巣を作る。
巣の主体は灰色の苔《こけ》類で、蜘蛛《くも》の巣を使ってしっかりと結わえてある。
羽布団様《はねぶとんよう》のベッドに劣らず、暖かくて豪華だ。
小道の反対側に小さな出口があるだけなので
小道からから覗こうとする通行人は
この母鳥の卵型の巣の中に何があるのかまったく見えはしない。

赤い粉が優しげに振りかけられた十個の卵、
いや、しばしば十二の卵がなかにあるのに。そして間もなくその小道が
若鶏の群れる姿を人から遮り、食事を与えますよと子たちに
呼びかける親鳥の、歌うような声が聞こえてくる。
そのあいだじゅう、生け垣の底深く、子たちの巣はぶら下がり、隠れ通す。

これは従前の、蛇を真似て人間を追い払う「蟻吸《ありすい》の巣」('The Wry Necks Nest', *MIV*290; *MSC*436; 447 多少異同あり; *PC*100. 一八一九—二一年作）や、誰の手も届かない石切り場の壁に巣を作る「小洞燕《しょうどうつばめ》」('Sand Martin', *MIV*309; *PC*99. 一八三二年?作）などと同じく、小鳥がいかに巧みに外敵から身を護っているかを歌う詩である。何ら観察力も論理性も衰えていない。
もう一つ似た例を上げれば、表題のないソネットで啄木鳥《きつつき》の生態を歌ったものである——

赤色灰色の混じった小型の啄木鳥《きつつき》がいる。
彼らは人里離れた林や森に棲《す》んでいる。
彼らは爬虫類《はちゅうるい》のように木を登ったり降りたりする。
人が立ち止まって眺めても、まずは見ることができない。
彼らはめったに飛び去ることがなく、ただ木を登ったり降りたり。
人は、立ち止まって二十回探そうとしても構わないが

半日そうしていても、一度見ることができるなんてめったにないだろう。
私も立ち尽くして眺めたが、見えたのは啄木鳥が飛び去ったときだけ。
かぎ針を棒に付けて、穀粒《こくりゅう》とパン屑をたくさんばらまいたが
出口の穴に指三本*入れることもほとんどできなかった。
彼らは人間の脚ほどの太さの枝に巣を作る、だが、
巣はいくつか私も見かけたが、卵を手に入れたことは一度もない。
どんな卵を産むのか見たくてしょうがない男の子たちは
その木によじ登ってばかり。しかし見えたのはその枝が消え失せたことだけだった。

＊指二本では鳥をつかまえられない。

——彼の数多い鳥の歌のなかでも、特にユーモアの点で優れている部類であろう。しかしどこにも認知症を発症しそうな歌いぶりは見えないではないか？

いや、入院後の作品についても、同じことが言える場合が多いのである。筆者はかつて、後期詩集の中に埋もれたままの無名の作品 (*LPI*, 431)、

太陽は、愛する者の最後のまなざしのように
塔と樹木に、さよならの笑顔を見せてしまった。
そして全ての森の、蔭という蔭に
私を喜ばせる静寂を残して去った。

から書き始めたことがある。多少繰り返しになるが、ロンドンから百キロ以上北にある寒村ヘルプストンの貧農階級に生まれ、詩人として幾ばくかの名声は得たものの、貧困に苛《さいな》まれ、支配階級には白眼視され、その上、精神科の施設に入れられてそこから脱走、さらに一八四二年にはノーサンプトンの精神医療ホームに永久的に入所を余儀なくされた詩人――このクレアの経歴の、どのあたりで右記の四行は書かれたのであろうか？　去ってしまう太陽の愛の笑顔（夕焼け空が彷彿とする）が、森蔭の至るところに静寂を残す（薄暮の森の、鳥の歌という音楽が鳴り終わった静けさが身に沁みる）――単純なこの四行を美しいと思うのは筆者だけだろうか？　どこにも異常な精神は見いだせないではないか？　だがこれは本格的な精神障害以降の作品なのである。これは最初期の詩のなかで、沈みゆく太陽が「夕方、丘の縁《エッジ》を美しく金色に彩る」（“Summer Evening”, *EP*, vol.1, 5）という、“edge”の一語が醸《かも》す美が見られた（言うまでもなく、丘の稜線が刃物の鋒のように光る姿を感じさせるからである）書き方をさらに発展させたものである。クレアが生涯を通じて、自然詩人だった証左である。

　ではどんな点に彼の自然詩の特質があるのだろうか？　この問いを、彼の描写の的確さ、比喩の適切さだけを指摘して片付けることもできよう。明らかな後年の短詩「**月光の中の散歩**」（‘Moon Light Walk,’ *LP* vol.1, 431）の出だしである上記の四行でもこれらの特質は明らかだが、そのあと

今や夕べの露が降り始めている、
　そして砂利の上に月の光線が、あまりに輝かしく
舞い降り、暗闇に投げられて輝いているので、

月の光は、拾い上げることができそうに見える。　　(9–12)

の四行が、読者にも、砂利の形の月の光を拾い上げたい衝動を的確に伝えてくる（クレア＝認知症詩人というレッテルはこれで剥《は》がされたものとして以下を書く）。

質的にこれと同質の叙景は、初期・中期・後期を問わず、詩集の至るところに見られる。三月の無礼な風に水面に皺を寄せる池、微風に触られてさえ露を落とす早朝の（あるいは夕べの）釣鐘草、姿の見えない菫から香りを得てくる朝風、もやったボートのように睡蓮の葉を揺する小川のさざ波など、例は尽きない。だが特質は叙景のみではない。

叙景のための叙景にクレアが終始するのなら、（ペイターが示唆したように）生命の燃焼の光による認識の一瞬に自然美を捕捉することに人生の意味を見る、今日では超少数派となった文学愛好家以外には、クレアは忘れ去られる運命にあるといえよう。しかし彼の叙景は、いくつかの点で彼の他の長所と深く結びついている。その第一は、詩人としての当初から彼が《貧農の詩人＝peasant poet》と呼ばれたことと関連する。これは社会史からみてもこの階級独特の美意識を発達させた点で注目に値する。第二は、第一と関連するが、自然美をどのように人間精神一般と関連づけたかという観点から生じる。ロマン派の詩人たちは、クレアに限らず、この点で優秀であった。しかしクレアには、貧困に苦しむ人間として実際に生きた詩人である。ワーズワスはむしろ第三者の目で貧困を描いた。彼の一時的な貧困など、比較の対象にもならない。クレアの場合は、遺産の相続や、他者からの経済的援助は夢想さえできない境遇であった。また第三は、晩年の不幸な幽閉への嘆きと自然界とが絡みあってできる詩の構成である。これは幽閉を実際に体験した詩人でなければ達成できない。バイロンの「シヨンの囚人」は良い詩であり、幽閉の身でありながら幽閉された自分の兄弟の境遇に涙する人物は読者の心を打つ。しかしクレアでは詩人自身が永久的な幽閉の状況にあったことが独特の詩風を生み、それが万人の人生に生じる精神的幽閉状態への、象徴的な意味合いを持つのである。

自然界の生き物を描きつつ、人間存在の悲惨さを裏側に示す歌いぶりは初期作品に多用され、たとえば「冬に歌うひばりへの挨拶」('Adress to a Lark in Winter,' *EI*, 99) では、何の楽しみもない寒冷の季節に希望を持って歌うひばりに、やがて失望しますよ――

なぜなら私がよく知っていますから、私はいやというほど
不幸を我が物にしましたから。（中略）
《希望》の騙しの舌は（中略）
みんな偽物なのだから。

(23–4; 44; 46)

これと似た内容の作品は「**野の雪の上に臥す冬場に迷える猟犬を見て**」('On Seeing a Lost Greyhound in Winter upon the Snowy Fields, *EI* 202; 7–8)

君へのぼくの優しさを
心のうつろな愚か者たちが嘲笑うけれども

いまぼくが出てきたぼくの家へ君を連れて行こう、
だから身を起こして、いっしょに来たまえ。
(37–40)

すると老いた猟犬は、物は言えないけれども、「尻尾で感謝を示してくれる」(wags his tail)。犬を描きながら、人間社会で、役立たずの老人がどう扱われるか、また、役立たずとみなされる詩人が、どう冷遇されるかを示唆してやまない。

さてここからは拙訳著『新選　ジョン・クレア詩集』(音羽書房鶴見書店)の要約を主体として、クレア作品の精髄を示したい。

一八二〇年の作品「**うた**」('Song', Clare *EI*: 100)は

野育ちの藺草《いぐさ》の育つ沼沢、湿地のぬかるみのわだち、
野薊《のあざみ》と雑草の、でこぼこだらけの休耕地の土壌、
立金花《りゅうきんか》と雛菊の低湿地と、くぼんだ谷間、
君たちこそ、私の歌草の主題の、最も甘美なるもの。
自然の粗野なぼろ布を纏った自由のままの荒地たちよ、
このとおり針金雀児《はりえにしだ》に身を包む君ら褐色の荒蕪地《こうぶち》よ、
野育ちの私の眼は、恍惚として君ら全ての姿を敬い、慕うのです、
君らは、我が胸の底のここなる心と同じく愛《いと》しきもの。
(1–8)

で始まり、最も甘美な光景を見ても、私は君たちを見棄てないと、この故郷の貧相な風景に呼びかけたあと、

君らは《自然》から雲靡《なび》く山一つ与えられていないが、
また滝が淀《よど》みのない歌一つ転がすこともない荒野だが、
かりに《自然》が君らに茂みも樹も泉も与えないでいても
君らは私には、エデンの園として愛されていただろう。 (13–6)

と歌い、最後の二行には「自然の屑」という一句を用い、

それでも、《自然女神》の装飾が一切ない君ら《自然》の屑よ、
君らは、我が胸の底のここなる心と同じく愛しきもの。 (23–4)

と結ぶ。冒頭部の二つの「野育ちの」の原語はともに'wild'であり、対象としての故郷の野面と自己との、均質的な同一視が全編にみなぎる。ぼろ布を纏った荒野は、自分の姿に外ならない。《自然の屑》である私が屑を愛する。

だがクレアの愛したこの《自然の屑》は、外部から入り込んだ富裕者の資本に荒らされてしまう。中期も初めころの作品「原野」('The Mores', *O&A* 167; *MII* 347)の半ばでは

春の雲のように自由で、森に咲く花々のように野趣に富んでいた原野の眺望、
私の少年時代の、この愛らしかった眺めは
今、すべて褪せ果ててしまった——自由に花開く《希望》だったこの眺望、
一度は確かに存在したのに、もう二度と復活することができなくなったこの眺めに
《囲い込み》が闖入《ちんにゅう》し、踏みにじったのだ、労働者の最後の権利である墓《グレイヴ》を、
そしてそのあと、作り出したのだ、貧しい人ばかりから成る奴隷《スレイヴ》を。

労働者たちが埋葬されていた墓地をも平坦化して、金儲けが始まったのである。この情景は、同じ農業労働者である《私》が死んだあとの情景そのものなのである。

これも中期の作品「**夕べの桜草**」('Evening Primrose', *The Midsummer Cushion*: 432) を読みたい（筆者はこの作品を Brownlow 10 の引用で知った）。全編を訳してみる——

ひとたび太陽が西に沈み
露の珠が夕方の胸に真珠を与えるとき、
月の光と同じほどに淡く、あるいは
月に連れ添う星ほどに淡い色をして
夕べの桜草が、露の珠《たま》に向けて
その繊細な花々を、今宵《こよい》新たに開く。

そして光を備え、人を避けるこの隠者は、
夜に向かってその華麗な花を浪費する。
夜は、この花の優しい愛撫に眼を開けもせず、
この花が持つ美しさに気づきもせず、
こうしてこの花は夜が去りゆくまで、また
朝が眼を開けて顔を出すまで、咲き続ける。
避けることのできない朝の凝視に恥じらって
花は気を失い、凋《しほ》みゆき、枯れてしまう。

ここでも、人に知られずこの花を歌う自分と、この花との同一視が、グレイの「悲歌」とはまた異なった独自性を醸し出している。

第二詩集『村の吟遊詩人およびその他の歌草』(*The Village Minstrel and Other Poems*, 1821) の中の「**村の吟遊詩人**」には、これと同じ趣旨の想いが、自分とは別個の人物を仮想して歌われた詩行に籠められている。吟遊詩人の名はルービンで、幼い頃から貧困に見舞われて育った男である。明らかなクレアの分身だ。だがルービンは健気にも、貧しさに涙したことはないから、それを誇張して

感じたことのない悲哀を、嘆き悲しむために
空想なんかに導かれて君(=貧困)を歌ったことはない。
(第三十六連)

と強がるのだが、第二十二連では、雑草の中に這うようにして埋もれ咲いている野花を見つけるのがルービンの楽しみであるとして、

君は名もなく、ルービン以外の誰の目にも留まらず、
底辺の天才のように、昼日中咲きながら死んで行く。

と歌って、野の花を讃える。先の、夜にだけ咲く桜草と好一対の、昼の花の歌だ。

このような立場からクレアが歌う自然詩は、他の自然詩人とのあいだにどのような相違を示すだろうか？これを《時》への態度から見てみたい。

クレアの描く《時》の推移は時計ではなく、「光の変化と太陽の移動、鳥や動物の動き、農業の手仕事」(*PC* 29) によって感じとられる。彼の詩はこの自然的な時の推移、ある季節、ある時刻の様相が詩的感性に訴えた印象の集積だが、そこへ農民の労働と貧困が重要な意味をこめて示唆される。季節それぞれの情景・農作業と同様、描写の一つ一つが味わいを持つから、この場合にも一つを選び出すのは難しいが、ペンギン文庫が『詩選』のほぼ冒頭に掲げる「**朝の散歩**」('A Morning Walk,' *PC* 33) をみるならば、赤く輝く朝日、雄鶏の声、蜂の羽音、軋《きし》むドアを閉める前に砂敷きの貧しい自宅の床を眺めると、そこに熱心に這い入る日の光、日中の光を誇らしげに身につけた雲、夜露を振るい落としている羊、笑みを交わして農作業に出る若者と娘たち、日陰に移動するぶよ、草陰へと動く蝸牛《かたつむり》、蛾、野兎……これらの集積が朝の散歩の爽やかさを読者に実感させ、同時にいつの間にか農作業の現場を示唆する。詩人自身は森で憩うはずが、枝は夜露で一杯、

何度も私の足どりを受け容れてくれる森に来ると
休息の場をそこに見出そうとして見出せない、
なぜならまだ眠そうな木の葉たちに私が触れると
露の珠が、音立てて落ちてこないではいない。
(57–60)

「受け容れてくれる」の原語は‘receives’なので、森との近親感が表現される。そのあとで朝露の爽やかさが‘patter’という聴覚的な一語で示される。歩き続けて花たちに出遭うが、ここに表現される花たちとの同類感は、また鳥に対しても発揮される――「いまひばりはその巣から飛び立ち始める／歌うためではない――私の近くのあざみに／おそるおそる留まって、羽繕《はづくろ》いを進める、／私が歩みすぎるまで、そのままその野あざみに」(85–88)。

歌い手と自然の生命との協働は、今度はうら若い農夫とか、細い虫との共存へと拡がる――「羽虫が牧童を悩ますことはなかった／現れたのは夏の川水が生みだす羽虫だけ／刺すこともなく朝の喜びを牧童と分かちあうだけ／草むらのなかで羽音をたてることしか しなかった」(117–20)。歌い手が座って近くの花を眺めると教会の鐘が時を打つ。だが

〔時の打刻を数えつつ〕小川が旅を続けるさまに目を向け続ける、
優しい曲線を幾度も描いて多くの水草の周りを流れるさまに。
あるいは静かな風が、この朝初めて目覚めるさまに耳傾ける、

さらさらと鳴り始めた葦の茂みを吹く朝風のさまに。

(197–200)

実は時計が登場するのだけれども、時計以上に時の流れを実感させる川の行く末、風の立ち始めが、この「朝の散歩」を完結させている。時の推移とともに労働が始まることもこの詩は常に示唆しており、これは「巧まずして入り込む政治性」である。

この「政治性」を、「**ドビンの死**」(The Death of Dobbin,* *E I* 84. 一八〇八—一九年作)の冒頭でまず見たい。

死せる老ドビンに、私は哀悼の歌を捧げる、
以前は、繋《つな》がれて車を曳く馬仲間*でも評判の名馬、
若かった年月の《栄光》のなかでは
御者たちの褒め言葉をあびないことは一日としてなかった。
彼はまた、運んだ荷物の重さ、動かした荷のかさばりについての、
こうした噂話の、いつも主人公だったことが判った。
しかしあぁ、世間の称賛の言葉の長続きする有り様は
流れ行く潮《うしお》の上のあぶくの長続きと同じ程度。
気の毒にも疲れ果てたドビンは、善良・有能が証明済みだったのに
運び動かした荷の重さ全てにもかかわらず、
過去のすばらしい働き全てにもかかわらず、ついには

*本来農耕馬・駄馬の意。ここでは敬意を籠めて使う。同時にドビンは有能な農夫や勤労者一般のアレゴリー像だ。

*労働農民間でもの寓意。既に馬と人を同一視。

残余の馬と同じに《能なしの塵芥《カンバーグラウンド》》*として地に臥してしまった。
あぁ気の毒にも傷ついた老ドビンよ、貴君《あなた》の運命から
我われも世間の虚偽性を学べと教えられてもおかしくない。

*「全くの無能者」が直訳。

――この馬の死を悼んだのは、同じように働いて、今は老いてしまったネイサン・ナットだけ。これを歌う**「死せるドビンについての農業労働者の独白」**（'Labourers Soliloquy on Dead Dobbin', *EII* 407, 一八二〇年作）を引用する――

耕作農夫の、数多くの厄介な日仕事が終わり、
輝く鋤《すき》の刃《は》が、数多くの出仕事で疲れ、
仕上がっていない畝溝《うねみぞ》に横たえられて安堵し、
月の光をきらきらと映し返す刃《やいば》の鏡となり、*
くたびれた馬たちが馬具《くびき》をはずされて自由になり、
山盛りのかいば桶や馬草棚《まぐさだな》で食べるに任せられたとき、
貧しい労働者で、年老いたが頑丈な農夫ナット、
一生涯、数多くの耕地を鋤《す》き返してきて
多数の辛い早朝に鋤《すき》を抱えてきた農夫、
労働で生活し、労働に生まれついた農夫ナットは

*安堵した姿の鋤が地上の月となる描写が文字通り輝く。

剥《む》き出しになった草地を越えて、悲しみつつ急いだ、
疲れ果てたドビンが先ごろ倒れて死んだ場所へと。
立派な《人気の馬》は、ナットの優しい溜め息を求めていた。
今、ドビンは烏《からす》どもと、騒ぎ立てるカササギの餌にされるまま、
ずたずたにされた彼の遺体は、もはや役にはたたない、
哀悼の心に満ちて、ネイサン・ナットは遺体の上に身をかがめた。
記憶のなかに、過ぎた日の光景が湧き上がってきた、
ナットもドビンも、ともに若く強かった時の思い出だ、
何と数多くの日仕事を＊、ともにやり遂げたことか、
ナットもドビンも、その力で為す仕事で珍重されていたころのことだ。
そして旧友同士らしく、ネイサンは惜別の涙を流した。

＊原語 yoking. 軛《くびき》をつけ軛をはずすまでの仕事。

——反歌としてのこの作品は、先の詩編が、人馬を一体として表現していることを明確に示している。ネイサン・ナットもまた、いまや老いて珍重されず、役立たずの農民になろうとしている。馬への共感は当然なのだ。ただ惜しいのは、この二つの作品が、これまでは並べて読まれることがなかったことである（私＝森松がピーターバラ市立図書館で参照した原稿では隣接しているのに）。またこの二つはクレアの作品として絶賛されてよいはずなのに、クレア詩選集にも取り上げられず、『貧者への擁護』というクレア詩集にさえ掲載されなかったことである。

クレアは反戦詩人でもある。「**おぉ残忍な戦争よ**」（'O Cruel War,' *E I* 380）の出だしを掲げれば

おぉ残忍な戦争よ、おぉ血まみれ血みどろの戦争よ、
いつまでお前は憤り続け、燃え上がっているの、
路上で物乞いし、あまりにおおきな難儀を背負うご時世でも
あなたがた、わたしのハリーを解放して！　帰して！

また「**冬に歌う雲雀への言葉**」（'Adress to a Lark Singing in Winter,' *E I* 99. 一八一五年作）は、自然界の生物を描きつつ人間社会の悲惨を概嘆する一八一五年ころの作品。クレアは詩作を、自分の思いとしては立派に続けていながら、一八二〇年まではそれらを出版する機会もなく、詩人とは認められなかった。一部を覗けば、

ほんとだよ——小さな雲雀《ひばり》君、何の理由があって
そのように、冬の季節*に歌っているのか？

＊社会的地位の低い者が詩人として立てない世を象徴。

鳥の歌が出たついでに記すならば、クレアは小鳥たちの生き方をみごとに詩とした。中篇詩「鴫《しぎ》に与えて」（'To the Snipe,' *MIV* 574; *PC* 111. 一八三二?年の作）では、この鳥がいかにして巣を安全に護っているかを歌う——

震えやすい菅の草は
人が歩くたびにゆれ動く、
菅は人の重みに耐えはせず、人に踏み通らせはしない、
そこには君だけが孤立し、黙り込んで
座りこみ、安らいでいる。
君がしばしば舞い降りる場所を取り囲む水辺の草、
つまり菖蒲《しょうぶ》類の巨大な茂み、あるいはどこか黄色く枯れた切り株の下で
君は安全に過ごしている。

(5–12)

この種の鳥の賢い生き方を歌う詩は数多いが、鳥を扱って小さな村全体を描き出すこともある。**「大鴉《おおがらす》の巣」**(‘The Raven’s Nest,’ *MIII* 559; *PC* 102. 一八三二年作。なお訳文中の「首基」、「古老の鴉」という表現は吉川2006からの借用)の全体を読めば、誰もが微笑むだろう――(巻末にこの詩の原文あり。)

年月を経た巨大な樫木《かしのき》の首基《くびもと》に
来る年も来る年も、男の子たちは興味を呼ぶ鳥の巣に気づく、
薪束《まきたば》の大きさに近い、小枝でできた巣だ、
少年たちはありとあらゆる計略で、巣に届こうとする、
だが手や足が届くような枝は、大柱《おおばしら》に似た幹の

どこからも出ていない、そしてこの太い巨木に
群がってみても――それはみな無駄なのだ、
少年たちは上までよじ登る努力はほとんどしないで、
およそ登り始めると同時に、するすると滑り降りる。
そんなにも長く大鴉の住処《すみか》はそこに存在したのだ――老いた村人も
通りすがりに笑い声を立てて、少年時代に彼らが
まさしくこの木の上に登ろうとした有り様を語るのだ。
彼らの記憶の全てのなかでも、ただの一年として
まさしくあの鳥の巣が、あの、まったく同じな場所から
なくなったことがないように思えてしまうので
老人たちは、今あそこに住んでいる二羽の鴉は
あのころ、あの住処を所有していた鴉二羽に相違ないと言うだろう。
それは変だと考えるものもいるにはいるが、確証するのに途方に暮れて
この説を論破できないでいるうちに、二羽の鴉は
森の長老として生きている老いた鳥として通用している。
二羽は、村一番の長老ほどに老いていると名をあげ、知られているので
人間さまさえ、時折、あの木から
ひな鳥を捕まえることができる企てを思いついたという名声――

男子らしい名声——を得たいと渇望するくらいだ。
鉄の万力《まんりき》と帯金《おびがね》をたずさえて、地衣類《ちいるい》の密生した幹に
果敢にも登ったという名声、あるいは荷馬車の荷を固定するロープを
巨大な熊手に吊り綱としてくくり付け、根本《ねもと》にいる人びとに熊手を
引き上げて貰い、一人だけ、ロープの結び目*を鐙《あぶみ》替わりに用い
安全に登ったという名声——いや、さらに危険な方法で、
最も年老いた長老の記憶のなかでも
一人、実に一人だけしか記憶されていない方法で、
自分の大胆さを目的の極限まで使い尽くして
大鴉の巣まで届いたという名声——そしてそれゆえに、
村中の、ありとあらゆる田舎家《や》の暖炉のまわりで
《賛嘆の念》が、驚きのための至宝扱いにする話題を達成し、
他の冒険家がやってくるとしても忘れられることのない形で
この尖塔に似た高木の高みに達した勇敢な回数を重ね、
この危険な冒険が成功した勝利の記念として
ハンカチを風見鶏《かざみどり》に巻きつけたという名声を得たいと渇望するのだ。
それでも冒険が流行《はや》りとなった今日日《きょうび》においてさえ
この奇怪《きっかい》に巨大な樫の古木に、敢えて登ろうとするほど

*「結び目」は原文にはないが補った。

勇気ある者は誰一人現れず、この木には、毎春には必ず、
二羽の古老の鴉が、昔どおりの仕事に取りかかる、
巨大な巣の修繕だ——そこに二羽の鴉は
様ざまの変化、疾風、嵐のなかで生き続け、安全なままでいる。
そしてこの、大鴉の巣を戴《いただ》いた樫の古木は、
長年大切にされてきた村の記憶という年代記のなかの
ランドマークのように、聳《そび》え続けている。

——読んでくださっただろうか？　これはクレアの絶唱である。名声などとはご縁のない鄙《ひな》びた村にあって唯一、名声を得られるかもしれない大事業がこの巣に到達することだというユーモアが溢れるさなかに、危険のなかを生き延びる鴉の智恵を描いている。

　他方クレアは、恋愛歌作者としてもユニークである。自然の美しさをまず歌ったのち、恋人を歌う——**「待雪草」**（'The Snowdrop', *EII* 317; *OxA* 95. 一八一九—二〇年作）の冒頭を読めば

待雪草はなんと美しく輝くことか、
　この上なく清らに白い衣服に身を包み
ちょうど《穢れのなさ》が結集して
　貞節な乙女を形づくっている風情。

優しい《穢れのなさ》の、麗しい象徴よ、
　愛らしく謙虚な花であるあなたと
僕のクロエー*の、比類のない素晴らしさは
　まさしくぴったり、重なり合う。

*牧歌に頻出する女性名で自己の恋人を表した。

あるいは「**玉の泉**」（'The Fountain', *EI* 349　一八一九年作）の途中からの一部を示せば——

すでにぼくは泉ぎわに身を伸ばし、乱暴な音立てて脱ぎ捨てたのだ、
魚のように水濡れになった　汗くさい帽子を投げ棄てたのだ、
その時、想いもよらず、願いもよらぬ景色が躍り出たのだ。
（こんな偶然が起きるには、何の説明もつかなかった）
美しい少女子《おとめご》が、木製の手桶片手に、眼前に浮かび出たのだ。
　そして掬《すく》い取ったのは、あの玉の泉。

私は心を暖めるために、幾度も田園の魅力を見いだしたものだ、
そしてそれを、牧歌的な歌草のなかに歌ったものだ*、
だがこの少女子の美しさは、その魅力をおびやかす*ものだ、
　私が眼にした全ての景色に立ち勝っているからだ。

*これは後年の経験を語る部分だろう。
*美しい田園の景色にさえまさるという意味。

そして少女子が泉に腕をのばす仕草は、まさしく宝ものだ、
　私の心さえ涼しく癒《い》え、心も浸ったあの玉の泉。

少女子は素朴で、魔法のように魅力に満ち、飾り気がない、
言いようもなく謙虚に、甘露をぼくに勧めたときにも邪気がない、
少女は言った、「ちょっとこれ、お飲みにならない?」、
　　——私の脈動は数えもできぬほどに高鳴った、
おぉ《清らかさ》がこんな魅力を見せたのは前例もない、
　私には忘れられなくなった、あの玉の泉。

そして**「民謡」**('Ballad, *EII* 248. 一八一九—二〇年作)の冒頭でも、自然美と恋とが組み合わされる——

　小さな流れよ、お前はぼくの恋を知ったはず、
　瀬音たてる小川とお前は、語ることができるはず、
　どのようにぼくが、こんなに心から愛する彼女と
　あの柳の木立の下で出遭ったかを。
　小さな流れよ、お前の水は石ころの上を
　つぶやくような声たてて、震え、流れるけれども、

《愛》が何を語ったかをお前が声にできたならば
お前は喜びの世界の声をたてるだろう。

――こうした素朴な恋愛観を自ら分析するのが次の「**恋**」（'Love,' *MIV* 31; *MSC* 313. 一八二二―二四年作）である。

恋、これはひんやり冷たいものではなく
永遠の火のように燃え続けるものだけれども
派手やかな演劇の趣味が褒め称えるような
放胆《ほうたん》な求愛行動に似たものではない。
自由奔放よりも愛情深い、おぉ《気弱な恋》は
大胆な歌草のなかでは、風当たりの強いものだ（中略）
最大に愛する者は、最小の言葉しか口の端に掛けられない。

そんな恋は、頬の赤らみ、ためいきのなかにこそ棲《す》み、
言葉では言い表せない希《のぞ》みのなかにこそ宿る。
恋の想いは、敢えて色目は使わず、眼のなかに潜《ひそ》むだけ、
舌先は声音《こわね》もたてず、黙ったまま。

これらに歌われた少女は、おそらくクレアの初恋の相手メアリ・ジョイスであろう。彼女は中産階級の令嬢だったので、恋はまったく実らなかった（ついでに記すならば彼女は若くして自宅の火災で焼死した）。しかしクレアは終生彼女を忘れられず、晩年にも恋愛歌の絶唱を残している——「**一つのうた**」(Song, "I hid my love" *LII* 891; *PC* 352.) では

若い頃、ぼくは自分の《恋》を隠した。その間《あいだ》じゅう、
羽虫の羽音にも　ぼくは耐えられなかった、
しかたなく、ぼくは自分の《恋》を隠した、
そのうち、光を見るのにも耐えられなくなった、
勇気を出して彼女の顔をじっと見ようとはしなかった、
その替わり、彼女の思い出をあらゆるところに埋め込んだ、
野の花が咲いているのを見れば　どこでも
ぼくはキスをして恋人*にさよならを告げた。

またとなく緑豊かな谷間で　ぼくは彼女*に会った、
そこでは露の珠が、森の釣り鐘花《ブルーベル》を真珠で飾っていた。
力を捨てた風が　彼女の輝く青の瞳にキスして、
また蜜蜂もキスをして、歌いながら飛び去っていった、

*彼女を埋め込んで彼女の化身となった野の花にキス。

*過去の情景と谷間に埋め込んだ彼女が重なる。つまり今は彼女の幻と出会っている。この連ではこの二重の映像を読みとるべきだと思われる。

森の木の間《こま》に　日の光が通り道を見つけ、
あれほど美しい彼女の首筋に金のチェーン*を飾った、
それは森の蜜蜂が歌う歌ほどに、誰にも知られぬ秘密、
彼女は夏じゅういっぱい森に横たわっていた*。

ぼくは自分の《恋》を隠した、野面《のづら》にも町にも
ついには微風《そよかぜ》でさえぼくを吹き倒したものだ、
蜜蜂はあたり一面に民謡*を歌っているように聞こえた、
羽虫の羽音はライオンの吠え声に変わった、
《沈黙》でさえ、言葉*を語って
夏じゅういっぱい、ぼくを追いかけ続けた、
《自然》でさえ解くことのできなかったこの謎とは
隠された《恋》以外の　何ものでもなかった。

埋め込んだ彼女の姿が、抑えても抑えても浮上し、見えてくるのである。幻想の宝玉のような詩だ。

クレアの詩で、本来なら忘れてはならないのが『羊飼いの暦』(‘The Sheperd’s Calendar’)である。これは表題の示すとおり、毎月の羊飼いの生活を主題とする農事詩である。いや、羊飼いだけではなく、農業労働者すべての生活を描いている。詳細については拙訳著をご覧いただければ幸いである。

*自然の中に埋めた彼女の姿に日光の首飾り。

*過去にも横たわったが、今は埋め込んだ姿が横たわる。

*民謡には悲恋の歌が多い。

*もちろん悲しみの言葉。

レティシア・エリザベス・ランドン (Letitia Elizabeth Landon, 筆名 L.E.L., 1802–38)

L・E・Lと「**女性即興詩人**」

当時の「自由な女」に分類されるレティシア・エリザベス・ランドン（筆名 L.E.L., 1802–38）は、女性の性的奔放が当然視されるようになった今日（三人の隠し子があったことも二〇〇〇年に知られるに至った＝川津：2015）、大きくその詩の解釈と評価が変貌した詩人である。晩年に、不相応にも西アフリカの奴隷貿易の拠点「ケープ・コースト・カースル」総督と結婚して《黄金海岸》に渡り、夫が自分に料理や洗濯をさせることを憤り、青酸カリの瓶を手にして死亡した。死因としても過失、自殺、夫の現地妻への嫉妬等、様々な憶測を呼んだ（Leighton & Reynolds 40; 夫による他殺も考えられた）。

ここに見る「**女性即興詩人**」（'Improvisatrice', 1824. 同名の詩集に他の詩も収録）は二二歳のときの作品で、発表後ただちに名声をもたらした。原著一〇五頁からなる長詩である。語り手はイタリア女性とされており、作品は「詩人と画家との役割と感性を兼ね備え」た女性によって書かれ、抒情的抑揚において音楽的でもあり、そしてスタール夫人のジェンダー的主張、バイロン的ロマン派性、キーツ的美意識を持つとされる（J.

Wordsworth's 'Introduction to Landon': Woodstock Books, *Improvisatrice*, 3)。以下の要約を参照されたい。

「女性詩人」の絵画

語り手は幼時を、虹の色彩を持った絵画に囲まれ、歓びの花、常緑の木の葉、ロマンチックな歌の中で過ごした(p. 2)。歌と絵の制作を愛した(p. 3)。最初に展示された絵では、サラバンドを踊る男女の群れから離れて、じっとラウラを見つめるペトラルカを描いた(pp. 3–6)。

この詩人は誓いを捧げていた、独りの麗しい星に、
彼には輝かしい星、だが遠くでしか輝かない星に。

(p. 6)

次の絵に登場した女は、もし華やぎと微笑みが美だとすれば、美しくなかった(p. 8)――糸杉（喪と死を表す）と暗い岩のそばで「長々と告別の歌」を歌っているサッポーの姿だ――詩中の詩「**サッポーの歌**」('Sappho's Song')の一部をここに掲げよう。

悪運をもたらしたのは、わたしの甘い歌ではない、
　わたしを支配する天の邪悪な星の仕業なのだ。
わたしに恋を教えたのもわたしの歌ではない、
　わたしに歌を教えたのがわたしの恋。

(pp. 10–1)

――このように絵画と詩が綾織《あやおり》にされる。この女性詩人の語りの中には、この詩人が作ったとされる詩群が次々と挿入され、語り手自身の弾くハープに合わせて歌われる。

女性による男性美の描写

語り手に運命の瞬間が訪れる。暗鬱な表情の男性の眼差しに釘付けになるのだ。黒髪の巻き毛が影を落とす、雪のように白い額――

傲慢そうな額は微笑に照らされていた。その魔力、この微笑みの魔力を語ろうとしても、言葉は無力。何という唇!――おぉ、この唇から溢れ出るだろう、雄弁が、溶岩の洪水となって、吹き出るだろう。

(p. 30)

女性が惹かれる男性美の描写は比較的に稀有である(男性による女性美の描写はあれほどにまで多いのに!)。幽かな星明かりの下で囁かれるべき蜜のような低音の男声! 燃える凝視の下に沈んでいる、私に注がれ続ける眼!

私の眼も沈んだ――それでもなお感じられたその戦慄、私の上になおも燃え続けている、あの視線の屹立!

(Mine sank—but yet I felt the thrill
Of that look burning on me still.)　(p. 31)

脚韻が、恋におちる瞬間の心をスリリングに伝えてくる。

恋の憂鬱

音楽家でもある語り手は恋の憂鬱をハープに託す。そして窓外を見れば

眼に映じたのは、長く流れるアルノ河、
澄みきった月光に栄光見せる、夜の河。
暗がりの市街が、わたしの視界にころがった、
過ぎた日々の記憶のように幽かながら拡がった。　(p. 35)

そして彼女は即興詩をハープの伴奏で歌う――歌は男との悲恋の夢で「**魔法の盃**」('The Charmed Cup') と題される。男ジュリアンは盃から忘却の秘薬を飲み、最初の恋人アイダを忘れる。捨てられたアイダは「自分自身が自己の墓／自己の青春、いのちの呼吸、華やぎ自体を埋めた墓」(p. 40) と嘆く。女は陰惨な遺体のように見える魔法使いを訪れて助力を乞い、男を取り戻す薬草を手に入れる (pp. 42–4)。なお男を慕って已まない女は、薬草を混ぜた飲み物を彼に飲ませる。すると一気に薬が廻って男は死ぬ (p. 46)。

「ヒンドゥー乙女の歌」

現実に戻った語り手は、恋する男の名がロレンゾであることを知る。画廊へ行って彫刻をデッサンしようとすると、そこにロレンゾが来ている。彼は愛の言葉を一つとして語らなかったが、三日月と星明かりの中で幸せが感じられた。ある夜の仮面舞踏会へ語り手は《ヒンドゥーの乙女》に扮して参会し、「意識あるものと化した私の頬は／誰の眼が私をじっと眺めているかを察知した」(p. 50, ここでの'conscious'の用法は、グレイの「金魚」における猫の尻尾の描写が前身)のだった。誰に褒められるよりも彼に褒められるのが嬉しい語り手は、またここで「**ヒンドゥー乙女の歌**」('The Hindoo Girl's Song')を歌う――螢の光のように一瞬輝き、一瞬隠されるのでなければ、恋の炎を養ってくれない。時に渋面を見せてこそ笑みは真価を発揮する――

　はにかむ薔薇色、大笑い、溜息をつねに混ぜ合わせよ、
　美しい春の気候のように、華と太陽、雲を入り混ぜよ。
　　(p. 52, このアルス・アマトリアはハーディその他が継承)

――恋の手管をこう歌ったあと、今度は悲しみの長歌だ。

それは「**インドの花嫁**」('The Indian Bride')と題され、これまたインドが舞台である。《インド》はロマン派以降一九世紀を通じてイギリス文学に登場する。L・E・Lはこの詩集収録の「**舞姫**」('The Bayadere', バレエの「バヤデルカ」とは大違い。ヒロインの舞姫は、バレエのように奸計によって毒蛇に殺されるのではなく、愛する王子の遺骸を乗せた荼毘《だび》の中へ自ら身を投げる)でもインドに舞台を設定する。このインドの「花嫁」でも、ロマ

ン派の諸詩編と同じく、異国的なロマンティシズムが意図されている。ヒロインのザイーデは夕闇の中、ランプに花を飾り、蓮の葉をランプの天蓋として、ガンジス川端の高木マンゴーの木蔭で、恋人の名を呼ぶ（ジャスミンの花を表現するにも「そのいくつかは銀の水しぶき／いくつかは朝焼けの金の息吹き」[p. 53] などと美意識を発揮する）。漕ぎ出した舟の中でランプが消え、この凶兆に彼女は泣く。しかし戦勝のあと帰還した兵士たちに混じっていた恋人アジムの腕の中で凶兆を忘れる。だが一行空いたあと、アジムは死に、葬式と結婚披露宴が同時に行われる情景となる。「他の感情全てを凌ぐ純粋な激情、これこそ真の愛ではないか？」――

生きた恋人への誓いを、堅く守り墓の中でも囁くとは！
恋の花の中で輝いたように、枯れ花の中でも輝くとは！
(p. 58)

最後には荼毘の火が消えたとき、彼女も消えていた――あの舞姫と同じように、ザイーデも焼身自死をとげたのだ。

去ったロレンゾ

語り手はロレンゾの褒め言葉だけを期待して歌っていた。だが終わってみると彼はそそくさと立ち去ったではないか！　誰も来ないバルコニーに出てみた。すると美少年アンティノウスの彫像の傍にロレンゾがいた。彼はその大理石像より美しい（p. 63）！　手を取ってキスしてくれたが、その手を投げ出して去っていった彼は、語り手の現れそうな場所には二度と姿を見せなかった。噂では他の女が彼の心を捉えたという。

かつては命《いのち》と光だった事物にも興味を失った彼女は絶望の「**歌**」('Song')を歌う——

あなたから得ていたかった、たったひとつの誓いを、
得たならば多分これほど厭わなかったろう、この世界を。
(p. 70)

彼にはわたしは一時の想いでしかなかった、ところがどんな時刻も場所もわたしにはあなたの思い出でいっぱい！

語り手は今や失恋の歌、それもギリシアの伝説による歌しか歌えない。あの時代には、どの風の中でも声が語っていたし、一つ一つの星が、それぞれの恋の物語を有していた。ギリシア伝説から語り手が選んだのが「**レアデスとキューディッペー**」('Leades and Cydippe')である——失恋したキューディッペーが埋葬されると、墓の糸杉が枯れる。遠い海を越えて帰国したレアデスが彼女の墓を訪れ、糸杉に接吻する——

レアデスはそこに住みついた。酷暑の夏にもことさらに
静かな露が枝々に、流れる涙さながらに
緑の木の葉に染みついた。やがて冬場となっていた、
だが糸杉は緑のまま、彼女の墓に立っていた。
(pp. 81–2)

語り手はこの歌のあと、墓場で見た恋ゆえに死んだ女の墓碑銘を見て、この女を絵で表現する——暗い海

と樹一本ない岩場の中に描いたのである。そして散歩中に、教会の扉が開いてロレンゾが花嫁と共にいる光景に接する(p. 87)。

だがやがて彼女はロレンゾと再会、「**ロレンゾの履歴**」('Lorenzo's History')が一編の詩として挿入される。彼は幼いときから、富裕な家系の孤児と婚約していた。身体の弱いこの少女を裏切ることができず、結婚して彼女の健康によいという南国に連れて行ったが、その甲斐なく彼女は亡くなった。その地に埋葬したあと、あなたへの思いに駆られて、こうしてまたフィレンツェへやってきた、というのだった。これに続いて語り手の側の反応が、**無題詩**として埋め込まれる。まがい物の幸せ!

恋はいま、救い出すにはあまりにも手遅れです、
偽物の愛! おぉあなたは、墓場に連れ込んだ方と
どんな関係をお持ちになったのです?
(p. 99)

死んで《愛》の記憶の中に生きるほうが幸せです、「ロレンゾよ! このキスが呪文となるように!/わたしの最初の、そして最後のこのキスが! さよなら、さよなら!」(p. 102) ——このように女吟遊詩人は自尊心を保つ。

詩の結末

ある夜、雷鳴と豪雨を口実に、豪華な一軒家に入れてもらう。「《悲しみ》の腐食された頁」のような顔を

した若い世捨て人が、彫刻と絵画に囲まれて暮らしていた。なかには一点、見事な絵があり、美しい女性がハープに寄りかかっているのが描かれていた。だが傍には骨壺が置かれ、その上の銘板には次の言葉が刻まれていた――「吟遊詩人である恋人にこの絵を捧ぐ。ロレンゾ」(p. 105) と。骨壺はただの象徴なのか、ロレンゾが本当に死んだのか、またこの銘刻を見て語り手の恋が再燃したのかしなかったのか、若い《世捨て人》はよく見ればロレンゾその人の変わり果てた姿だったのかどうか――これらは全く語られていない。読者の想像に全てが委ねられた《開かれた結末》である。この作品は単なる恋物語でありながら、言葉の制約を乗り越えて、絵画を何度も描き出し、歌とハープで音楽を導入し、詩の中の詩というメタ・ポエムの手法を繰り返し、現代音楽で言う《回避終止《カデンツ・エヴィテ》》を結末に用いるなど、時代を先取りしている。また女性の恋の心理に興味のある読者には魅力ある作品である。

ところでこの長詩の結末について、この女吟遊詩人は恋に敗れて死んだのだという解釈がある（'*The Improvisatrice*, in which a woman poet tells a series of sad tales about betrayed heroines and herself dies of a broken heart.' Leighton & Reynolds xxxv. ただしこの部分の文責は Reynolds である）。これは原文を無視した誤った解釈であるとしか思えない。詩の結末をもう一度要約し、最終部分は訳出しておこう――嵐ゆえに館に入ることを許してくれた城の若い主《あるじ》は、悲しみの表情しか見せない若い《世捨て人》だが、彼の周りには「優美な彫刻が並んでいて、丸屋根の周囲には絵画が輝いていた」――

だが一点、最も美しい作品があった！
その場に見える全てのなかで最も輝かしい絵画が！

（中略）それは人の顔の絵！　夏の日中の光さえ
これ以上には燦然としてはいない！
（中略）彼女（顔を描かれた女）はハープに凭《もた》れて
片手はハープの弦のあいだに雪のように垂れていて
唇はまことに生気に満ちて開こうとしていたので
彼女の鈴のような言葉が聞こえそうだった。（中略）
彼女は、恋のために、かつては燃えていた恋が冷えた石へと
変身する前の、サッポーのように見えた。
だがこの絵のそばに置かれていたのだ、
ひとつの葬儀用の骨壷が。骨壷の上には
心の惨めさを記したらしい様子が見て取れた。
そして骨壷の上に吊るされた銘板には
悲しみの言葉が贈物として刻まれていた――
「吟遊詩人である恋人にこの絵を捧《ささ》ぐ。ロレンゾ」。

――ロレンゾが本当に死んだのかなという推測は可能だが、女吟遊詩人が（自分は実は愛されていたのだと知るわけだから）これを見て死んだとは思えないのではないか？　若い《世捨て人》が誰であるかを彼女が認識して、恋の成就さえ想像できるのではないか？

他の詩編

L・E・Lは後年の詩集で、イギリスの汚濁を清める仕事を若い女性に託す「**ヴィクトリア王女に**」('The Princess Victoria')を歌う一方、「**死にゆく我が子**」('The Dying Child')では、母親がこの世で自分が経てきた苦悩を娘に味あわせたくないという願いから、高熱に呻く女の子が安楽な死の世界に入ることを願い、「**貧者**」('The Poor')では貧富の差を弾劾した。見事な滝を見て「人生の利己的な利害は消え失せる」と歌った自然詩「**スカラ瀑布**」('Scale Force')もあり、後年のハーディ『ジュード』を思わせる「**結婚の誓い**」や、言葉は神秘で「生も死もその中に」と歌った断片詩「**言葉の力**」('The Power of Words')も印象的である。また「**工場**」('The Factory')も彼女としては特異である。このうち「貧者」と「結婚の誓い」、それに「工場」を訳出しよう。

「**貧者**」

貧者以外には、貧者を思いやる人は僅か、
　富裕な者は知りもしない、どんなに辛いかを、
必要な食べものから、そして必要な休息から
　閉め出されて生きることが。

富裕な者の道のりは満ち足りた道のり、
　絹と羽毛のうえに眠っている。

考えさえもしないのだ、疲れ果てた頭が
　どんなに重苦しく横たわるかを。

彼らは知りもしない、僅かばかりの食事が
　青ざめた子どもたちのまわりで摂られるさまを、
雪が地面に降り積もるときにも
　冷たく濡れた暖炉に火も燃えていないさまを。

貧者は窓に寄りかかっても見はしない、
　派手やかな人びとが通り過ぎるさまさえ、
そしてふたたび辛い仕事に向かって
　以前にも増して悲しげに働くのだ。

「結婚の誓い」

結婚の祭壇、これは死の祭壇！　祭壇には若い男女の
この上なく甘い希望の全てが横たえられるのだから。
女の唇が、誓って《心》を遠ざけるのは

恐ろしいことだ。だが知るがよい、その《心》は
誓いを述べるうちにも誓いを破っていて、未来に自分が
出遭う意気込みもない暗黒から尻込みしていることを。
まだ開いてる墓の上で読まれる典礼の言葉は
結婚による犠牲者を縛り、意志を縛れない誓いを
封印して不動にする典礼の言葉よりはるかに優しい――
なぜなら墓のなかには、その先の安息があるからです。

「工場」

あの煙は閉ざしている、明るい昼のひかりを、
日の入りの、深紅五色の曲玉《まがたま》を、
月光の、澄みきって静かなあかりを
あかつきの真珠のような露珠《つゆだま》を。

このように閉ざすのが、お前様の道義的な大気、
お前様の日常を取り巻いている雰囲気。
心配で重苦しく、恐怖で青ざめた空気、

未来に乱されるのが必至の風紀。

我々はモレクの犠牲*を読んで
その名前に吐き気をもよおし、
子らの悲鳴が聞こえるように感じる。
そして我々はこれと同じことをしている。

いやさらにむごいことを――モレクの生け贄は一瞬の苦痛、
異教徒の祭壇が強いた一瞬の苦難、
だが我々は何年もの苦痛を強いる――我々の邪神、《利得》は
生きたままの墓を要求する。

（訳注：本来あるべき姿は）子の周りには《愛》があり、子の日常は
無邪気で自由気ままなのだ、
子の心は幼げな能力を試してみる、
母親のひざのかたわら。

（訳注：だがイギリスの現実では）だがここでは秩序が逆転している、

*セム族の神モレクがいけにえとした子ども。「レビ記」一八の六。

幼い子らが、老齢の人びとのように
人の生活のなかで最悪の部分だけを体験する、
それは単調で黒ずんだ人生の一ページだ。

そのページは涙で書かれ労役の型押しがされている、
一番最初の時間から、しわくちゃにされたページだ。
この苦痛の土壌には、雑草が黒ずみ
雑草には絶対に花が咲くこともなかった。
体力がやって来ないうちに働くか、
さもなくば餓えるか――このようなことが宿命なのか、
数多くのイギリスの家庭を
長期にわたる生き埋めの墓とする宿命なのか？

天界が示す憐憫はないのか――
あの美空には慈悲心は存在しないのか、
ではこのような、邪神への生け贄を助け出す愛、
そんな愛は、人の心にもないというのか？

おうイングランドよ！　お前の貢《みつ》ぎの海は
お前が偉大で自由だと公言しているけれども
これら小さな子らが奴隷のように悲しむかぎり
お前の上には呪いがかかっているのだ！

婚外子スキャンダルを逃れるためにアフリカに行ったL・E・Lが、実は優しい心の持主であったと思わずにはいられない。そのような短詩類である。

ジェイムズ・クラレンス・マンガン　(James Clarence Mangan, 1803–49)

マンガンの記念像

本名はジェイムズ・マンガン。当時国全体が極貧状態だったアイルランドの詩人である。《酔いどれ詩人》と呼ばれることがあるらしい (Cunningham 125)。彼も父親も、酒に救いを求めるしかないほどの貧困に苦しむ家庭環境だった。

しかしドイツ語とドイツ哲学を独学で学び、その影響を受けて、アイルランドの定期刊行物に多くの民謡と詩歌を寄稿した。常に貧困と闘いながら、女には侮辱されてはねつけられ、一生独身だった。

体力の衰弱、飢餓状態の連続が一因となって、コレラの流行にひとたまりもなく巻き込まれて、極度の貧窮状態のなかで世を去った。

こうしたことを考え合わせれば、マンガンは、一九世紀前半のアイルランドの国情をまさしく象徴する詩人であると言えよう。

一八四二年に発表された「**風のなかに去りぬ**」('Gone in the Wind') は、マンガンの、「諸行無常」というべき人生観がよく現れているので、まずこれから、その一部を読みたい――

ソロモン！* 貴殿の玉座は今どこに？ それは風のなかに去っている。
バビロン！* 貴様の力は今どこに？ それは風のなかに去っている。
すみやかに去る正午の影法師のように、視力を失った人の夢のように
地上の栄光と栄華はすべて、風のなかに消え失せる。 (1-4)

＊古代イスラエル王国の第三代の賢王。
＊古代バビロニア王国の華美な都市。

第三連、四連を見れば「ソロモン！」、「バビロン！」の二行が繰り返されたあと――

《人間》の《天賦《てんぷ》の才》が成し遂げたり設計したりしたものすべては
風によって塵として扱われる《時》を待っているにすぎない。

いいか、快楽とは何？ 幻影だ、漠然とした仮面だ。
学問《サイエンス》とは？ アーモンドの粒だ、葉を立てても渋皮だけしか かじれない粒。
名誉と富とは？ 《運命》が署名した《皇帝の勅令》に過ぎず、
風の翼に載《の》ってひととき光って飛び去ってゆくだけのもの。 (11-6)

そして終わりのほうでは、（リフレインも示すならば）この世で得たすべてを風に引き渡してこそ人は幸せを得られるに過ぎないことを強調する——

ソロモン！　貴殿の玉座は今どこに？　それは風のなかに去っている。
バビロン！　貴様の力は今どこに？　それは風のなかに去っている。
自己の心が、地上における情愛、憧れ、気苦労のすべてを
風に委託してしまった人のみが、死において幸せなのである。

汝、読者よ！　哀れな《人類》の狂気を憐《あわ》れめ！
《知識》についての大ぼら——悪魔が人を盲目にしようと精を出しているのに！
《栄誉》についての大ぼら——私もその一例——なぜなら束ねた花輪を私は誇っているが、
（詩歌の花輪なのだが）この花を集めたのはただ、風のなかに撒《ま》き散らすだけ。

（25–32）

——最終行でマンガンは、黄泉《よみ》の国の鐘の音色が風に載ってくるのが聞こえると結んでいる。
次には想像のみで書かれた「**シベリア**」（"Siberia"）を読みたい。これはアイルランドの現状を裏側に示唆しているように感じられて当然であろう。おそらくは象徴性を意識して書かれたものと思われる。

（この詩の原文全てが巻末にあり。）

シベリアの荒野では、
　氷を思わせる風の吐息が
鋼鉄の歯車のように万物を傷つける。
呆然自失のシベリアが見せてくれるのは
　立ち枯れの荒廃と死のみである。

立ち枯れと死のみであって
　《夏》の輝きはどこにもない。
《夜》は《日中》とあい交わり、
シベリアの荒野では四六時中
　血液は黒く凝り、心は苦しみにやせ衰える。

シベリアの荒野では
　涙が流されることはない。
なぜなら涙は脳のなかで凍ってしまうからだ。
この上なく鈍い痛みのほかは何も感じられない。
　激しい痛みなのに、命が失せた痛みだからだ。

――ここでは、自国の「凍てつくような」困窮のなかでも、悲歌慷慨《ひかこうがい》して涙ながらにそれを他者に訴えることさえしないアイルランド人の無気力を歌っていると思われる。第五、六連ではすべてが凍りついてしまって、人の心も、凍てついた環境と同化してしまっていることを歌う。言うまでもなく、何の改善への動きもないアイルランドの現況を嘆いているように感じられる――

シベリアの荒野にあるものと言えば
　砂の広がりと岩また岩のみ。
緑のもの、優しげなものから、どんな花も咲きはしない。
ただ雪の峰が高々と天を突き
　不気味な氷山が聳《そび》えているだけ。

そしてここに流された人は
　これらの氷山と同化してしまっている。
氷山たちも情景の一部、流刑人もその一部、
なぜなら彼の心に砂があるから、
　人を殺害する雪も心にあるから。

――だからこの荒野では、「誰も《ロシア皇帝》を呪わない」と次の連で歌って、最終連では

そして各々《おのおの》はそのような宿命を我慢するのだが
やがて《飢え》に蝕まれ、
《寒気》に打ち斃《たお》されて、流刑人はついに倒れ込み、
それでも死体になるかならないうちに
彼の最後のため息が漏れてくるのだ。

――すなわち、死んだ直後の行為は、恨みがましくため息を漏らすことだ、というわけである。アイルランドの人民を流刑人にたとえて、国全体を極地のように何ひとつの温かみのないところとして描いている。そして死んでもなお嘆きと恨みは残る――マンガンの窮乏を考えれば、これはパーソナルな実感を歌ったものだと思われてくる。

一八四五年の「**夜のとばりが落ちてくる**」('The Night is Falling') は、四年後の死を予感したかのような詩だ。

冷え冷えとした十二月に、夜のとばりが落ちてくる。
音立てない流れを、霜のマントが覆い始めている。
暗い霧が山の頂上に、死のころものように纏《まと》いつきだした。
私の魂は疲れ果てた。私は今、
思い起こすのだ、
薔薇《ばら》の咲く日々は夢のようなものであったと。

老いたる《麻痺《まひ》執行人》＊の氷のような手。
《冬》の手が私の頭脳に載せられている。
微笑もうと試みるが、私の内心は嘆いている。
私には望んだり信じたりする勇気がない、
　　《夏の日》がふたたび
　地上を明るくするなんてことを。

こんな次第で、墓のほうを熟視するとき、
「人は不死」ということになっていても、
取り巻く《夜》を見通すことができない。
《夜》は《人の時間》を《永劫》から切り離すからだ。
また人は、この《死の舞踏》が、《栄光》と《いのちの光》＊の
　入口であると感じることはできない。

＊《死》を暗に表現。

＊《栄光》と《いのちの光》はキリスト教の説く天国の幸せ。

——最終連は。「人は」などとパーソナルな詩ではないように装ったてはいるが、歌い手自身の気持を述べていることは明らかであろう。前に示唆したとおり、マンガンは欠食のためやせ衰えていた。
　最晩年の「**名も無きひとり**」(‘The Nameless One’) では、我が歌よ、川の激流のように流れよ、神が霊感を与えてくれるだろうと第一連で歌ったのち、第二連と第五連では

神よ、世界に伝えてください、若い男女、老いた人びとの
　最後の住処《すみか》に私の骨が白くなって横たわるとき、
かつて世界には、血が稲妻のように光りながら流れるのに
　誰にも見られなかった一人の男がいたことを。
（第二連）
またお伝えください、いかにこの男が踏みにじられ、嘲笑され、憎まれ
　体力のなさ、病気、ひとの仕打ちに弱り果てたことを。
（第五連）

また第八連では

　さらにこう語れ、才能を無駄遣いして
　　友人には裏切られ、恋愛では愚弄《ぐろう》されて
　精神も難破し果て、若い頃の希望も枯れ果て
　　なおも奮闘したことを。

こうして終わりがけには詩歌だけが価値ありと歌って、辞世の句としている――

　こうも語れ、いかにして踏みにじられ、愚弄され憎まれて
　　身体の衰弱、病《やまい》、人びとの仕打ちに疲れ果て、

この男が神の庇護《ひご》のもとへ飛び去り、神が男を、詩歌と
娶《めあわ》せたかを。

頬がこけたマンガンの顔。

マンガンを描く切手。国家が
彼を称える。

トマス・ラヴェル・ベドウズ　(Thomas Lovell Beddoes, 1803–49)

オクスフォードで学び、一八二二年、無韻詩行《ブランク・ヴァース》を連ねた戯曲『花嫁の悲劇』で世に認められた詩人・劇作家である。作風は常に《死》にとらわれており、オクスフォード卒業後ドイツのゲッティンゲン大学で医学を学んだのも、死後にもなお《魂》が生き延びるかどうかを実証するためだった。だが医学博士となった。民主主義的思想を持ち続け、そのため医学部教授になることを拒否された。

そのころ生じたドイツでの暴動を恐れてバーゼルに逃れ、乗馬中に落下して怪我をし、壊疽《えそ》となった足の膝下を切断した。まもなくその地で服毒自殺したと伝えられる。

彼の代表作は没後に出版された無韻詩戯曲『死の笑話集』(*Death's Jest-Book*) であるとされる。筆者（森松）は、岐阜女子大学で行われたイギリス・ロマン派学会の年次大会において、『死の笑話集』を中心にしたイギリス人研究者の口頭発表の司会を命じられ、短期間に四苦八苦してこの戯曲を通読してなんとか役目を果たしたが、《死神》から見れば人がめでたいと思うことのすべてが嘲笑に値すると歌っているように感じられた。

ここでは『死の笑話集』のなかの歌を一つと、短詩二つを訳出する。

「アサルフ（登場人物名）の歌」

('Athulf's Song')、『死の笑話集』より

糸杉*の枝と、美しい薔薇の花環**、
婚礼の衣装と、死者の衣*、
初夜のベッドと棺台、
花嫁さん、あなたのものです、多くのキスが、
それに、微笑みながらの《死神》の警報と恐怖も。
また、青ざめた花婿さん、墓の冷たい両手、
魅力と呪い*の両手のなかにすっぽり抱かれるがいい。
《死神》と《結婚の神》が、ともにここにいるのだよ。
だから大鎌と松明《たいまつ》*を持って立ち上がれ、
そして古い教会*の入口に向かえ、
すべての鐘*がくっきりと鳴り響くあいだに。
そうすれば新しいベッドは、薔薇いろ、薔薇いろに華やぐさ、
そうすれば新墓は、土臭く、土臭く盛り上がるさ。

*墓場に植える樹木。
**結婚式に用いる。
*日本でいえばきょうかたびら。
*「魅力と呪い」の原語は一語でcharms.
*大鎌は《死神》の持ち物。松明は祝祭用。
*結婚式も葬式も教会で行われる。
*結婚式にも葬式にも鐘が鳴る。

今こそあなたの頬に、笑窪《えくぼ》をわななかせなさい、
味わうにしろ語るにせよ、あなたの唇を甘美につくろいなさい、
　だってキスしてくれる彼*が近くにいるのだから。
彼女の近くには、美しい婚礼の神が、
　若々しい能力、体力をもって控えているから、
また、彼の近くには、青白い馬に乗った青白い騎士*が
　むき出しの灰色野郎*として
　彼を誘って遺体にしようと控えているから。
　《死神》と《結婚の神》が、ともにここにいるのだよ。
　だから大鎌と松明《たいまつ》を持って立ち上がれ、
　そして古い教会の入口に向かえ、
　すべての鐘がくっきりと鳴り響くあいだに。
そうすれば新しいベッドは、薔薇いろ、薔薇いろに華やぐさ、
そうすれば新墓は、土臭く、土臭く盛り上がるさ。

この詩を、エドガー・アラン・ポーの「鐘のいろいろ」(The Bells) と読み比べると、この詩のニヒリズムがより鮮明に感じられるだろう。
次には短詩を二つ訳しておきたい。

*新郎と《死神》の両方を指す。以下の行を参照。
*《死神》。
*以上三つの*を振った語句は婚礼と葬儀の両方を示唆、

「死はすてき」（'Death Sweet'）

死ぬのはすてきではないか？　死が何かと言えば、
もう二度と死ぬことはなかろうと安堵のため息をつくことに過ぎず、
いつもの退屈な自分よりちと背が伸びることに過ぎないから。
毒気を帯びた悲しみから出る最後の涙を踏みにじり、
我らの悲哀を振り落とし、凍てついた《希望》を押し砕き、
人から出る薫香《くんこう》のように、次第に消え失せることに過ぎないから。
そのあと、もし、なお肉体がものを感じられるのなら
墓のなかで静かに雛菊に変わるときは、ドンナ気持ちであろう。
仮にそれが魂の最も精妙な喜びでないとしても
魂が、愛に包まれ、歌の、エメラルドのような花々のなかで
人の思考の毛穴から濾過されて行くときには。

これは素朴な死の礼賛であるが、次の詩は象徴性を帯びて、《生》の《奇怪さ》を読者に訴えているように感じられるのではないだろうか？

「ナイル鰐」（'A Crocodile'）

睡蓮でいっぱいのナイル河の近くで、わたしは見てしまった、

浅黒い《河の竜》が、身を伸ばしているのを。
四肢《しし》の褐色の鎖帷子《くさりかたびら》は、血の色をした柘榴石《ざくろいし》と
雨を思わせる真珠で、エナメル状に彩られていた。
彼の背中には子鰐《わに》が眠っていたが
大きさは二十日鼠ほど。目はビーズ玉のようで
斑点のある卵の殻が、なおも小さなかけらとなって
悪気ない、パルプのようなその鼻面《はなづら》に残っていた。
陽気な羽虫が飛び退くのを捕まえようと、この子鰐が
大口開けたのは、笑いたくなるような光景。親のほうの
巨大な《悪魔的怪獣》の鉄のような口のなかで、一見、岩だらけの地獄で
青ざめている魂のように、雪のごとくに白い《ナイル鰐千鳥《わにちどり》》*が
軽やかに飛んでいて、薔薇色のくちばしで
鰐の喉《のど》のなかから、恐ろしげな蛭《ひる》を何匹も、八つ裂きにしていた。

*危険な鰐の口の中へ入って
餌を得る鳥。

人間すべてが、《ナイル鰐千鳥《わにちどり》》と同じように、危険な《死》の顎《あご》のなかで、一刻先の自分の運命も知らずに、生物を殺して得た肉や魚肉を八つ裂きにしながら飲み食いしているというからかいが、この作品の象徴性なのであろう。

キャロライン・ノートン　(Caroline Norton, 1808–77)

ダッファリン（第Ⅱ部参照）の妹ノートンは姉よりも本格的な詩人だ。確かに抒情詩の点でも、**詞華集**(Reynolds: 136ff) 収録にふさわしい作品もある——「**サッポーを描いた絵**」('The Picture of Sappho') の「あなたは本当にここに坐っていたのか（中略）／そばに見棄てたハープを音もなく横たえて」（第三連）と《彼》（恋人パオーン）が再び現れるのを待ち続ける姿を想起し、最後に「《名声》は、あなたの張り裂ける胸に／何の慰めも与えてくれなかった」（第一〇連）と結ぶ女性的抒情、また奮闘したあと没して何の名も残さない寡婦だった母を、女性一般の代表として歌う「**女性の価値の無名性**」('Obscurity of Woman's Worth') に見られる哀悼と穏やかなフェミニズムとの結合などにも彼女の資質の一端が見られる。だが同じ詞華集の「**ソネット第七番**」で顕わになる本格的なフェミニズムにこそ彼女の本領がある——鎖を解かれて飛び立った籠の鳥に擬せられた女の恋は

籠の鳥と同じく、以前の拘束から解放されても無益《むえき》、
私の心は今なお、記憶から消えない鎖の重みに辟易《へきえき》。

('Sonnet VIII': 13–4)

さて実生活において彼女が、横暴な夫と別居した後には、社会問題全般を視野に置くことになる。まずその方面の代表作から眺めよう。

一八三六年ノートンは、『**工場からの声**』と題する詩集を刊行し、そのなかで各連九行、計五九連からなる長詩「**工場からの声**」('A voice from the factories') を世に出した。副題に「深刻な詩体で」(In serious verse) とある。献辞(アシュリー卿宛)は、作者が男性であるように装って匿名で書かれた——「苦しむ人びとのために、私の声を、より賢明で優れた方々の声に加えたい一心です」。当時すでに、アシュリー卿などによって子どもの労働時間を一日十二時間に減らす運動が為され、ある程度の効果は挙げていたが、一八三三年の法律は九—十二歳の労働時間を一日八時間に減らすことを定める一方で、三六年(この詩が書かれた年)には十一、二歳の子からはこの保護が取り去られた。しかも十三歳以上の子には、三三年の法律さえ、一日十二時間の労働時間を認めていた。「悪慣行の廃止」(同)を求めて書かれたこの詩も、世の改善を目的とする英詩の一伝統を受け継いでいる。

(悲しいのは)人が作った情景の中のくたくたの子らの躯《からだ》、
幼時の無邪気とは何を意味するか判らなくなるからだ、
(中略)子らは他者たちの利得のために終日働き詰め。

（中略）白熱の夏が子らにもたらすものは、ただ一つ、
息もつまり気力も萎《な》える二枚重ねの呪いのみ。（中略）
疲れた足を元気づける青苔道の散歩さえ、許されない。（第七・第九・第十一連）

「ちゃんと給金は払っておる」という雇用者の言葉に「自由を冒涜《ぼうとく》するなかれ！」（第十七連）と立ち向かい、子らが奴隷も同然である現状改革を訴える。

奴隷であることとは何か？　骨身に食い込む難儀の下で
頭を垂れて毎日を過ごすことでなくて何であろうか？
他人の目的に奉仕するために刻苦《こっく》して働き――
余暇も、健康、体力、技倆も放棄することではないか？
そしてこれらを不本意にも諦めることではないか？（第十八連）

とノートンは歌う。雇用者は「両親の選択だぞ、パンを得るためだ」と反論。だが貧困こそが原因だ（第二〇連）、労働ではなく、過剰な労働に反対するのだ（第二一連）とする。工場の利得が失われるとの反論（第二二連）には、

おぉ！　では《暴虐》の法が、我が国の織機に

繁栄を与えているとでもいうのか？
《商業英国》の栄えある経済活動のために
このむごたらしい犠牲が必要だというのか？
（第二三連）

とノートンは慨嘆《がいたん》する（機織りが当時の主産業だった）。
彼女は詩のなかで公然と政府の施策を非難する。過去のイギリスは圧政から逃れた人びとを受け容れた《自由》の国だった（第二四、二五連）、我が国はその名声を失って子らの涙で国旗を汚すのか（第二六連）と歌ったあと、政府が「救済策は講じた、国全体の利益から見て個々人の損失は不可避だ」と開き直るのに対して

おゝ！　今日、臆面《おくめん》もなくそのような《悪》が叫ぶとは！
修正・救済は、高潔な心から為されねばならないのに！
（第二八連）

——我が国の『女工哀史』（細井和喜蔵、一九二五年）もまた織物業の若年女子労働者の劣悪な労働環境を描いた書であったことが思い出される。我が国にしろ、また他国の場合にしろ、《プロレタリア文学》は、ソ連を初めとする《共産主義》を標榜《ひょうぼう》した国々の残忍な政治実態が知られるとともに、光輝を奪われた。だがこの種の文学は、このノートンの姿勢、いやそれ以前の、特にブレイクの歌いぶりから知られるとおり、実際には人間愛から発したものであった。

貧困層の子の労働条件改善の結果として、富裕層が我が子に遊興の道を教えるほどの財を築けなくなるのはむしろ幸せではないかと歌うスタンザを連ね（第二八―三二連）、そのあと、富の蓄積による放蕩息子を産み出さない場合の、理想的な《イギリスの幸せな家庭》像を描き出す（第三二―三八連はヴィクトリア朝的な、キリスト教を支えとした良き家庭像、幸福な児童像の先駆というべき描写である。ヴィクトリアニズムは多くの場合、非難の対象となるけれども、この《幸せな家庭像の夢想》を批判する必要があろうか？）。

家庭では優しい妻が待っている――夫とともに、遠い昔、
神に清められた祭壇の前にひざまずいた妻が。
今も美しい妻――これまでに感じたことの全てが、
その輝かしかった顔の誉れを鎮めてしまってはいるが、
その表情に、より高貴な優しい優美を加えている。
（第三三連）

――この連では、国会議員としての座を何の苦労もなく与えられ、その座を失ってからは、富裕層出身の単なる放蕩息子と化したノートンの夫を考えるとき（彼女はこの歌以前に、すでに夫と別居）、深い思いがそこに読み取れる。戸外で「あちこちに咲く花々のように」遊んでいた子供たちが、帰宅した父に駆け寄って、われ先に愛撫を求める描写（第三五連）は、トマス・グレイの『墓畔の哀歌』を受け継いではいるが、三人の子の母親だったキャロラインが、我が子に味わわせることのできなくなった情景でもある。

幸福感に満ちて遊ぶ子、母親に永い生存を祈られる身体の弱そうな子、小さな子を見守る大人びた女の子

など、幼子《おさなご》の描写（第三六―三八連）を終えたあと、次の連では

目覚めよ、夢見る詩人よ、一人を選べ、明け暮れ労苦に
人生を過ごすのに、これら尊い幼子の中のどの子が
（夏の光と歓喜に満ちた遊びから閉め出されて）
あの、荒涼とした悲哀の容れ物の中へ、あの、
もの造りの工場へ、と送り込まれる一人を選んでみよ！　（第三九連）

――そして次々に、温和《おとな》しい子、楽しく叫ぶ子、歌の上手な可愛い女の子を選べ（第四〇―四二連）、とけしかけて、

去れ、そんな考えよ！　考えるだけで涙だ！（中略）
この子らが重労働！――ありえない――暗黒の絵を閉じよ！　（第四二連）
おお神父たちよ、ではこの子たちを護る法一つあるのか、
《貧者たち》の青ざめた子たちを護る法律があるのか？　（第四三連）

ブレイクの『経験の歌』ほどには、この叫びと美との結合がないのは事実である。しかしノートンは、先に述べたとおりこの詩で、アシュリー卿を通じて、実際に社会を改善しようとしており、後年で言う実行動《アンガージュマン》

詩人である。進歩派の政客だった劇作家シェリダンの孫娘に相応しい。
次には想像によって一人の子どもを選び（第四四連）、工場に入り（第四五連）、青ざめたこの孤児が命令に従って機械的に小さな手を動かし、苦しみの中から新参者に微笑む場面を活写する（第四六連）。選んだ子が目撃する工場の様子である。

子らは従順に働き、ついには長時間をこのように過ごし
疲労困憊《こんぱい》の眠りに誘われる、動きもない深い眠りに。
監督者の殴打――ずぶとく、突然の暴力に満ちた殴打が
（中略）この子を目覚めるように促し、子は働き続けながら泣く！（第四八連）

子は自宅に帰って、母が貧しい食事の最良の部分を勧めるが、疲れが酷くて口にすることもできず、「眠りながら崩れ落ち、母の気配りを欺くことになる」（第四九連）。母は膝を屈して子を愛撫するが、子の眠りは深く、それを感じもしない。そして月が青ざめた光を見せる早朝、また出かけてゆく（第五〇―五一連）。こうした、食事もできない疲労に苦しむ幼児たちは

食欲を誘う料理を欲しがらない、楽しい玩具もいらない、
怠けることも欲しない――富は要らない。欲しいのは、
苦悩の軽減――慰め、休息、《満足のいく貧困》だけ。（第五二連）

「いつの時代も人類は／獰猛《どうもう》さに征服され、奸智《かんち》に騙され／支配者と被支配者とを有してきた」（第五三連）
――だから人びとは従順に従うことに慣れ、権威に逆らうことは稀であった。心の中だけでさえ反逆を考えなかった――

このようにして貧農は、揺りかごにいるときから、
ある種の人は所有し、ある種は耕すべしと教わった。
（第五四連）

けれどもあまりに圧政が酷ければ貧者は、《権勢強き者 =the Great》に奉仕させる《法》を憎むようになる（第五五連）。

このあとの終結部の四連は、この憎悪が源泉となって「《反乱》が旗を揚げる」（第五六連）から、《権威》の転覆が起こらないようにするためには《慈愛》が玉座のそばに坐って統治しなければならない（第五七連）、赤子を祝福したキリスト教徒が、キリストの遺贈した考え方に従わなくてよいのか（第五八連）、とんでもない、見棄てられて貧困のうちに重労働する幼子たちに、当然の希望を与えようではないか（最終五九連）と締めくくる。最後はキリスト教に依存して説得力を増そうとする。ノートンの政治学である。これはのちに無神論者ハーディが反戦詩の中でも用いた方法である。詩人はこうして、本音のテクストの中へ、世に受け容れられ易いテクストをしばしば潜りこませる。しかもノートンの場合は、キリスト教信仰を失ってはいなかったのだから、便宜上の結末とは言えないであろう。また政治的テクストに終始するこの作品も、（前に書いたとおり）ミルトン、グレイ、ブレイク、シェリーから連なる《世の改善の提唱》という英詩の一

伝統を継承している。そして彼女は散文においてもこの政治学を発揮する。

一八三八年、別居中の（そして離婚に応じず、妻の所得を自己の収入とした）夫に三人の子を連れ去られていたキャロラインは『《**幼児養育権**》**の、法による母と子の別離に関する考察**』(*The Separation of Mother and Child by the Law of 'Custody of Infants' Considered*) を著した。私情によるものではなく、公益のための著であると強調している。婚外子については母の養育権が存在しているのに、正規の結婚による子については、その出生時から父に全権が与えられている不条理を、《子どもの養育権》の観点から衝くのである。夫が公然と婚外の同棲をしていても、そして夫が母と子が会うことを認めない場合でも、この男性の権利は変わらない。授乳中の赤子や病気の子どもについても、別居中の夫は連れ去る権利を有する。キャロラインは自分以外の、苦しむ母親のケースを列挙し、それらが裁判所の「干渉できない問題」だとされる現状を弾劾する。一節のみを訳出する——

この残酷、苦難、そして実際、課せられる苦しみの不正義が、法の執行がお役目の方々だけにでも認知されるならば——もし裁判長と副法官が、裁決なさる際に、道徳的観点からして我が子との適切な繋がりを母親から剝奪《はくだつ》するほど過酷で残酷な法律は他に知らないという理由から、喜んで慈悲を認める権威ある判例を採用すると述べてくださりさえすれば——そして母親の当然の主張を容認する妨げは現行法の他にはないということになれば——この法律を改正するのを妨げる如何なるものがありましょうか？ (Norton 1838: 19)

実際に彼女の主張は下院では認められ、一八三七年に「乳幼児養育権法」が成立しそうになったが、上院が（不当にも）これを否決した。ノートンは個々の国会議員に書簡を送り、一八三九年にはようやくこれは法として成立した (Roberts [Mothers]: xii)。アンガジュマン詩人の面目躍如たるものである。

さらにキャロラインは、一八五四年に『**一九世紀の女性に関連する諸法律**』(*English Laws for Women in the Nineteenth Century*) という長い論文を書き、翌五五年には『**女性の《非存在》について**』(The *'Non-Existence' of Women*) を小冊子として発表した。後者の一節を見れば

> 妻の側に、書物を書くのであれ洗濯をすることによってであれ、収入を得る力がある場合、繰り返して申しますが、彼女の収入が夫婦共有の財布に入り、家賃の支払いやパン屋の請求書の精算に役だってはいけない理由はないのです。ですが夫婦共有の財布がない場合、夫に妻を経済的に支える意志のない場合、妻が夫の無視と残酷の犠牲者である場合、そして夫が手にした金を、飲み代、放蕩などに浪費する場合、夫が時期の如何を問わず、妻の労働による所得に手を出し、法律上その金銭は自分のものと宣言する力を与えられているのは、間違いもなく、考えることもできない不正義です。現行のイギリスの法律では、自分が捨てた妻の雇い主から、妻が稼いだ金銭全てを要求することができます。雇い主は夫に支払わざるを得ないのです。(Norton 1855: 553)

アーサー・ヒュー・クラフ　(Arthur Hugh Clough, 1819–61)

――『ダイサイカス』とその関連詩編

アーサー・ヒュー・クラフ (1819–61) については、本シリーズ第二巻で初期の長編詩『トウパー・ナ・ヒユオシッチの小屋』(*The Bothie of Toper-na-Fuosich*, 1848) を見る。この詩では、すでに支配階層の一員となっているオクスフォード大学生たちが、ブリテン島全体から白眼視されてきた貧窮のスコットランド・ハイランドで、一種の修学旅行をする。女性も労働に従事してこそ美しいという信念をもつ一学生が、貧しい娘が懸命に働く姿に魅せられて、当時極めて不釣り合いとされた結婚をして、信念の実現のためにニュージーランドに住みついて自らも懸命に働く。この話を通じて、世に先駆けた自由主義的・民主主義的な考えを次々に登場させる。

次に、同第二巻で、その九ヶ月後に書かれた『長旅の愛たち』(*Amours de Voyage*, 1849) を扱い、イタリアが独立を護るために、ガリバルディを先頭にオーストリア軍と戦う現場を主人公がコーヒーを飲みながら見まもる描写を軸とする、人間の諸問題へのクラフの分析を覗く――「愛たち」の主題は実質上消え失せる。このようにクラフは、『ダイサイカス』におけるような《神不在》一点張りの詩人ではないことをお断りした上で、この第一巻では長々と『ダイサイカス』（*Dipsychus*, 1865. 歿後出版）とその関連詩編、すなわちすべての慣習的・保守的な考え方を問い直す詩心と、その結果として必然的に生まれてきた《神不在》詩編に絞って紹介する。

彼の初期作品に「**問いを発する精神**」('The Questioning Spirit', 1849) という中編詩がある。その冒頭では、七人の「人間精神」が、おのおの別方向を向いて座っている。そこへ「問いを発する精神」がやってきて彼らに問いかける。彼らの答は――

私たちは知りません――知ることが何の役に立ちます？
私たちは知りません――知ることがなぜ必要です？
彼の問いかけに　彼らは口をそろえてこう答えた、
私たちは知りません、今しているとおりにさせてください。　(8–11)

「知らない」と答えた「人間精神」は、それぞれ、人生の目的を検討することなく日常に埋没する人びとである。「さまざまに異なった目標を表す寓意」(Kenny: 28) とも言える。そして七人の「人間精神」は、第二連において、問いかけにそれぞれ答える。

お前は　これらのことが見かけだけだとは　知らないのか？
私は知りません、私の夢をこのまま見させてください。
塵と灰になる者が大財産を築いて何になる？
私は知りません、私の喜びをこのまま味わわせてください。
お前が探求した知識は　何の役に立つのか？
私は知りません、私の思想をこのまま思わせてください。
努力・闘争の目的は何か？
私は知りません、私の人生をこのまま生きさせてください。
何日のあいだ、いつまで、お前は動き続けるつもりかね？
私は知りません、私の愛をこのまま愛させてください。
古びたものも　かつては新しかったではないか？
私は知りません、私にはこのままほかの人と同じにさせてください。
これら六者が順繰りに尋ねられたあとで　最後の一人は答えた——
私は知りません、私の義務をこのまま果たさせてください。
(12–25)

この「最後の一人」が語る「義務を果たす」ということ、世に満ちている多くの疑問に真摯に答えようとする姿勢が重視される。クラフは当時の「常識」に対して反体制の思想をもって歌ったのである。

上記を枕に、クラフの『ダイサイカス』（*Dipsychus*, 1865. 歿後出版）をこのあと詳説する理由からお話ししたい。この長詩はけっして陽の当たらない場所に置かれてはならない重要な内容、二一世紀世界の精神的混乱への予言を有しているのに、日本の現状では「ほとんど誰にも読まれていない」からである。だから長々と書いて読者の注意を喚起したい。いや日本においてだけではなく、イギリスにおいてさえ無視されがちだと思われる。

さて、以下の文章中の訳文は、二十年以上も前（一九九七年）に中央大学の紀要論文「Dipsychus と Spirit」（略称）に示して以来、あちこちで紹介した訳文とは違って、原文を再参照して、より読みやすくなるように訳し直したものである。

ところで『ダイサイカス』は二つ (di) のサイコ (psycho) を持った男の意味だが、日本ではこれをディプシカス（『ディサイカス』ならそれでも良いが）と読むように、文学史や事典類で示している場合がある。これは誤りであろう。この表題のとおり、登場人物ダイサイカスとスピリットは、二分裂した同一人の精神的部分と物質的部分、ないしは高邁な精神と悪魔的誘惑者として理解されてきた（クラフはゲーテの『ファウスト』を《模倣》したとされる＝ Houghton 1963: 156)。

しかし一八四六年二月一三日号の『バランス』紙に載った彼の手紙には、この作品の制作動機を語るなかで「我々の時代における、《倫理的、精神的要素》が《ビジネスライクで経済的要素》に対立する関係」(quoted Houghton 1963: 163) を語っている。これはこの詩を読むあいだじゅう、念頭に置くべきことであろう。

さてクラフのテキストは、永らく一九五一年版の『全詩集』に頼るしかなかったが、一九九六年にフェラン (J. P. Phelan) の注釈付き『クラフ詩選集』が出た。「**イスラエル人がエジプトを出たとき**」('When Israel

Came out of Egypt=from *Ambarvalia*, 1849) もそこには収録されていた。これは人類史上、宗教がどのように発生・発展したかを歌う。当然、『ダイサイカス』を語る際には無視できない（作品の書かれた年代は『ダイサイカス』に少し先立つ一八四六―四七年らしい。= Phelan 36)。

第一連は次のように始まっている――

聴け、これが神、あれが神との、空虚な叫びを！
　おぉ人間よ、これを信じないように。
このとおりの根拠のない叫びをあげて、古代の異教徒は
　こちらへ、あちらへと走り回った。

――また次の三つの連では、キリスト教以前の宗教のありさまが歌われ、それは夜中に王が来ているぞとの叫びを聞いた人が戸外に飛び出して、最初に見つけた人物を王だと信じるようなものだった、とユーモラスに語る（「これは人間が、長い年月を通じて、落ち着きもなく、やむにやまれず神を求めたことについての歌」=D.Williams 60)。第五連途中までは、モーセがシナイ山で「我こそ《一者》なり」(I, God, am One) と語る《神》を好意的に歌って、キリスト教寄りの歌いぶりに聞こえているのだが、突然第五一行から、後年のクラフの主張に似た八行が示される――

　そして昔、シナイ山の頂上から

《神》が「我こそ《一者》なり」と告げたように
今、《神》は厳格な自然科学に依って声を発し、
　我々人間にこう語っている――「世界に《神》は無い、
大地は化学作用のさまざまな力によって活動する。
　《天》とは《天空に位置する機械仕掛け》のことだ、
その上、人間の心、精神も
　それ以外のすべてと同じように時計仕掛けだ！」

――《天空に位置する機械仕掛け》(Mécanique Céleste) は、《神》不在への懐疑とその克服を主題としていたカーライルの『衣裳哲学』のなかに見える一句で、もとは天文学者ラプラスの言葉である。今日の我々は多少なりとこの見方に賛意を示したくなるけれども、十九世紀前半では極端に異端的な言い草であった。クラフもこの詩を書いた時点では、自然科学に《神》の座を占めさせることには違和感があったらしい。第六連ではこのような躊躇《ちゅうちょ》を歌う――

昔、シナイ山に雷が轟き、山自体が震えたときに
　《古代に通用する神の真理》を世に明言した、
あの、《神》のものとされた《声》と同様に
　自然科学の真理も現時点にのみ通用するのか？

いや、《真理の声》ではない。これはただの暗雲、
　そのなかには、意味のある像も外形も
まったく見ることのできない
　濃い暗黒の雲にすぎない。

――そして現代人は《やがて鳴り響く福音》を待っているのだと歌う。すなわち暗黒の雲のなかから、新たな宗教者が真理を掴み取って現れるだろうというのである。

後年のクラフなら、これは無神論に近づくのを否定して身を護る防護策だったかもしれない。しかしキリスト教を失った十九世紀末のイェイツが神智学に一時傾倒し、そのような西欧文化を肌で知った作曲家スクリャービンも神智学流に、物質文明を嫌悪して本来的な《一者》へと上昇することを未完の作品で意図したのに似て、クラフも真剣に新たな《神》を求める気持ちがあったものと思われる。近未来の《預言者的な魂》が、暗雲のなかから《神的な一者》を探し出し、この《魂》はすでに今「暗黒の無神論的諸体系と、それより暗い人びとの心の絶望のなかから」この《神的一者》の声を聞き取っていると、第七連では歌うのであった。

他方クラフは「**現代の十戒**」('The Latest Decalogue') というコミカルな短詩を二編作り、その第一歌では

姦淫を犯すなかれ
姦淫から利益は生じないから。
盗みを働くなかれ、空虚な業だから

騙すことがこれほど儲けになるというのに。（13–16 行）

のような物欲主義批判を展開していた。また第二歌では

この世では《神》の御姿をどこにも見ることはできないだろう、
ただし、ひょっとして貨幣の上には現れるかも。（3–4 行）

――このような諧謔を見せていた。

しかしクラフは間もなく宗教懐疑を深め、「三十九の信仰箇条」(the Thirty-nine Articles) に署名することを拒否した。一八四八年のことである (D. Williams 67) ――既成キリスト教に完全に従うことを誓って大学での地位を確立するためには「信仰箇条」に署名することが条件であったのに。それ以来、詩のなかにも自己の信念を包み隠すのをやめた。

彼は大学での地位を放棄する以前からダヴィード・フリードリッヒ・シュトラウス (1808–74) の《高等《上層》》批評を熟知していた。シュトラウスの『イエスの生涯』は一八四六年にジョージ・エリオットによって英訳された。自然科学の真理に反する新約聖書の四福音書の記述を史実ではないとしたこの訳本の主張は、世紀半ばのイギリスに大きな影響を与え、クラフは四七年、「**シュトラウス讃**」(Epi-Strauss-ium) を書いた。その全編を訳出しよう。

マタイとマルコ、ルカ、そして聖ヨハネは
一人残らず消え失せた、世から去ったのだ！
そうとも、彼*は最初、暗いカーテンを抜け出たあと、
まだ水平だった光線を東方の絵入りガラス*に与えて、
マタイたちの華麗な肖像画と混ざり合って
彼らのために自己の栄光を、遮られて使い果たし、
今は南西の空に向かい、絵のないただのガラス窓*を抜け、
教会内部の床に、輝く光を投げかけるに至った。
失せてしまった光輝のなかで、貴殿《シュトラウス》がおっしゃるとおり、
マタイとマルコ、ルカと聖ヨハネは見えなくなって
去った？　失せた、二度と蘇《よみがえ》ることなく失せたのだね？
しかしながらこの間《かん》に
礼拝のための教会堂は、前より華やかではないとしても
より誠実な光に満ちるようになり、青空のなかに
《真理の天体*》が誰の眼にもはっきり見えてきました。

＊太陽。
＊教会のステンドグラスは常に東向き。
＊太陽の西進により聖人が輝きを失い、平明な光が射した。
＊原文は大文字で始まるOrbで、もちろん太陽を指す。

「シュトラウス讃」はシュトラウスを讃《たた》える歌だから、もっと礼儀正しく訳すべきであろう。しかし上記の訳文からでさえ、シュトラウスの真理を愛する批評が、キリスト教にまつわる迷信を取り除いて、見るべ

きものを見せてくれたという意味が伝わるだろう。
「復活祭——一八四九年のナポリ」('Easter Day, Naples, 1849') は、歿後（反体制的作品は生前には世に出せなかった）に出版された作品だが、書かれたのは当然、四九年か、五〇年ころと推定される。キリスト教教義への懐疑表現が、以前のシュトラウスへの反応に比べて劇的に変化し、極めて直裁的なものとなっている。キリストの遺体が見いだせなかったという説を、キリストの復活に直結させた成り行きをすべて具体的に挙げて見せて、それを否定する詩だが、その一部だけでも示してみたい——

頭上に炎のように燃える太陽以上に厳しい熱気を受けて
ぼくがナポリの、罪まみれの大通りを歩いているとき、
胸の内部でも心が熱くほてった。だがついに頭が
軽く明るくなった、ぼくの舌がこう語ったときに。
　「キリストは復活しなかったのだ！」そして
「キリストは復活していない、疑いもないことだ。
キリストは地中深くに横たわり、すっかり腐っている。
　キリストは復活していない、
石が転がされて無くなっていようと、また墓が
　空っぽになっていたって、何だというんだ——
遺体がそこになければ、ほかの場所にあったはず、

ヨセフが彼を最初に置いたところになければ、なぁに
　ほかの男たちが、あとになって
彼を移動させた場所にあったのだよ。どこかもっと
　貧しげな土のなかで、はるかな大昔に
《腐食》のやつが、悲しい完璧な仕事をし終えたのだ、
この穴では《腐食》がまだ殆《ほとん》ど初めなかった仕事を。
わき出てくるいやらしい蛆虫*どもが
　我々が最も崇めるべき《精油を注がれた方》の、
《命の源である方》の、お姿*を今も食う、蛆虫《うじむし》どもが。

彼は復活していない、疑いもないことだ。
　地中深くに横たわり、すっかり腐っている。
キリストは復活していない、
土より出でし者、土に帰り、塵は塵に帰る。
不正な悪人と同様、正しい者にもこれは当てはまる——
　キリストは復活していない。（中略）
エマオの宿へ、またカペナウムの湖のほとりに（中略）
人間がしゃべれない言葉を発した《一人の男》が現れ

＊Worm と form で脚韻を踏み、侮辱的な滑稽感を打ち出す。

人びととともに食い、飲み、立って歩いたとて何だ？
これを《懐疑《かいぎ》した》人、《彼ら》はよくぞ懐疑した！

――ここでまた「キリストは復活していない」が繰り返される、だが詩は突然、現代の人びと――いわばこれまでこの詩の朗読を聴いていた人びと――が語り始める。

食え、飲め、そして死ね、我々は騙されていたのだから、
この大空のもとに生きるすべての生き物のなかで
これまで最大の希望を抱いていた我々こそ最大の絶望者、
これまで最大に信仰していた我々こそ最大に悲劇的だよ、
　なぜならキリストは復活していないから。
食え、飲め、遊べ、これらを最大の幸せと考えなくっちゃ、
　この現世以外には天国はない、
　地獄もないのだぞ――この大地以外にはな。
大地は二重三重に地獄として人を苦しめ
　善人、悪人の区別なしに
この上なく平等な、災厄の分配を与えた上、
苦しめ続けて、その挙句《あげく》、同一の塵に帰らせる。*

*「塵に帰る」は「死ぬ」の意。

――ここでふたたび「キリストは復活していない」が繰り返され、次には《十字架降架》にあたって悲しみ、遺体の世話をした女たちや、その後キリスト教を広めた《ガリラヤ人《びと》》たちにキリストの復活を信じないように長々と呼びかける。そして詩の最後では

だからこそ、我々の時代の復活祭に（キリストがriseする日に）
我々のほうが起き上がって、riseして街に出る。
見るがよい！　我々はキリストの姿を見いだせない、（中略）
どこでキリスト様の遺体を探せばいいのか？　あるいは
どこで生きている主に会えるのか？　誰も教えない。
天使のつばさが煌めく姿も見えない。（中略）
キリストは復活していないのか？　いや疑いもないことだ――
地中深くに横たわり、すっかり腐っているのだ――
キリストは復活していない。

ちょうど　どこか都会の巨大な群衆のあいだに、
二転三転する噂、曖昧でしつこく声高な噂が
はっきりとした出所も知れずに湧き起こり、
　事実も、言い出した人物も判らないまま、

誰も　それを否定することもできず
確証する事もできないまま、
流布《るふ》されてしまうように、ちょうどそのように
かの不可思議な風聞は広がったのだ
　しかしやはり彼《か》の人は
感覚もなく地下深く腐り果てつつ横たわっていた
キリストは復活していない。間違いない。
　《彼》は復活しなかったのだ！
キリストは復活していない。

――さて本項主題の『ダイサイカス』冒頭に、この詩がまるごと用いられている。他方、同時期に歌われた**無題詩**（'Why should I say I see'）の十一行目までを訳せば

なぜぼくは見えていないものを見えると言うべきなのか、
なぜこんなぼくでありながらぼくでない必要があるのか、
愛していないのに愛を示し、怖れていないのに恐れを示す必要があろうか？
なぜ聞こえない音楽に合わせて踊る必要*があろうか？
　必要の理由はただ、街路で静止すればあちこちへ

*世間一般の動きや考え方に同調しなければ。

押しのけられ、突き飛ばされることだけ。
ダンスの途中で止まれば踊り手に蹴飛ばされるから――
出会うすべての踊り手に押され、捻られえしまうから。
その結果悲鳴を上げ、泣くだろうから。
それにパートナーだって、また――*
パートナーはどうすればいいの？

*省略したこの行以下も世の「常識」や慣習に従わない危険を述べる。

――ダンスは人生での生活ぶりを暗示し、パートナーは自分の妻を示す。妻に危害が及ばないように、クラフは反体制詩（＝キリスト教への懐疑詩）を生前には公表せず、没後に発表する際には、懐疑的な色彩を最終部分で打ち消す手段を講じたのであった。

ここから『ダイサイカス』そのものを扱うのだが、ダイサイカスという表記はDLBに従ったものである。詩の冒頭ではダイサイカスはヴェネチアに来ている。彼は「心の悩み」（性欲？）を抑えるために自分の詩を読む――もちろん今読んだ「復活祭」である。そばにいるスピリットは「キリストは復活していないだと？　それがお前の信条だとは知らんかった」と驚く。ダイサイカスは自分の詩想に安堵《あんど》し「あのナポリでもこのヴェネチアでも、「キリストは復活していないのだ」と納得する（とはいえ、これはダイサイカスの心の一部が納得するのであり、このあと彼は当時の平均的知識人となる）。

群衆は現世を楽しんでいる。人びとは何をしているのかと尋ねるダイサイカスに、スピリットはこう答える（第三改訂版I、50–54）――

この刹那《せつな》を楽しんでいるのさ、
刹那のなかにある、現実の幸せを。
たとえば、アイスを、夕べの空気を。
人とのつどいを、この美しい広場を。
それに、あちこちに見える可愛い顔を。

最後の「可愛い顔を」でクラフは娼婦をほのめかす。次のⅠ幕Ⅱ場（第Ⅱ改訂版）では、ヴェネチアの美しい風景とアルプスの眺めを背景にして、ダイサイカスの深刻な問が発せられる——

ぼくに付きまとう、この質問攻めの声は一体何か？
何の、どこからの、誰の声？　それはどうすれば分かる？
ぼく自身の声？　他人の声？　ぼく自身の悪の声？
いずこへとも知らず、ぼくを連れ出そうとしているのは
何か、外部から働きかける声なのか？

実はこの声は彼を娼婦との遊びに誘う声であることが、後続の描写によって明らかとなり、彼は必死でこれをはねのける——

止《や》めよう、止めよう、おお天よ。声よ、去れ、去れ！
何と！　エヴァの耳元に悪賢く囁いた 蟇《ひきがえる》＊ も
これほど毒に満ちた夢で誘いはしなかった！

＊ミルトン『失楽園』Ⅳの八〇〇行に使われた比喩。

この段階では彼はまだ、《天》への信仰を失ってはいない。ミルトンの用いた比喩に価値を見出す点でも、なおキリスト者なのである。彼は当時の思想環境に置かれた知識人一般のアレゴリーであるから、当初から《神不在》を主張して現れているのではない。

スピリットは逆に、ヴェネチアの売春婦を「汝ら、女神たち！」と呼んで賛美する。

これを聞いてダイサイカスは自然の美に呼びかけて、買春の誘惑からぼくを護れと訴える。《神》や《天》ではなく、ワーズワス以降、十九世紀には神を代替するいわば信仰の対象になっていた「自然の美」に訴えるところに、時代の推移が象徴される。

澄み切った頭上の星よ、汝、バラ色の西空よ、
ぼくの存在を君たちの世界に引き上げてくれ、
ぼくの官能を引き取れ。君たちのみに恭順を尽くしたい。
君たちの本質的な純粋さにぼくの頭脳を浸してくれ。
巨大なアルプスよ、山頂を荘厳な雲に包まれつつ
ぼくらの戯言《たわごと》を厳しく見下して一蹴するような山々よ、

ぼくを導き――君たちのもとへ連れ去って護ってくれ！

（Ⅱ版Ⅰ・Ⅱ 50–57 行；三版Ⅱ・54–61 行）

この直後にスピリットは、ダイサイカスが娼婦の目配せに気づいたのを見てとり、「ほら、俺たちもやってみようじゃないか」と彼をそそのかす。女が立ち去ると、手遅れになったことをスピリットにからかわれる。

このように、神の在・不在についての人間の考え方が性的放縦を自分に納得させるかどうかに大きく関わることを示している。二一世紀も含めて、以降の人間社会を支配する問題である。性や結婚の点だけではなく、家族や家庭、それを単位とした人間社会の構成、その価値観に関わる考え方が神在・不在と連動するかたちで、初めてイギリス文学に登場したのである。

スピリットは、君は一日に何度も買春に憧れているではないか、とからかう。だがダイサイカスは、そのような自己を嫌悪し、多くの女性の神聖とも言うべき美点を考えつつ、次のように反省する――

聖人の名にかけて、母親たち、姉妹、貞淑な妻たち、
また、ぼくらが見てきた天使のような女性の顔にかけて
ぼくらが推測してきた天使のような女性の精神にかけて
穢れを知らない子たち、純粋な愛、
これらのものの聖なる思いの名にかけて、いったいなぜ
一瞬という短い時間のあいだだけでも、ぼくは

この根強い淫乱の心に、貞淑であるべき耳を傾け、
この汚い極道者と語り合ったのだろうか？

——ヴィクトリア朝が推奨していた性道徳の見本のような、このせりふに対してスピリットは、性行為は人間の自然的な営為であることをながながと力説する。ヴィクトリア朝の正統説が、その後二一世紀までに強化された考え方に対置されている。

またダイサイカスは、もうひとつの当時のヴィクトリア朝の正統説——女性には性的欲求はないに等しい——を述べ続けて、スピリットに嘲笑される。このようにして、スピリットはダイサイカスの片半分であることをやめて、当時の正統説（のなかの誤った考え方）の批判者になり変わる側面を次第に明らかにする。次の対話においてもこのことが言える——

ダイサイカス　ぼくは、女性が男と異なると知っている、
エヴァはアダムのように作られてはいない。

スピリット　馬鹿な！
女たちだって好きなんだよ、それで十分じゃないか。

——筆者（森松）のような、現在八〇代半ばの者で、くそまじめに生きてきた人間には、このようなヴィクトリア朝の考え方が深く入り込んでいたことを認めざるをえない。授業中、学生たちの前で、「私たちの世

代は、女には性欲はないのだと信じ込まされてきた」と語った時、彼らから大爆笑を買ったのであった。先に一言触れたた長編詩『トウパー・ナ・ヒュオシッチの小屋』で下層階級の娘への共感を主題の一部にしたクラフは、『ダイサイカス』においても、貧しさゆえに売春する女への同情を描いている。その一方で彼の理想は、《聖なる結婚》によって《良き家庭生活》を得るために、身を清く保つことである。

次の第一部四場（オクスフォード版のⅢ場）ではスピリットがダイサイカスを有産階級の社交の場へと誘おうとする。これは、当時の中・上流階級の《常識》どおり、社交界で是認されている《正しい恋愛＝virtuous attachment》を成就させるためである。ここでもスピリットはヴィクトリア朝の世俗的良識を代弁し、ダイサイカスの分身としての役割から遠ざかっている。というのも、ダイサイカスはただちに、外見のみを飾って、人の心の実質を伴わないこの種の《正しい恋愛》を拒否するからである。次第に彼の気持ちは、ヴィクトリア朝の因習的な考え方から遠ざかる。

続く場面はゴンドラのなか。最終改訂では彼の心が、苦しんで働く労働階級へと傾くさまが強調され、贅沢と快楽が批判される（引用はオクスフォード版第Ⅲ改訂より）。

どうしてぼくは笑い、歌い、踊ることができようか？
　ぼくの歓楽に機会を提供してくれるために
飢えた兄弟が苦労していることを思えば
　ぼくの心そのものが萎縮してしまう。

さてオクスフォード版第Ⅲ改訂では、ダイサイカスが神不在を語り始めるリード（The Lido）の場は、この次に置かれている。しかしフェランは、この場面は決闘の可否を論じる場のあとに来ることを主張し、唐突感を排除している。ここでもフェランに従いたい。その決闘についての場では、ダイサイカスが

何か、どちらでもいいような
社交界での出来事、たとえば偶然、困惑するぼくの腕に
退屈な一時間ぶら下がっていた、髪巻き紙のような
つまらない、人形じみた女のことで

決闘なんかできるものか、と論じ、オネーギンの腕に長々と巻き付いていたオリガのような女が決闘の種になる不合理を暴いている。二〇世紀後半になってようやく、男らしい考え方として認められるようになった、当時では極めて先進的な考え方を彼は披瀝するわけである。次第にクラフの主張に近い言葉が出てきて、このあとに神不在の場面を持ってくるのが妥当なのである。

リードの場ではダイサイカスとスピリットは、ヴェネチアの湾と外洋のあいだの小島群にあるリード海水浴場へ向かう。ダイサイカスが唐突に話し始める。

ぼくは夢を見たんだ。朝の光が射すまで
一晩中、頭のなかで鐘が鳴っていた。（中略）

おお喜び！　次に恐怖。歓喜、そして悲哀。
チリン、チリン、神は不在。チリン、チリン。
ドーン、神は不在。ドーン、
神は不在。ドーン、ドーン。

鐘の音は繰り返され、同じせりふの第二連では

さぁ踊って遊ぼう、陽気に歌おう、（中略）
足取り軽い、可愛い娘さん、
ぼくのベッドへおいで、悪いことではないからね（中略）
ボトルの栓を抜け、あの歌を歌え。

このように禁じられていた歓楽が解放されるさまが語られる。そしてイギリスの働く階層に呼びかけて

イタリア人、フランス人、いやドイツ人さえ
天国への思いはみな放棄してしまっている。なのに
君たちだけはぐずぐずしているね、馬鹿だよ、君たち、
学校で習ったことに縛られているなんて。

――この場に続く部分では、「何事も新しいものはない、何事も真理ではない、神は不在。ドーン」という、このあと繰り返されるせりふが入ってくる。価値基準の喪失と、相対主義の目覚めと隆盛が予言的に語られる。次のせりふの最後の二行が明瞭に示しているように、《男女間の愛の真実》という、古来、文学上のテーマとして絶対的な《真理》とされてきた考え方もまた、虚偽かもしれないということになる――

おぉロザリー、二人といない《ぼくの恋人》よ。
君は「愛は真実なり」と信じているに違いない、
ぼくだって君の馨《かぐわ》しい胸の上に横たえてもらえば
もうほとんど、そう信じたくなるだろう。
おぉ人に知られず、見られもしない二人の隠れ家では
「愛は真実」という幻想を、恐ろしい事実と二人の間《あいだ》に
まるで衝立のように立てておくことにしよう。

そして二人の臥所《ふしど》へも聞こえてくる――

聞け聞け聞け、おぉ恐怖の声だよ、
この声はここにいるぼくたちにさえ届く、
「ドーン、神は不在ドーン」。

恋愛と結婚の神聖が、神不在によって根拠を失うとすれば、戦争が不条理であるという神聖な考え方もまた、支えを失うことになる――

汝ら兵士よ、攻めてくるがよい、したい放題
殺戮の望みを遂げるがよい、それが正義とされるからだ、
君たちの攻撃衝動をこそ信じたまえ、
君たちの足元で、愚か者が塵になる。
遺憾千万！　おぉ悲しみと悲運よ、
善なるものは弱く、邪悪は強いのだ。
おぉ神よ、いつまで待てばいいのですか？
「ドーン、神は不在、ドーン」。

――神は不在なのだから、この不条理を是正してはくれないというメッセージを、最後の一行が伝えてくる。戦争の場合に限らず、社会一般においても、善なるものは弱く、邪悪は強いこともこのせりふは示唆している。神不在という、絶対的価値基準の消失によって、強者・権力者となることが善、弱者・被支配層になることが悪という価値観の混乱が生じる。二一世紀の世界の姿を、このせりふは予言している。

神不在とその結果を描いているここまでの描写は、クラフの親友アーノルドの「ドーヴァー海岸」によく似ている。しかしアーノルドは神の喪失を、新妻との誠実な愛が神に替わる光明だとして提示している。ク

ラフはしかし、この種の愛さえ、神無き世界では力を失いかねないとして、次のように歌うのであった。

確かに地上には正義はなく、天上には神がいない、
しかしぼくらの場には《愛》があるじゃないか？
いや何だと、お前《愛》も逃げ去るのか？　（中略）
ドーン、ドーン、神は不在、ドーン。

これに対してスピリットは、当時のイギリス人の一般的なキリスト教受容を、日曜に教会を覗き、生れた子には洗礼を受けさせる程度として語ったのち、こうした人びとのあいだにも広まっている一種の懐疑について、具体的な例を挙げて解説する——

悪人たちは言う、「神はいないんだ、
　実際これこそ恵み《ブレッシング》というべきだ、
だって神がいたら俺たちをどんな目にあわせたことか、
　これを想像するだけで済むとはありがたや」。
若者たちは考える、「神はいないんだ、
　実際にはいるかもしれないとしても
人間の男がいつまでも赤ん坊ではいないことくらい

神は分かっていると思うよ。

二つ目は性的放縦を自らに是認するせりふである。また商人は「かりに神がいるとしたって、少し金を儲けても悪くは思うまい」と考え、金持ちは「神がいてもいなくても小さな問題だ、神だかだれだかのお陰で我が家は安泰」と言う。

困ったときにだけ、人は神がいると考えてこれに頼ろうとする――このように世人の態度を総括し、ダイサイカスが海水浴をして元気になったのをスピリットがからかったのち、詩は終結部に移る。

美術館の場面では、ダイサイカスがティティアーノの宗教画「聖母被昇天」に心惹かれて、キリスト教絵画には自分は本能的に魅力を感じると告白する。これはアーノルドの「グランド・シャルトリューズ修道院からの詩行」が、理性の上では宗教離れをしてしまった語り手が、この修道院の宗教的雰囲気に愛着を示すのによく似ている。二〇世紀なかばを描いたバーバラ・ピム小説の登場人物のほとんどがキリスト教を本気では信じていないのに、生活のなかに極めて多くの宗教臭を発散させているのにも酷似している。ダイサイカスはこの点でも心が二分裂しているわけだ。その上、神の実在という価値判断の起点を失っている彼は、何につけても行動に移ることをためらう。

こんな彼に対してスピリットは、敬虔、献身、愛や美なんかは、君が「無い」としてしまった天上界に属する理想にすぎません、現世には常識しか通用しませんと説得を試みる。ダイサイカスは何度も繰り返して、常識と妥協してよいかどうかをみずからに問いかける。

その判断の基準として、彼は《より大いなるもの =a More》が欲しいと希求する。このような、新たな宗教、または絶対的《価値基準》を求める彼の姿は、逆に、キリスト教の喪失がいかに多くの悩みの種や混乱を人間界にもたらすかを裏側に明示していると言えよう。

詩のほぼ結末と見てよい二部五場では、ついにダイサイカスは臍《ほぞ》を固めたように

鋼の刃が、肉と骨を魂から引き離す刃が、
神の二枚刃の剣に増して鋭利な刃が、入りこむ。(中略)
だから、さらば！　永久に、これを最後に、さらば！
敬神の念に満ちた、人生の美しい、簡素な者たちよ、
良い書物、親切な友、神聖な気分よ、(中略)
大地を天国にしてくれる全てよ——そして歓迎するぞ、
邪悪の世界よ、冷淡な心、思いやりを隔ててしまう
計算づくの頭脳よ、嘘をつく唇よ(中略)
《世間》よ、《悪魔》よ——歓迎、歓迎、歓迎するぞ！

神不在という大問題の最終的な結論がこれである。遠い未来まで視野に入れて、クラフは、依って立つ倫理基盤の欠如がもたらす世の混乱を予言したのである。

この恐ろしい予言を収拾して、信仰へ回帰する方法もクラフは用意したのであった。つまり、上記の詩の

続編を作ってあたかも前編が作者の本意ではなかったかのように偽装《ぎそう》したのである。彼は上の詩の一種の反歌と言うべき短詩を書き、その死後未亡人がこれを「**復活祭第Ⅱ**」('Easter Day II') と題した。未亡人としてはこの反歌こそクラフの本音であったと思いたかったに違いない。なぜならこの詩の末尾には「キリストはなお復活しているのだ」(He is yet risen) というリフレンが鳴り響くからである。「罪深い街路」で「私」は売春の客引きに美しい女のことを囁きかけられる。「私」は「内なるもう一人の私」と語り合い、「復活」の精神的な意味での真実性を認識する。これは本歌の詩句の多くを裏返しに使う一種のパロディではあるが、意図的な論理性の欠如は詩句の表面上の意味を風刺と感じさせると言ってもよい。

汝ら絶望するなかれ、彼らの信仰をなお共有する汝らは。
《彼》は死したりとはいえ、《彼》は死してはいない。
逃れ去ったとはいえ、去ったのではない
姿を消したりとはいえ、失われたのではない
《彼》は帰らぬとはいえ、《彼》は地下深く
横たわり、朽ち果てているとはいえど
真の《信条》のなかでは
なお実際〈彼〉は復活しているのだ
キリストはなお復活しているのだ。

そして最終連では

希望は臆病を征服し、喜びは悲しみを征服する、
あるいは少なくとも、信仰は不信仰を征服する。

と歌う。けれども、先行詩の内容を覆すには詩句はあまりに教条的である。テニスンの「イン・メモリアム」の疑いの歌が信仰の歌によって見事に吹き飛ばされる成り行きとは正反対に、この反歌は、不信心をとがめられた場合に備えて緊急避難的に、ひとまず作っておいたという印象が強いと言わざるをえないのである。

いやむしろ、この世に残される妻を思いやって、この反歌で本文全体を覆したのであろうと解するほうが、クラフの人柄に合致するであろう。

D・G・ロセッティ (Dante Gabriel Rossetti, 1828–82) と『生の星宿《せいしゅく》』

D・G・ロセッティは言うまでもなく、日本でも人気のラファエル前派の中心人物である。ロンドン生まれだが、父は当時のイタリアの政治紛争を逃れてイギリスに渡った亡命者だった。イギリス文学史上重要な役割を果たした批評家W・M・ロセッティ (William Michael Rossetti, 1829–1919) の兄であり、優秀な詩人C・G・ロセッティ (Christina Georgina Rossetti, 1830–94) の兄でもあった。一八四四年には王立美術院に入学、当初は画家を目指したが、文学の飜訳にも精を出した。絵画のレッスンを依頼しようと、F・M・ブラウン (Ford Madox Brown 1821–93) に唐突に送りつけた手紙は、あまりにしつこくおべっかじみていたので、ブラウンは侮辱されたと思って棍棒をもってロセッティの家に押しかけたが、本気でブラウンの画業を崇拝していると分かったという（この話はブラウンが画家H・ハント [William Holman Hunt, 1827–1910] に話したもので、誇張があるかもしれない）。ブラウンは大陸のあちこちで画業の研鑽を積んでいたが、一八四五年にローマで、二人のドイツ人画家 (Cornelius & Overbeck) に出会った。二人はラファエロ以前の画家の、既成の絵画流派の、決まりきった技法（マニエラ）に捕らわれない素朴な画風を学ぼうと難行苦行をする風変わりな人物だった。

ブラウンはこれをイギリスに持って帰り、ラファエロ以前の画家が持っていた穢れのない《ものの見方》をロセッティに伝えた。ラファエロ前派誕生のきっかけである。

その後ロセッティはブラウンから離れるが、ホルマン・ハントと協力して、絵においても詩においても、すべて初心に返ってものを見ようとする一つの芸術同盟 (Pre-Raphaelite Brotherhood) をスタートさせた。五〇年には芸術誌『芽ばえ』(*The Germ*) が発刊された。副題は「詩歌、文芸、美術に見る《自然》に向かう思考」であった。ロセッティは第一号に、中編小説「手腕と魂」('Hand and Soul') を寄稿（これを詩と記す日本の慣行は誤り）。その内容は、ラファエル以前の世に忘れられた画家が自信喪失に陥ったとき、自分の魂が美女となって現れ、神とともに**貴殿**の手と魂を人に捧げよ、私を描いて常に私が**貴殿**の前に立つようにせよとの激励を受ける、というものだった。第二号には一八四七年に書かれた「浄福の乙女」('The Blessed Damozel') を寄稿した。第三号からは雑誌名を『美術《アート》と詩歌』に変更。目次右の見開き大判素描は弟W・M・ロセッティの『リア王』で、左の悪女ゴネリルとリーガン、右の優しいコーデリアとリアが道化をはさんで立つ。弟は四季の情景詩も寄稿し、兄の二編の詩、「カリオンの鐘」、太古からの時の経過を告げる波を歌う「海の崖《ザ・クリッフ》」と並べている。

だが機関誌は売れず、四号で終刊となった。

その後の、ラファエル前派の発展とその芸術運動での兄ロセッティの活躍ぶり、モリス (William Morris, 1834–96) とバーン＝ジョーンズ (Edward Coley Burne-Jones, 1833–98) などの「前派」第二世代のことは、日本でもよく知られているので、ここにこれ以上述べることは差し控えて、本章の主題に移らせていただく。

『生の星宿《せいしゅく》』(The House of Life, 1881. 多くのソネットは五〇年代など、より早い時期の作品) は、「序詩」と百一編のソネット (計百二編) からなる連作詩集である。星宿と訳したのは、人が生涯にたどる道筋を、占星術でいう太陽や惑星の辿る星座になぞらえてこのソネット連作が書かれているように感じられるからである。

連作は二部に分かれている。第Ⅰ部は「青春と変化」(Youth and Change)、第Ⅱ部は「変化と宿命」(Change and Fate) と題されている。「青春と変化」は恋の始まりから肉体的接触、《愛》の深まりから始まってその愛が変化するさまを描く。「変化と宿命」は、終わりに訳す八六番の、自己の過去の姿に遭遇する有名な描写など、《愛》はもはや過去化され、やがて死が近づくさまを描く。しかしこの第Ⅱ部の途中には「古い芸術と新しい芸術」(Old and New Art) と題される三つのソネット (LXXIV, LXXV, LXXVI) も含まれている——これは《生》から《死》へと経巡《へめぐ》る人生の《星宿》という全体の主題から大きく逸れているので、ここで扱っておきたい。

しかしこの三つのソネットも、他のソネットと同様に読み解くのが難しい。初めに私自身の読み解きを述べてみたい。LXXIV は比較的分かりやすく、最初芸術は空の広さ、野の静けさなどに感激して、その先に《神》を見、そして《神》を説く神官となった。次いで芸術は効能も不確かな《お守り札》を追い求めて人の技量を推し量ろうとしたが不毛な努力に終わり、今なお力を発揮できないでいる、と歌う。

LXXV は詩人も画家も自分はこんな芸術観は持っていないと主張する、と歌い始め、次いで押韻だけを信条としたり、画家だから描くというだけに終始する芸術家とも自分は違うと彼らは言う、と歌う (後年の《芸術のための芸術》を時代に先駆けて批判している)。さて目を後ろ向きにする (実際には王立美術院の、レノルズ (Joshua Reynolds, 1723–92) が示した絵画の規範に盲従する、の意味と思われる) というような今日の慣習に呑まれるのではなく、はるか前方を見据えて、未来のために新しい見方に照らされた「偉大なる過去の栄光たち（ラファエル以前の、慣習的技法に捕らわれずに自然を直視した画家たち）」をこそ見つめよ、「上記の凡庸な考えと私は違うと言いたまえ」と結ぶ。これで分かるとおり、ラファエル前派の創立宣言に近づくのである。LXXVIは、神が、賃金に気をとられる人々よりも、熱気と飢えに苦しんでも自らの道を開拓する人々の味方であったように、仕事の仕上がりが最後であっても信念と意志において最初の人となるがよい。その人の手はある年月ののちには、これらラファエル以前の画家たちに「《未来》を与えるだろう」、と歌う。

これを一つの文にまとめたことばを紹介しよう。「（これら三つのソネットで）ロセッティが望んだのは、模範とする芸術家の黄金律を模倣するだけの堕落した古い芸術を、魂そのものの表現という新しい芸術へと蘇らせることであった」（和田の二論文、鳥取大学紀要のほうがより詳細である）――ギルクリスト夫妻とロセッティ兄弟が、無視されてきていたブレイクの詩を新しい芸術と認めて、出版に至ったことを述べるコンテキストでの文章である。

哲学的な、人生論的な内容を持った詩が多かったイギリス文学の傾向が、ラファエル前派第一世代、第二世代をつうじて唯美主義的傾向を強めたのは事実である。ロセッティは、絵のモデルを頼んだ美しい娘シダル (Elizabeth Eleanor Siddal, 1829–62) に十年越しの恋をし、六〇年に結婚し、六二年に彼女に死なれて、悲嘆のあまりそれまでに書いた詩の原稿全てを棺のなかに入れて埋葬し、六九年の末にこれを発掘し、七〇年に出版したことはよく知られている。この処女『詩集』には「やがて『生の星宮』と題する本に向けてのソネット連作」と彼自身が書いた詩も多数含まれていた。その奔放な恋愛描写がブキャナン (Robert Williams Buchanan, 1841–1901) によって「詩歌における肉体派」として非難された――ブキャナン自身はあとでこれを誤りだったとし、またロセッティ自身も人間の肉体的側面も、精神的側面と同じく詩に歌われてよいと反論したが、ブキャナンの評論がロセッティの言う「新しい芸術」の一側面をよく表している。そしてロセッティはその後、モリスの美人妻ジェーンをモデルとして多数の絵画を制作し、彼女と同棲したこともここで書いておく。

こうしてイギリスの詩が、当時のフランスの傾向に近づいたとも言えるし、次章のスゥインバーンに受け継がれ、モリスを経てワイルド (Oscar Wilde, 1854–1900) に至る文学の流れを決定づけたとも言えよう。

ところでW・M・ロセッティの伝えるところでは、当時からすでに「この連作の理解は不可能」とD・G・ロセッティの親友が述べたそうである。じっさい、語学的にも読みにくい。先に「古い芸術と新しい芸術」と題された三つのソネットについて述べたとおり、詩のなかの論理を掴みにくいものも多い。

にもかかわらず、このソネット連作は、我が国では百年以上も前から注目されていた。セクシュアリティの扱いが革命的であると感じられたからであろう。しかし先人の優れた訳業が、今日では一般の読者には理解不可能であることにまず目をとめたい。なお、次に邦訳を示す二つのソネットの原文を巻末に載せる。

「小曲」（上田敏訳、一九〇五年の『海潮音』所収）

小曲は刹那をとむる銘文《しるしぶみ》、また譬《たと》ふれば、
過ぎにしも過ぎせぬ過ぎしひと時に、劫《ごふ》の「心」の
捧げたる願文《ぐわんもん》にこそ。光り匂ふ法《のり》の會《え》のため、
祥《さが》もなき預言《かねごと》のため、折からのけぢめはあれど、
例《いつ》も例《いつ》も堰きあへぬ思豊《おもひゆた》かにて切《せち》にあらなむ。

「日《ひ》」の歌は象牙にけづり、「夜《よる》」の歌は黒檀に彫《ゑ》り、
頭《かしら》なる華《はな》のかざしは輝きて、阿古屋《あこや》の珠《たま》と、
照りわたるきらびの栄《はえ》の﨟《らう》たさを「時」に示せよ。

小曲は古泉《こせん》の如く、そが表《おもて》、心あらはる、
うらがねをいずれの力しろすとも。あるは「命」の
威力あるもとめの貢《みつぎ》、あるはまた貴《あて》に妙なる
「戀」の供奉《ぐぶ》にかづけの纒頭《はな》と贈らむもよし、遮莫《さもあらばあれ》、
三瀬川《みつせがは》、船はて處、陰《かげ》暗き伊吹の風に、
「死」に拂ふ渡《わたり》のしろと、船人《ふなびと》の掌《て》にとらさむも。

十六年前、学生にこれを読ませて「わかるか?」と訊いたが、「わかるわけないじゃん」との答えが返ってきた。当然のことだった。しかしこの詩を現代の日本語になおして彼らに読んでもらっても、なお分かりにくい訳文だと言われてしまった――

「ソネットは」　（森松試訳）

ソネットは　一つの瞬間を記し留める記念碑、
永遠なる魂が、なお死なないでいる死んだ時間に*

*記憶に残っている過去の時間。

捧げつくす記念品である。清めの儀式のためであろうと
悲惨な出来事の先触れを叫ぶのであろうと、こころに溢れる熱情のため
敬虔な歌草となるように　目を光らせているがよい。
ソネットは　《昼》、《夜》の支配に応じて
象牙に彫り込み、あるいは黒檀に刻印したまえ。*
その華やぐ前立てが輝く真珠に飾られているのを見せたまえ。そして《時》に

*明るい内容は白々と、暗い詩想は黒く描け。

ソネットは　一つのコイン。その表には《魂》が記されている、
裏面は、何であれ生みの親である《力》に与えるべきものを*銘刻すべし。——

*君主像、国家の象徴等。

ソネットは《生》の威厳に満ちた懇請への年貢として、或いは
《愛》の高貴な共連れに持たせる路銀として
役立つのもよし、或いは、冥《くら》き埠頭*の洞窟から吹く風の中で
三途の川の渡し守・カローンの掌《たなごころ》に、《死》への通行料として支払うのもよし。

*冥界に向かう三途の川の船着き場。

十四行しかない小さな詩・ソネットを、原文も用いて多くの比喩によってその性格を明らかにしようとしていることを説明したのだが、語学的難解さ以上に、かみ砕いて解釈してみせた比喩そのものが現代の学生には分かりにくいのであった。特に最後の一行が、臨終に近づいての「告別の歌としてソネットを用いてもよい」という意味であることは、解説がなければ分からないという意見が多かった。

次には、もう少し現代に近い訳業を、内容も分かりやすい恋愛詩で読んでみたい——

静　晝

——ダンテ・ガブリエル・ロセチ

（蒲原有明訳、一九一二年ころ）

緑の草の中にしも腕を君が擲《な》げやれば
を指の尖《さき》のほの透きて色づく花と擬《まが》ふかな、——
和《やわ》し微笑む君が目見《まみ》。散りては更に寄せ来《く》なる
雲の波だつ空の下、照りては陰る牧の原。
二人巣籠るこのほとり、目路の限りは押並べて
黄金の花の毛莨《きんぱうげ》、野末の線《すぢ》は白銀《しろがね》に
犬芹《いぬぜり》生ふる山査子《さんざし》の垣根の端に連なりぬ、
げに静けさの眼にも見えて、漏刻のごと粛《しめ》やかに。
日影も忍ぶ草がくれ、蜻蛉《あきつ》はひとりみ空より
解けにし藍の一條《ひとすぢ》の絲かとばかり懸りたる、——
「時」の翅《つばさ》もその如く二人が上に休らひぬ。
ああ、打寄せむ胸と胸、これや變らぬ珍寶《うづたから》、
美《うま》し契《ちぎり》の濃《こま》やかにたとしへもなきこの刻《きざみ》、
二重《ふたへ》に合へる静けさぞ君と我との愛の歌。

——これでさえ、学生諸君にはちんぷんかんぷんだった。また、ほぼ彼らが生まれた年に世に出た次の訳はどうだっただろうか？

静晝

（森　亮訳、一九八〇年出版）

高草透けて汝《な》が掌《て》より
薔薇《うばら》と匂ふ　指の先。
汝が目見《まみ》　和《のど》に見る原は
照る日、曇る日　渡るかな。／
我等が宿は　涯《はて》しなき
黄花の原の　金鳳花《きんぽうげ》、
山査子《さんざし》　白む野末まで
沈黙《しじま》　眼に立つ　晝真中《ひるもなか》。／
蜻蛉《あきつ》　花より下がるごと、
蒼空《そら》のあをより　一筋の
翼《はね》ある「時」ぞ　垂らしたる。

言葉もなくて汝れとわれ、
胸には通ふ　聲ありて

沈黙《しじま》を清《さや》に歌ふなり。

——これは原文に忠実ではない、と良くできる学生が直ちに批判した。他の学生は、しかし、この日本語もわからないと言った（七・五調の利用こそが日本語訳詩の生命線だという訳者の考えを私は指摘したのだが）。そのあと私が示したのは次の訳文だった——

静かな真昼

（森松試訳　二〇一二年一月）

きみの両手は長い瑞々しい草の中に横たわった、
　きみの指の先が薔薇色の花のように透けて見え、
眼は平安を微笑んだ。雲が波の様に散り、また
高空に寄せてくる下で、牧草地は照り、また曇った。
きみと僕の草の巣から、目の届く限り一面に
　黄金色の金鳳花が、銀色の野末まで続いていた。
　野末では犬芹がサンザシの垣根を下から覗き見た。
音たてぬ砂時計に似た、眼に見える静寂だった。
太陽が探る草の繁み深く、蜻蛉ひとり、大空から
解き放たれた青い糸のように葉に停まっていた。
　この翼ある一時も同じく空から与えられていた。

おぉ心と心を寄せ合おう、死を知らぬ宝求めて。
言葉もなく、胸と胸寄り合い、相睦むこの一時、
　二重になった沈黙が、これこそ二人の愛の歌。

十六年前の授業では男女の抱擁をあからさまに説明はできず、この訳文も失敗作と思われた。このとき私は、ロセッティのこの連作の全体像が日本に持ちこまれていない理由に気づいたのだった。実際、かみ砕かなければ理解不可能なものが多いのである。

とは言え、冒頭のいくつかの恋愛詩は、蒲原有明や日夏耿之介によって、みごとな日本語の詩となっている。だがそれもまた、今日では、一般には分かりにくいとされるであろう。今回この本での試みは、このソネット連作の最初の六作を現代に通用する日本語に訳し、そのあと、連作の第Ⅱ部の傾向を示唆する作品を二つ訳すことである。連作すべてを訳出する長大な作業は、もし私が長命であるなら、試みてみたい。

1　玉座を占める《愛》(Love Enthroned)*

＊男女の愛。

人の心が美しいと思う　よく似た《力》を見極めてみた。
《真理》は怖い口元。《希望》は目を上に向けるだけ。
　また《名声》は、大きな翼で燃え残る灰をあおり立てて
篝火《かがりび》の明るさにしようとする、《忘却》の飛翔《ひしょう》を阻むため。
《若さ》は、誰かの金髪をひとすじ、なお自分の肩に

付けている。可愛い二本の腕がしっかり抱いてくれた
あの最後の抱擁以来、髪は常にそこにへばりついたまま。
そして《生》は休むことなく、《死》のための花輪を編む。*

《愛》の玉座はこんな《力》とは異なり、歓迎と告別の
熱情の風の吹き去る無常をはるかに超越していた。
《愛》は《力》どもが夢想もしえない、風吹かぬ四阿《あずまや》に坐していた。
《愛》を、《真理》は予知し《希望》は予言するけれど、
《名声》は《愛》のために望ましいけれど、
《愛》に、《若さ》は大切で、《生》は《愛》にやさしいけれど。

2　婚礼の誕生　('Bridal Birth')*

長らく暗闇にいた願望が目覚めて、最初に
母が、生まれたばかりのこの子を眺める時のように
ちょうどそのように私の恋人は眺めてほほえんだのだ、
彼女の魂が体内で養っていた《愛》についに気づいた時に。
《愛》は、彼女の生とともに生まれ、痛烈な渇望と
激しい飢えとの生き物として彼女の胸に宿っていて

＊連作全体のテーマが早くもここに現れている。

＊花嫁の誕生、霊的愛の誕生の両方の意味がある。

暗闇のなかで胎動を始めたが、ついにその日私の声が
　《愛》に呼びかけ、胎児を縛りから解き放った。

今は、《愛》の神の翼を盾として、私たちのあこがれは
　手をたずさえ、成人に成長した《愛》の両足が木立のなかを
　探り歩き《愛》の温かい手が私たちの臥所《ふしど》*を用意する。
やがて《愛》の歌にあわせて二人の肉体なき魂が、今度は
　《愛》の子どもとして生まれるだろう。その時《死》の婚礼による変化が
《愛》の頭髪の光輪を私たちの道標として残すだろう。*

*恋する二人のねぐら、そして永遠の臥所（墓）の両義。

*死が二人の二度目の婚礼を挙行した時にも、愛が暗闇を照らすだろう。

冒頭の二歌のなかに、《生》が最後に行き着く《死》についての表現が多いことに注目したい。

3　《愛》の聖約　(Love's Testament)*

おお汝よ、君よ、《愛》の時間には、ぼくの心に対して
　常に永久に、《愛》の聖約である君の心を、
《愛》の火を身に纏《まと》わせて、熱烈に見せてくれる君よ。
その君にぼくは近づき、君の吐息が、《愛》の聖所の
内奥に揺蕩《たゆた》う薫香《くんこう》であることを感じとったのだ。

*通常は許されない行為の、宗教者による是認の意もある。

君は言葉もなしに《愛》を我が物にし、《愛》の意思に
　熱心に従い、君の生をぼくの生に溶け合わせ、
こうつぶやいた、「私《わたし》はあなたのもの、あなたは私と一体！」

君からは何という恩寵、ぼくには何と貴重な褒美、
　また《愛》にとっては何という栄光――君が深い階段の
　すべてを下って、薄闇の浅瀬を踏みつけ、
嘆息の奈落の、疲れ果てる水をかき分けて進む時には――
そして君の目が、閉じ込められていたぼくの霊を
　君の魂に引き上げて、救出の神業をし遂げる時には。*

以上三曲は、《愛》の目覚めの恍惚状態を敬虔なものとして扱いながら、「君の生をぼくの生に溶け合わせ」の箇所ではキスなどの肉体的接触がほのめかされている。

4　《愛》の視覚*　(Lovesight)

最愛の人よ、君の姿をもっとも良く見て取るのはいつか？
　光のなかで私の両目の精神が、自らの祭壇と仰ぐ
君の顔《かんばせ》の前で、君のおかげでこそ知るに至った

*彼女をキリストになぞらえ、地獄に下って良き魂を救出する行為をイメージとする。「ぼく」にはこの世は地獄だったのに。

*まなざし、情景の意も含まれる。

あの《愛》への崇拝の念を厳《おごそ》かに呼び起こす時か？
あるいは薄暮のころ（私たちは二人だけでいて）
濃密にキスをして、音なき返事を饒舌に語っていて
君の表情が、薄闇に隠されてうっすらとしか見えず
私の魂には、君の魂だけしか自分のものと思われぬ時か？
おお恋人、私の恋人よ！ 万一、君自身をもはや見られず、
地の上には君の影法師も見られず、泉や
流れの水面にも君の目の姿も見られなくなった時――
その時には、《人生》の黒ずむ下り坂の上で
《希望》の、朽ちた落ち葉が地面に渦を巻く音、
《死》の朽ちることのない翼の音はどう響くのだろう？

「地の上には君の影法師も見られず」という部分を、夕刻、二人だけでアトリエにいる場合などを意味しているのではないかという珍説もある（Marsh 350）。しかし最後の四行との関連ではそうは読めない。括弧内の部分は地上から君が姿を消した時を意味し、以下四行すべても《死》と関連づけて読むべきだろう。

5 《心》の希《のぞ》み (Heart's Hope)

人跡未踏《じんせきみとう》の道筋を解き明かす鍵である言葉のどんな力が
　《愛》の、到達困難な深淵を探索させてくれようか、
　太古イスラエル人《びと》が履物も濡らさずに渡った海の如《ごと》く＊
詩の言葉の波と波が二つに分かれて海底を顕《あらわ》にするほど？
なぜなら見よ！　ぼくの、貧しい詩作の最中に
　愛する人よ、君に伝えたいものだ、いかに努力しても
　ぼくは君の魂を君の肉体と見分けられず、また君を
ぼくから、またぼくらの愛を神から、見分けられぬ事を。

事実、神の名、《愛》の名、君の名にかけて、できるなら
　ぼく個人の愛の心のなかから、万人の心にすべてを
意味するような、《愛》の証拠を引き出したいものだ。
　あけぼのに最初に輝く丘の峰のように優しく、また泉の
　生まれたて、過去のすべての泉の流れ始めのように
即座に、心の深奥まで強く突き通す《愛》の力の証拠を。

＊旧約「出エジプト記」十四章。敵に追い詰められたイスラエル人は、神が地底を露出させた海を渡って脱出できた。

6　婚礼のキス*（The Kiss）

死病が不気味に長引く時のどんな鬱屈の五感が
　あるいは悪意ある運命へのどんな変転が
　このぼくの身《からだ》から栄誉を剥《は》ぎとる事ができよう、また
ぼくの魂から、今日身《み》につけた婚礼衣装を脱がせ得よう？
なぜなら見よ！　今も今、わが恋人の唇は、ぼくの唇と
　相協和する間奏曲を奏でていた。それはちょうど
　音楽の名手オルペウス*が、冥界での最後の日に
半ば連れ帰れそうだった愛に飢える妻から得ようと熱望したキスの間奏曲そのもの。

彼女の唇の下で、ぼくは子どもだった――いや男になった、
　ぼくたち、ぼくと彼女が、胸と胸を寄せ合った時には。
　彼女の霊がぼくを見通した時には、ぼくも霊となった。
二人の生の吐息が、生の血液を煽った時には神となり、
やがて競争する愛の熱情が、火の中の火となって
　神格内の欲情*となって走ったのだ。

*四行目に今日婚礼衣装を着たとあるが、この婚礼は実質上の結婚を指す可能性が強い。その場合「衣装」はキスそのもの。

*竪琴の名手で、死んだ妻を冥界から連れ出そうとして失敗した。

*神の願望はけっして消えることはない。

「交合の直前に交わすキスのような作品」（Marsh 350）とする批評は当たっていると言えよう。なぜならこ

の次に配置された「婚礼後の眠り」は、交合そのものを描いているとして有名だからである。ブキャナンが批判した「肉体派」の側面も、「婚礼後の眠り」においてはもちろん、以上六歌からも読み取れるはずである。

前にも述べたとおり、以下には、連作の第Ⅱ部に置かれた、《生》が《死》に近づく《星宿》を歌ったソネット二つを訳するに留めたい。

86　失われた日々 (Lost Days)

今日に至るまでの、我が人生途上で失われた日々――
　落ちていったそのままの姿で、その日々が街路に横たわるのを
　今、私が見られたならば日々はどうなっているのか？　かつては食べるために
種蒔《ま》かれながら、踏みしだかれて泥となった小麦の穂のような映像《イメージ》だろうか？
あるいは浪費されながら、なお借財を背負っている金貨のイメージだろうか？
　あるいは罪を犯した人の両足を濡《ぬ》らす、血のしずくのイメージか？
　あるいは永久に飢《かつ》えている、死ぬこともできぬ地獄の人びとの喉《のど》を、
夢の中のように、だまし続けずにはいないわずかな水滴のようだろうか？

失われた日々を、私はこの世では見ることができない。だが死後には
　確かに、そこで見る日々の顔の見分けがつこう。

日々それぞれが、臨終の低い呻きを呟きながら殺されていった我が身、
　「俺はお前自身だぞ、――お前は俺にどんな仕打ちをしたのか？」
「それに俺も――俺もだな――お前自身だぞ」（見よ、日々のすべてがこう言うのだ）、
　「そしてお前は永久にお前自身だぞ！」

日々を有意義に過ごさなかった悔いを、老いた自己が告白している。老人のおそらくすべてが感じる悔恨であろう。

次の詩では、《死》を意識し始める中年以降の人の意識をたどっている。

99　生まれたばかりの《死》（Newborn Death）

今日、私には、《死》は乳飲み子のように思われる。
　この女の子を、やつれた母である《生》*が私のひざにのせて
私の友になるように、そして私とあそぶように仕向けたのだ――
もしうまくいって、そのようにして私の心がまぎらわされ
こんなに優しげな顔のなかに何の恐怖も感じないことができればとて――
　もしうまくいって、おぉ《死》よ、お前への憤りがなだめられる前に*、
　生まれたばかりのお前のミルクのような目を見て
私の不安な心が、そのようにして和むことができればとて。

*もはや中年となった私の生。

*死を受容できる境地に達する前。なお「なだめられる」の部分を「後で生じる」と解す説があるが、原文はreconcil'dなので採らない。

いつまでなのか、おぉ《死》よ、お前の足がまだ幼い子どもの足のまま、
　私の足といっしょにあの世へ行くのか、それともお前は
私の心の、手助けを厭《いと》わぬ娘として、大人になるまで待ってくれるつもりか?
　その時ならほんとうに私は、お前とともにあの蒼暗《あおぐら》い岸辺——お前の正体を
熟知しているあの蒼暗い波の川*に到達して
　お前のてのひらの窪みから、川水を飲むだろう。

＊冥界の川(三途の川)。

スウィンバーン（Algernon Charles Swinburne, 1837–1909）の『ライオネスのトリストラム』を読む

クラフは一八六一年に世を去り、『ダイサイカス』はその四年後一八六五年に出版された。クラフも、キリスト教への懐疑の歌を自作詩集から削除したテニスンやブラウニング、クラフの親友アーノルドなどと同様、生前にはこれらの作品を世に問うことをしなかった。そして神の喪失については、アーノルドと同様、深い憂慮を示していた。

ところが一八六六年、つまりクラフの遺作集が出た翌年に、スウィンバーンは『詩と民謡　第一集』を出版し、あからさまにキリスト教を揶揄《やゆ》した。ただ注目すべきなのは、彼は神の喪失を唱えたのではなく、神の存在を認めつつ、この《神》を既成キリスト教の意味に置き換えて、キリスト教が押しつけてくる当時の倫理観、とりわけ性道徳に抵抗したことである。《神》は揶揄され、軽蔑の対象とされる。けれどもスウィンバーンは、決して《神不在》を唱えはしなかったことを私たちはまず確認しておかなければならない。

ところで一八六六年に至るまでのスウィンバーンの精神上の遍歴は、『詩と民謡　第一集』に見られるキリスト教へのからかいとは全く異質なものであった、

家庭的に彼は、オクスフォード・ムーヴメントの雰囲気を身近にして育った。この運動《ムーヴメント》の主導者ニューマンの親友と、彼の伯母・エリザベス・スウィンバーンが結婚していた。そしてこの運動の特徴は、最大に有神論的、教会尊重的、祭祀重視的、典礼主義的——つまり極端な高教会派《ハイ・チャーチ》であった。「この高教会的家庭環境を考えれば、（後年の）彼の、正統的キリスト教への激しい攻撃」(Louis 3) が理解できよう——つまり攻撃の相手の実態を熟知し、彼らの信仰の根拠を裏返しにして詩を書くことができた。たとえば「キリスト教の《神》は《永劫》を装った（有限の）《時間》」（同）にすぎないという彼の解釈である。《時間》は言うまでもなく破壊者である。

『詩と民謡　第一集』のなかの中編詩「**ヴィーナス讃歌**」('Laus Veneris') では、明らかにヴィーナス（ウェヌス）は淫売女神であり、「勝利感に満ちた、キリストのライバル」(Louis 22) である。語り手タンホイザーは、主キリストとヴィーナスを引き較べてこう言う——

悲しや、主よ、あなたは確かに偉大で、行いもフェア、
だがご覧なさい、ヴィーナスの見事に編まれたヘア。

——つまり fair と hair（陰毛の連想さえ含まれる）とで脚韻を踏むのである。これほど冒涜的な押韻は他にあろうか？　そしてその前年、スウィンバーンは『キャリドンのアタランタ』(*Atalanta in Calydon*) のなかで、

複数形を使いはしたものの、神々が「どんなかたちでも同情・憐憫を知らない輩《やから》」(一〇五七行)だ、神々は死と死後の暗闇を人間に与える張本人であるとコーラスに歌わせている。同じコーラスはその九十九行先では、今度は大胆に単数形の God を用いて

おぉ神よ、間違いなく、あなたは憎しみで我われを覆った
(Yea, with thine hate, O God, thou hast covered us)

と神の仕業を咎めている。左手で生命を与え、すぐに右手で死を与えるものとしての God について「至高の悪、それは神」という表現さえ用いている(一一五一行)。

いわばこの一八六五—六六年は、《神》の本質に関するヴィクトリア朝詩人の書き方が《隠蔽型》から《公然型》へと変化した年月なのであった。重要なことは、すでに亡くなっていたクラフも、これから先、すべての詩業を展開するスウィンバーンも、《神》の問題と官能的唯美主義・刹那主義の連動を意識していたことである。「世紀末」の概念を二五年過去に遡《さかのぼ》る必要が見えてくる。

実際この時までに、ロバート・ビュカナーンの『肉体派の詩歌』(*The Fleshly School of Poetry*, 単行本は一八七二年。核心部分は前年に雑誌に発表)によって、スウィンバーンとともに罵倒されることになるダンテ・ゲィブリエル・ロセッティの恋愛詩が書かれ、妻シダルの遺体とともに埋葬されていた(そして彼はすでにモリスの妻ジェーンを恋人として得ていた。官能的唯美主義は詩人の実生活でも実践されるに至っていた)。

一八六九年にロセッティの恋愛詩が墓から掘り出されて、それらが、ビュカナーンの主張どおり、スウィ

ンバーンの官能主義的な作品と酷似したものであると分かった。だがそこには神へのからかいも神不在への言及もなかった。キリスト教的イメジは多用されてはいたが、宗教は今や絵画のなかの彩色や装飾と同じ位置に下落し、《恋愛の至福》が実質上、神が与える《浄福》に取って代わっていた。ビュカナーンが執拗にロセッティを攻撃したのは、この時代の主流的な考え方からすれば当然のことであった。

今日、文学史的にはウォルター・ペイターの『ルネサンス』(1873)の「結語」が大胆な官能主義・唯美主義のマニフェストとして受け取られ、これがワイルドなど世紀末文人と画家の芸術観の支柱となったとされている。しかし一八七三年を世紀末的傾向の原典とするのは、右に述べてきたことからも、訂正されなければならない。

その上、もう一つ、ペイターの「結語」は、実際には、一八六八年に出たウィリアム・モリスの『地上の楽園』第一巻に対する匿名批評として『ウェストミンスター・レヴュー』の同年十月号に掲載されたペイター自身の論文の後半四分の一をそのまま『ルネサンス』の末尾に転載したものにすぎないことをここに指摘したい。かりに「結語」を世紀末の原点にするにしても、五年を過去に遡る必要があるわけである。

のちにペイターは、この同じ匿名批評の、「結語」に用いた四分の一を除いた前半四分の三を、『文学鑑賞』(*Appreciations*. 1889)初版のなかに「唯美的詩歌」の表題を付して転載している。その終結部分、すなわちオリジナルとしての前出「匿名批評」中『ルネサンス』の「結語」に接続する直前の部分で、ペイターはモリスの詩の特徴として人生の短さについての作者の絶え間ない意識を挙げ、「死の自覚によって促される美への願望」がそこから生じることを賛美している。

実際、モリスの『地上の楽園』第一巻は、冒頭に不死の楽園を求めて船出した《さすらい人》たちが、艱難辛苦の挙句、《不死》は不可能であることを悟って、たどり着いた都で美しい物語を語り合う構成になっている。

ペイターの論調を全体として読むならば、肉体の生命のみならず精神と魂の存続可能期間をも短いものとして改めて意識し（これは脱宗教的な新しい考え方）、この新しい（世紀末的な）時間感覚を基礎として詩歌の唯美的傾向を積極的に評価しようとするペイターの主張がより明確に伝わってくる。

モリスの長大な『地上の楽園』はペイターの（一八六八年の）批評にも鼓舞されて、一八七〇年の末までには三巻（四部。第一巻は二部より成る）本として完成した。「さすらい人」を含めた全二十五話のどこにも《神不在》も《神への侮蔑》や《神への怒り》も言及されもせず、ほのめかされてもいない。しかし《神不在》は話の前提あるいは基盤とされていることが感知される。時代が進んだのである（森松訳『地上の楽園』、音羽書房鶴見書店、全二巻、二〇一六―一七年刊参照）。

モリスの、この一八六八―七〇年の感覚を思う時、一八七一年に「序詞」を発表し、一八八二年に全巻が完成したスウィンバーンの『ライオネスのトリストラム』(*Tristram of Lyonesse*) には、《神への侮蔑》と《神への怒り》が至るところに現れるので、文学史的には異様に思われるかもしれない。ただしそこには、先に述べたとおり《神不在》は一言も言及されず、《神》あってこそ人間存在の不条理が浮き彫りにされるのである。当時の道徳律は有神論に立脚していた。スウィンバーンが試みているのは、この、純粋な恋愛を容認しない道徳律への批判なのである。時代が逆戻りしたのではないのである。『ライオネスのトリストラム』は、「当時の倫理観、とりわけ性道徳への抵抗」をいわば主題の一つにした作品である。だがパトニィでワッツの庇護を受けるようになった一八七九年以降の彼の作品は、昔日の不羈奔放なスウィンバーンの作品ではないという文学史上のレッテルが貼られてしまい、そのため「あまり読まれない長編詩」とされてしまった。本章は、このレッテルを剥がすために書かれている。
さてある批評家（Rikky Rooksby）は、次のスウィンバーンの詩句は彼のどの作品から採られたものか、というクイズを提供している（Rooksby & Shrimpton 73）——

動作と押し黙った吐息のまがい物と仮面たち、
生命の残り屑、死の余り物。
従《つ》いて行くには、私、どうすればいいの？　でも私もまた
従《つ》いて行く気持は持っています。

苛酷で正体不明の汝《神》よ、愛ではなく憎しみである、《神》よ。
「貴方、剣をお持ちではないの？　夜明けまで私は生きたくないのに」

朝の胸《はだ》が開けるのを最初に目撃する丘たちから
太陽が西空から最後に到達を願う高地から
全てはただ海のほうにしか流れようとしない。

おぉ恋人よ、夜が来るまで、安楽になるためには
少しの時間、少しの明かり、少しの間があるだけ。

——実はこれらすべてが、『ライオネスのトリストラム』の特徴を如実に示す詩句であるにもかかわらず、詩句の一つが単独で示された場合、その出典を言い当てる人は少ないだろうというのである。それほどまでに『ライオネスのトリストラム』は世に知られていない。だがスウィンバーン自身はこの作品を自己の代表作と考えていた。しかもこれはテニスンのトリスタン伝説へのからかいを、美しい物語への凌辱《りょうじょく》と見なして書かれた作品である。実際、これがパトニィ在住時代の彼の最大傑作であることに疑いはないであろう。にもかかわらず、欧米でもこれはそれほどの関心を集めていない。特に我が国では英米の批評家の言葉をそのまま引用したとしか思えないごく短い紹介のほかには、私の知る限りではこれを本格的に取り上げた論文がない。そしてもちろん翻訳もない。しかしスウィンバーンの本質を知るうえでも、また神を失った時代の作家が男女の愛に救いを求める恋愛至上主義の内容を持った代表的な作品としても、またイギリス世紀末文学の唯美的傾向を一〇年ほど先取りしている点でも、この詩は充分検討に値するだろう。読み物としての楽しみにも満ちており、描写の質もきわめてすぐれている。構成上の美質も称讃されている (McSweeney 165)。スウィンバーンとテニスンの扱いの対比という意味でも特に興味を引こう。

テニスンの場合とは大きく異なって、恋愛は、日常的な夾雑物を濾《こ》し去った、いわば生一本として読者の卓上に捧げられている。この生一本は、賞味に値する(恋愛至上主義を何ら信奉していない筆者＝森松のような老人さえも、この作品の深い魅力には心底から惹きつけられる)。

「序の詩」は恋愛がどのようなものであるかを、ありとあらゆる角度から定義する。最初の二行からして

恋愛、この世に創られた全ての中の最初で最後のもの、
生者の世界を自己の影として持つ光であるもの。

と歌って、人間の日常世界は、光である恋の影法師に過ぎないとする。いわば、恋愛と日常世界の関係を、イデアと現象界のような関係として捕らえるのである。この恋愛讃美は、このあと約九〇行続く。秀逸な部分だけを訳出すれば

人間精神の上に付された肉である（恋）愛、
呼吸の源泉に他ならぬ、肉の内部の精神であり、
生命体の合唱を調和ある姿に保つもの、（恋）愛、
時間の血管の内部の血液である（恋）愛。（11–14）

先に具象界を超越した根源的な光とされた（恋）愛は、ここでは一転してその重要な物質性を認められつつ、さらに、生命ある肉に宿る高次元の本質として、時間に生命を付与する血液とされる。物質性を重視する新しい世紀末的な感覚に依拠しながら、同時に（恋）愛の精神面での絶対性を、スウィンバーンは早くもここに打ち出す。

つねに饒舌なスウィンバーンは、「地上の事物の根であり果実である（恋）愛／世界全ての水も溺死させることのできず／世界全ての火の軍勢も焼き滅ぼすことのできないもの、（恋）」(26–28) と、愛への賛美を徹底的に繰り返し、

ひとたび愛が自らの手で自分の墓を掘ってしまったなら
全世界の同情と悲しみも救えなくなるもの、（恋）愛、
命そのものを代価として払っても　売り渡されないもの、
鋼でも金でも買うことも縛ることもできないもの。
（恋）愛が天国に別れを告げたなら、天国が実りもなく
花も咲かない地獄に化けるほど、力強きもの、（恋）愛
（恋）愛が地獄に与えられたなら、地獄が、すばらしい、
音麗しい天国に変わってしまうほど甘美なもの、（恋）愛。
(31–38)

――天国・地獄を中心とするキリスト教的な価値観を超越するものとしての恋愛が現れる。序詩はこのあと、十二ヵ月の天球宮にヘレナ、ジュリエット、クレオパトラなど偉大な（イゾルデは四月の星宮）恋の女を配し、「この中を一年は通り抜ける」とする。これら星座となった女たちは「死せる偶然と征服された変化」（＝生の世界の有為転変）を「超越して輝き、疑念や欲望を自己の領域の外に置き去りにする」。恋において名高いこれらの女たちは

かつて我々のように昼を持ったが、今は夜を持っている。
我々は今、昼に縛られているが、やがては夜を持ち、
光の束縛から解放され、生きることの痛みを
治癒されて、ぐっすりと眠るだろう。

と歌われる。恋愛は死において完成され、恋が原因で死んだ者は一般の人間よりも永遠性と安息とを得るというのである。

ここからは「序詩」に続く第一歌「燕号の航行」を読む。いきなり物語の中心に飛び込む《in medias res》の手法を用いて、すでにトリストラムがIseult（英語ではイスールトまたはイシュールトだが、イゾルデと同一人物）を船に乗せてティンタジェルに向かう道中を描く。夜明けに、強まってくる曙光に顔を向けているイシュールトの美しさは「泡立つ海や曙の白さよりもっと色白」、「その髪は夜明けを凌ぐ金色の日の出さながら」などと描写される。まぶたは、陽光に打たれてなおなお日差しに抵抗する雪のように輝き、眠りのなかの夢のように濃く密集したまつ毛の奥のイシュールトの眼、

想像することを許さない、二つの泉のような眼が
空の深みを呑み込む海の深みのように輝いていた。
（第一歌 29–30）

――女の身体の全ての部分が、言葉による細密画として描かれる。上記の例からも判るとおり、細密画を飾

る言葉はすべて自然界のイメジで、つまり自然描写で、示されている。

イシュールトのほっそりした体躯《たいく》は花のように揺れ、揺れつつ輝き、彼女の手が触れるものは、花が触れたように、芳香を発する。温かい両の腕は、抱きしめ囲い込む男性のために、果物さながらに、丸みをおびて熟れ始めている。

つまり女の美しさを絵画として際だたせるために、自然界の形象の全てを動員するラファエロ前派の、これは文学版である。

次に若々しいトリストラムについてもついても同様の描写がなされ、この場面に至る（話が始まる前の）筋書きが語られる。二人はまだ愛しあってはいず、二人の運命はまだ花も棘《とげ》も生やしていない。

旅路の会話のなかで、トリストラムは恋についての歌をイシュールトに歌って聞かせる。男女の魂の二者一体化を歌うその歌の第四連は

> 誰に判断できようか――自分が二者なのか一者なのかを、
> （中略）日々が生まれ死ぬる間、二人が
> 命なき別個の魂なのかどうかを？
>
> (636; 40)

――この歌は明らかに二人の運命の予示と思われる。するとここに至るまでに二人が交わした会話のなかに出てきたアーサー王伝説中の人びとについての品定めもまた、二人のこれからの《道ならぬ》悲恋を予想させる伏線としての意味を帯びてくる。「悪しき偶然の運命によって、それは起こったのだ」(359) として語ら

れていたのが、アーサー王とオークニーのモーゴーズ王妃の恋である。

王妃は、男の季節を過ぎたロト王とともにアーサー王の宮廷に来ていた。アーサーと王妃は、父こそ違え、同じ母から生まれた者同士であることを知らずに同衾する（380–84）。（アーサーの父もまた魔法使いマーリンの力を借りて、敵王の妃と通じてアーサー王を身ごもらせた）。また、アーサーの敵であり、（相討ちによって）その死の原因となるモードレッドを、上記の同衾によって妹に生ませたことを、スウィンバーンは周知のこととしてトリストラムに語らせている。

こうした婚外での子の出生に至る男女関係を、スウィンバーンは咎めだてしない。テニスンの『王の牧歌』の道徳主義には真っ向から反対するわけである。そしてやがて展開するモードレッドの反逆、アーサー王のモードレッド誅逆、その戦いによるアーサーの死を、人間界では英雄的な行為としてスウィンバーンは描きつつ、しかし運命とほとんど同一視されている神の法からは

彼《アーサー》の老年が自分の若年の重荷を背負うことになり、
過去の流血が、自己の流血を招くことになる。
事情を知らぬ彼《アーサー》に事情を知らぬ妹が胤《たね》をもたらし、
二人の間にできたこの子から、やがて破滅が生まれよう、
このように人間の侮辱を神は許してはくれないだろう、
人間の魂と生のなかで、神の法は死滅しはしない。

（399–402）

ここには、人間的な価値観と神の裁きとの間の大きな間隙が示唆されている。人間界に非人間的な運命を押しつけてくる者として、今後この詩では神の法が意識される。世界の成り立ちがこうである以上、序詩で称揚された恋愛は、その成り立ちに刃向かう唯一の人間的手段とされて行く。スウィンバーンの独特の恋愛至上主義である。

イシュールトは顔色を変えて、この神の仕業に疑問を呈する——「事情を知らずに悪事を犯した人を私たちは死刑にしません。その私たちほどの正義さえ、神が示せないなんて！」(403ff.)

この場面はのちのトリストラムとイシュールトの悲恋を扱うための伏線である。二人の恋を《不倫》の汚名から遠ざけるのである。人に苛酷な運命を冷酷に配当する神への憤りを、あらかじめ示しておく（のちのイシュールトの神への抗議と、これは見事に共鳴する）。この直後、暁の海の描写が、主人物と自然との一体感を生み出す。低く吹きすぎる疾風は、緑の庭のような海面に、雨なして散り降りた海の薔薇のなかへ（これは朝日に映えつつ砕ける波頭の描写である）淡い雪のような波の泡花を振り入れる。月は早くも西空に萎れ、嬉しい知らせ（日の出）に失神した顔のように見える。

やがて空気と光そして波は、花嫁をいま抱いた鳩の
心臓のように、燃える休息 (burning rest) に満ち溢れ——

官能的描写が、暁に燃える広大な海面を彩っている。

こうした自然の活力は、イシュールトの体内に吸収される。唇からは、薔薇より甘い海の空気を、眼から

は、太陽を抱いて喜ぶ東空と宴会のように広げられた全天の彩りを彼女は取り込む。こうして自然の諸形象とイシュールトの魂が一体となる。「暁という名の　堂々とした巨大な花が」炸裂《さくれつ》して開き

まだ海面から遠くは離れていない　ふくよかな太陽が
火と燃える海上に漂う花の如く見えたのと同様（中略）
イシュールトの全霊魂の大きな神秘に満ちた赤い花が
裂けて開き、その優しい心の蕾も、薔薇《ばら》の花さながらに
ほころびて、力強い心の泉が一撃されたように震え始め
割れて花となった。(460ff)

——心身一体となった女の美しさが、海の上に漂う赤い花のような太陽、朝開くみずみずしい薔薇など、自然界と彼女を結びつけるイメジでもって、このように描かれている。スウィンバーンにあっては、自然のなかに同化している人間を美として認識するという意味での、享楽的ではない一種の唯美主義が、テニスンの倫理基準のアンチテーゼとして示されている。

このあとの、マーリンが魔女であるその恋人ニムエに「死のように優しい眠りでもって」岩の下に閉じこめられる話も、恋人を独占する手段として女がそうするのであるから、イシュールトのゆえに身を滅ぼすトリストラムの運命を肯定する「ギリシャ悲劇のコロスの効果」(Harrison 106) を持っている。その運命へと向けて二人は媚薬を飲み

そして彼らの四つの唇が　一つの燃える口となった。
（And their four lips became one burning mouth.　最終行）

――このキスが第一歌を封印する。

今やイシュールトは意に反してマルケ王の妃となり、王はかくも美しい女を妻として得たことに驚嘆する毎日を送っている。しかしあるとき王は、吟遊詩人としてやって来たパラミードという男に、その音楽を愛でて、望みどおりの褒美を取らせると言いだす。パラミードはイシュールトを所望し、約束を守るという騎士道精神に従ってマルケはイシュールトを与える。トリストラムは海岸に駆けつけてパラミードに戦いを挑んでイシュールトを奪い、森の奥の牧歌的な四阿《あずまや》へ彼女をつれて行く。

夏の三ヶ月を二人は王と妃のようにここで過ごす。「彼女は胸の二つの動悸打つ花の間に、トリストラムの熱い頭部を押さえ込んだ」。この行為が終わるとイシュールトは今夜殺してと彼に哀願する。「愛の最も恍惚とした支配のこの夜をどうして二度得られようか」(495–6) というのである。

第三歌「ブリタニィのトリストラム」では前景より三年が経過し、二人は別れ別れになっている。彼はブリタニィに逃れ、十六才の王女イシュールト（白い手のイゾルデ、以下彼女のことを白い手と記す）と結婚することになる。この同じ名の王女が、自分の名が出るたびにトリストラムが顔を輝かせるのを、自分への愛であると誤解した結果だった。続く第四歌は「処女のままの結婚」と題され、白い手は結婚後もトリストラムに愛されることのない様が描かれる。彼は初夜に臨んで真の恋人イシュールトを裏切ることができず、ついに「イシュールト」と呼ぶと、白い手は自分が呼ばれたと思って「わたしはここよ」と処女の声で答える。しかしなおも金髪のイシュールトに対するトリストラムの信義が、この名だけの夫婦をがんじがらめにする。白い手には甚だ気の毒なことだが、ここではトリストラム伝説のなかにある恋する人間の信義という徳目を徹底して尊重することがスウィンバーン的な恋愛至上主義の最重要課題なのである。また第五歌は自然描写やトリストラムへのイシュールトの短い呼びかけを除けば、そのほとんど全てがイシュールトの、《苛酷な神》への呼びかけから成り立っている――「主よ、あなたへの私の小さな愛がいかに弱く、男への愛が、この愛よりどんなにずっと大きいものかを考えてみるときに」、「私がもっと神《あなた》を愛し、彼をこれほど愛さなくなるだろうか――もしそうなら、ああ惨め！　私は地上で幸せだから」。

これは神に祝福される来世への信仰を捨てて、現世の愛を至高なものとすることの宣言である。恋愛が宗教にとって替わる。またこれは、やがてイギリスで、いや全欧で暗黙に宣言される世紀末マニフェストの先取りである。彼女には地上の恋愛がすべてである――

天国では、恋人よ、私たち二人は　決して、決して
立ち上がって歌うことなんかない、
あなたの甘い愛が私にとって、
神よりどんなに大切か！ (96ff.)

――これは天国の存在の否定、最後の審判日の否定、キリスト教教義の否定を示唆している。従来この作品は「きわめて既成価値転覆的」(Carley 8) と批評されてきたが、この部分は特にそうである。そしてイシュー

ルトの激白に答えるのは依然として風と怒濤《どとう》である。
人間的な喜びと苦しみをキリストは理解できないのかと彼女が問う次のせりふは、第五歌のクライマックスである。

キリストよ、もしあなたが、未だ耳と眼をお持ちなら
昔は憐れみを知っていたのに今は私を憐れまない貴殿は
地上で苛酷な生き方をしていた時にご存知だったくせに
地上での苦しみを忘れ、人の苦しむさまを忘れ、
人全てがなお苦しんでいても平気でいられるのですか？
忘れているのなら、貴殿は何の助けになるのですか？
貴殿の血が流されたことが　何の役にたつのですか！
もし罪人の我らが、血を流して許されないというなら？
人の心と同じに　変化し冷たくなった心をもつ貴殿は
苛酷な不可解な神である貴殿は、罪びとである我らに
愛ではなく憎しみをお示しになるのですね。
(248–58)

神を失ったあとの、唯一価値あるものとして真摯で不可避な恋愛に縋《すが》りつくのである。つまり第五歌では、神の法と理想の恋愛が相容れない対立物として示される。理想の恋を歌う詩句全体が、神の法への反逆

という性格を帯びる。

第六歌は「陽気な番人（Joyous Gard）」と題される（スウィンバーンは一八五九年に、このランスロットの城でのトリストラムとイシュールトの再会の場面のみを歌う詩をフランス語で“Joyeuse Garde”と題しており、ここでもこの名を持つランスロットの城の意味）。ここでは妻として遇されない白い手の境遇を心配する兄ギャンハーダインの怒りと、それに対するトリストラムの弁解、この弁解の中心となる彼のイシュールト妃への信義の深さがギャンハーダインの心を和らげるさま、ギャンハーダインの協力によるキャメロットの宮廷へのイシュールトたちの逃避行、さらにグィネヴィーア妃の恋人ランスロットの城への到着とそこでの二人の愛の生活――このように話が展開する。

この間にトリストラムは、恋人ニムエに独占されて岩の下の永い眠りに就かされたマーリンの運命を羨む言葉を発し、初めは死のなかに最終的な幸せを見いだすこの考え方に違和感を禁じ得なかったイシュールトも、次第にトリストラムと一体化した死を求める方へと傾く。

第七歌「妻の不寝番」は処女にして妻である白い手のイゾルデの怒りを描く。ここでもまた彼女から見た、神の裁きの不当性が彼女の歌の主題となる。

第八歌「最後の旅」では、ふたたび主人公の二人は別れ別れとなり、トリストラムはウエールズ王を助けて巨人ウルガンと戦い、イシュールトはマルケ王の監視のなかで日々を過ごす。やがてトリストラムはブリタニィへ帰り、そこで同じ名のトリストラムという男に加勢を頼まれて戦いに巻き込まれる。妻白い手への帰国の挨拶を、ギャンハーダインに代理でやってもらい、勇んで戦い、重傷を負う。

トリストラムは妻のエメラルドの眼ではなく、別の金色の眼を見たいと切望する。

第九歌「白鳥号の航行」では、トリストラムは瀕死のベッドのなかから、忠実な義兄ギャンハーダインに頼んで船（白鳥号）を出してもらい、恋人イシュールトを迎えにやらせる（騎士道的な義兄弟間の信義が、実の妹に対する兄の愛情より優先される）。イシュールトは世界中が眠るころ、夜陰に乗じて白鳥号に乗り込み、「雪のように白い帆」を掲げてトリストラムの待つ方向へと出航する。スウィンバーンは、黒い帆と白い帆のからくり（もちろん、白ならイシュールトが乗船しており、黒なら乗っていないことを遠くから陸地へ伝えるという成り行き）を伝統的なトリスタン伝説から採用している（一八五二年のアーノルドは知らなかった）。

白い帆を確認した白い手は、帆は黒であると偽りの報告をしようと、死の床の《夫》のもとへ行く。トリストラムは《妻》を金髪のイシュールトと間違え、「イシュールトか?」と問いかける。もちろん白い手の処女は「はい」と答え、やがて白い帆を黒と偽る報告をする。トリストラムはこの報告に衝撃を受け、息絶えて死ぬ。

死の噂が館の外に伝わるか伝わらないうち、嘆きの声がまだ
立ち昇るか昇らないうちに、雪のように白い帆は岸に着き
ギャンハーダインは軽やかに陸地に飛び降り、
彼から尊敬の手を差し伸べられて、船のなかからイシュールトが、
波止場に降り立った。二人の周囲で、群衆すべてのなかから
彼《トリストラム》の死を嘆く大きな叫びが突如発せられた。イシュールトの

耳が聞く前に、彼女の心がこれを聞いた。　(483ff.)

イシュールトは彼《トリストラム》の枕元に駆けつけ、彼《トリストラム》の死の重み全てを両手にいだき、それを感じ取った。

彼女は喉の渇きを癒そうと泉に口を近づける仕草で、口を彼に近づけた。
すると彼らの四つの唇は　一つの物言わぬ口となった。　(483–94)
(And their four lips became one silent mouth,)

最後の一行は、言うまでもなく、先に原詩を添えて示した二人の熱いキスの描写と対を成している（対を成す詩句はほかにも多数あり）。

間もなくイシュールトも「時間の束縛から解放された」。そして

二人は　その墓所で、月と太陽、巡る星座のもとで
固く結ばれて (wedded) 眠った。　(565–66)

しかしその墓所も、今は海底へと水没し（ティンタジェル城址が海中に沈んだのは、地質学的真実。イングランド西南部）、二人の眠るところには月光も陽光も届かない。

しかし生きている者が一人として得ることのできない平安を彼らは得ている。
どんな《愛》も与えることのできない休息が二人の周りにはある。
そして彼らの頭上には、死と生が存在をやめない限り
大海の光と音、そして暗黒とが存在し続けている。（全編の最後の四行）

このように実在の人物に捧げられた哀悼の歌のように結ばれている。

スウィンバーンが、この伝説を『王の牧歌』(*Idyls of the King*, 1859) で不倫の物語としてからかいながら扱ったテニスンの道徳主義に対抗して、トリストラムとイシュールトを真に愛し合う二人として讃えていることは言うまでもないだろう。

第Ⅱ部

女性「小《マイナー》」詩人の再評価

第Ⅱ部への「前書き」

ヴィクトリア朝における女性詩人（woman poet）や女性小説家の社会的地位はきわめて低かった。彼女らは、文化の中心地から見て辺遠《へんえん》に棲息《せいそく》する小型の文筆家と見なされ、女性詩人は、どこか軽蔑をこめた用語 poetess で呼ばれた（今日、poetess は使用を「避けられる」と辞書も注記している）。

第Ⅰ部で扱ったL・E・L・のような当時の流行作家も、自宅の隣に住んでいた雑誌編集者（William Jerdan, 雑誌 *Literary Gazette* を主宰）に、庭にいた自分を窓越しに見初められてジャーナリズム入りを果たし、零落した父を助け、弟を大学に進学させるために編集者に身を任せ、次々に子を産んだらしい。次に大騒ぎになったのも別の編集者（William Maginn, *Fraser's Magazine* を主宰。有名な遊蕩児）との噂であった。悪い噂に耐えかねてイギリスを脱出、現地妻のいるアフリカの「（奴隷貿易機関の？）総督」と不本意にも結婚、青酸カリの薬瓶を手にして、薬の誤用、自殺、他殺の謎を残して、救いを求めるようにドアの前で死んだ。

この有能な女性作家の経歴も、女性が主流文化の主役になるのがいかに難しかったかの傍証に過ぎない。ジューズベリはワーズワスに、女の執筆活動を皮肉られたし、ブロンテ姉妹は当時の桂冠詩人サウジーに、女が文筆に携わるのを咎められた。そして何より、サザーランド（John Sutherland）の『ヴィクトリア朝小説必携』（*The Longman Companion to Victorian Fiction*）を開けば、いかに多くの女性著作家が匿名、あるいは男性名で著述したかが分かる（森松 '12 参照）。本書にも登場するクライブが筆名をVとしたこともそこには記されている。『必携』には載っていないが、この第Ⅱ部に見える男性名マイクル・フィールドは、二人の女性、キャサリン・ブラッドリーとイーディス・クーパーの合体名である。ほかにも、本名を隠して執筆した女性詩人がいかに多かったかは、以下の本文に記されるであろう。

さて、この時代の女性による詩論（Mary Ann Stodart による。Bristow '87: 134ff.）を見よう。多くの人が本質的には詩人だと説き始め、女性にも当然詩が書ける、特に美の領域は女性向きで、家庭内の愛情の情景、木の下の可愛い草花、平和な谷間を銀の糸のように流れる小川の姿は男には書けないだろうなどと、多くの女性向きの詩想を述べる好論である。だが男性詩人の卓越も認めた上でという謙虚さが特徴である。

しかし次第に女性は、父親に叱られたり周囲の嫉視を買ったりしながら、女性が歩むべき道ではないとされた詩歌の隘路を踏みならして、あらゆる主題を展開し始めた。しかし末永く世に認められた詩人はわずかで、多くは「小《マイナー》」詩人として忘れ去られた。

以下の各詩人はこうしたさまざまな悪条件下で書いたのである。

二〇世紀の末になって、こうした詩人たちを大部の書のなかに復活させる試みが相次いで世に出た。本書は、そのお蔭を大きくこうむって書かれたものであることは言うまでもない。

アンナ・シーワード (Anna Seward, 1742–1809)
――最初は女性同士の友愛を主題とする作品を訳出

シーワードの父は、元・グラマー・スクールの校長、後に、主教座聖堂参事会員（高位聖職者）となった。当初はフランス革命に賛同した父だったが、後にはその流血を嫌悪し、当時なお革命に賛同する文人を強く非難した。アンナ自身は、幼時に跛行《はこう》を余儀なくされる足の障害を負い、愛情の対象は（男性への愛着の噂もあったが）主として、父母が養子とし、妹として育てた九歳近く下のホノーラ・スニード (Honora Sneyd, 1750–80) で、ホノーラの早世後も、晩年までこの愛着は変わらなかった。

ホノーラの結婚 (1773) を前にして書かれた次頁のソネットは、精神の文柱を失う嘆きのなかでも、なお失う親友への熱愛を語る歌である。また二頁あとから始まる詩「過ぎ去った《時間》に」もまた、ホノーラと過ごした至福の時を歌っている。当時、書簡体を用いて大きな人気を博した彼女の代表作『ルイーザ』(*Louisa, a Poetical Novel, in Four Epistles*, 1784) でも、「異性間の恋愛や結婚よりも女性同士のロマンティックな友愛関係」（川津 '12A: 178）がシーワードの関心を呼んだ。

女同士の友愛伝統を築き上げた始祖は、おそらく十七世紀のカサリン・フィリップス＝雅名オリンダ (Katherine Philips; Orinda, 1632–64) であろう。二人の子を産み、王政復古によって困窮した夫を助け、没後は夭折した息子のそばに埋葬されたオリンダは同性愛《レズビアン》だったとは言えないが、知的「交友会《ソサイエティ・オヴ・フレンドシップ》」での女同士の友愛は「天使の愛には及ばずとも、それに次ぐもの」で「血縁よりも、夫婦の絆よりも高尚なもの／……説得や欲望によって結婚は続くが／友情は愛と敬意から沸き起こる」(訳文清水 '10: 91 & 97) と歌われている。レズビアニズムとはまったく異なる女性間の友愛については、清水が詩を交えた論文 ('10) と飜訳 ('15) で、川津が詩文からの豊富な引用とともにその著で ('12A)、詳しく示している。ヴィクトリア朝にも、女性同士の愛情を歌う作品が多いので、ヴィクトリア朝に先立つ十八世紀詩法の見本をこの「第Ⅱ部」冒頭にまず掲げることにした。

「ソネット」('Sonnet', 1771)

——リッチフィールド【スタフォード州の都邑】の、ストウ谷を見渡す主教公邸《ビショップズ・パレス》東部一室にて執筆——

この詩は Wu 教授が the Bodleian Library の手書き稿から入手された。語り手は、冬を思わせる冷え冷えとした春の朝、部屋から見える谷間の、暗い、雨模様の風景を見下ろす。その谷では——

笛を鳴らす風たちが、不機嫌な雲たちを攻め立て、
　野と畑に顔をしかめ、逆立てた翼をうち振り、

湖《みずうみ》をかき乱している。それなのに、寒く青ざめたこんな風景のなかでも
よく知っている景色、これら野と畑、谷と湖には
わたしの愛と記憶とが、しっかり染《し》みついてしがみつく。
寒風のなかでも素晴らしいのだ、この景色が、夏の疾風《はやて》のなかで
夏の夕陽に彩《いろど》られて花のように見えた時と同じく。これと同じに

—これは、自然の姿を描いて、そのあとに、詩の末尾でようやく主題となる状況がその自然の姿と同じだとする詩法である。すなわち最後の描写は、この自然の美しさと「同じに」……

美しい姿の上に、悪疾の影響が及ぶ時にも、それら陰《かげ》に満ちた憂愁を
（ホノーラよ、わたしにとっての、今のあなたの姿のように*
神聖にも大切な姿を）、誠意ある《愛》の両眼は、常よりさらに*
温かく、そしてさらに心を籠めた視線でじっと眺めるのです、
《健康》*が、赤々とした優美で輝いている時よりもさらに
色を失った雪に、形もおぼろな、その数々の魅力に眺め入るのです。

——注釈がくどいと思われるだろうが、訳し流すだけでは分かりにくいと考えた次第である。以下の作品については、施注を多少慎みたい。

*娘との別れを惜しむ母の愛に似る。
*結婚する姉との惜別を妹が歌う島崎藤村の「高楼《たかどの》」も思い浮かぶ。
*今の状況を「悪疾」に譬《たと》えたから、婚約以前の妹は「健康」とされる。

「過ぎ去った《時》に与えて」（To Time Past, 1772）

至福の年月よ、帰ってきてくれ、陽気な春の助けを得て、
また豊饒な夏、静かな秋が与えてくれる時間、
琥珀色のあの時間がわたしの心に呼びかけて、豊かな香気が
胸全体に満ちる歓びをもたらすようにと懇願しなくてもよかった年月よ！――
暮れゆく昼間が、一瞬だけでも紫の綾《あや》を、金色《こんじき》の光線を
優美に飾るようにと願わずに済んだあの至福の年月よ、
四阿《あずまや》から人気《ひとけ》を追い払う声高き大嵐が、優しい西風よりも
わたしに歓迎された年月よ、そして冬、草木も枯れた荒涼とした野が、
夏の花の谷より歓迎された至福の年月よ！*
だが今、期待しはしない、灯火が広々と輝く丸天井の下で
うす暗い時間を、虚栄の舞踏の行進で飾ることなんか、
跳ね踊るダンスも、また、音楽をみなぎらせて
感覚を魅惑することも、演劇の場面を訪ね歩いて
模造品の恋の情熱にうっとりと見入って
笑ったり泣いたりすることも――おお、こんなことどもを私は求めない。
こころ*をその住処《すみか》として居ついた、あの歓びの数々を求めるのです、

*ここまでは、自然美が幸福感を倍加してくれなくてもホノーラが至福をもたらした過去を歌った。

*傍点部、原文は斜体。

嵐が鳴り響く平原の、灰色の夕霜のほうが
緑草の小道を金色《こんじき》と化す、呪文で呼び出した太陽以上のものであった時を。
そうです、ちっぽけな喜悦に立ち勝る喜悦を求めるのです、
私の愛するホノーラよ、確かに私たちは十一月の暗い夕闇を
歓迎したものだったわね。そして夕闇が落ちてきて
部屋一杯に暖炉の火が陽気に輝き始めると
きびきびした手で、暖かいカーテンを引き下ろし
私たちの精神とこころが和《なご》むのを感じ、
訪問客の足音に耳を傾けた。どこから来た人であろうと彼らは常に
積もった雪を凍りつかせる身を切る寒さの星々のほうを
初めて薔薇《ばら》を色づかせる、呪文で呼び出した太陽以上のものにしたのだった。

《愛着》、《友愛》、《共感》よ――あなたがたの玉座は
冬の、白熱の暖炉だった、そしてあなたがた三者は私たちのものだった。
ホノーラよ、貴女《あなた》の笑みは、愛着と友愛、そして共感を皆、二人のものにした。
《友愛》たちは今、どこにいるの？　無念にも《友愛》たちの最良の力は
貴女《ホノーラ》が遠くに去って*弱まっていった、だって貴女がいないのだから！
暗い長い夜なべを私はただ一人居て、溜め息を吐く、

*結婚に先立って二人は別居。

消え去った時間たちを戦慄《せんりつ》とともに思い出す、
大嵐が、薫り高い西風よりも嬉しいものだった時間を、
冬の荒涼として緑一つ無い野のほうが、緑茂る谷間よりも美しかった時間を。

自然界の姿によって、過去のホノーラの美しさを描く手法である。
——次の詩は、ホノーラには直接触れずに、人生最後かもしれない時期に訪れた懐かしい村の教会を描きつつ、村と家族への愛を歌う。ほんの一部を抜粋して訳してみる。ここでは死者に捧げられた品々が、「花環」を通じて、自然の姿の働きをしている。

詩集『ランゴレンの谷*』中の「アイアム村**」より（1796）

この村の年若い男子、あるいは乙女子《おとめご》への哀悼の標《しるし》としての
紙細工の花輪*が吊り下げられている、低い位置に横たわる梁《はり》は、
今、震える記憶から湧き出る穏やかな涙の源泉。
子ども時代にどんなにたびたび、私はこの涙の供物を捧げたことか。*
花輪のそばにぶら下がる紙細工でできた手袋たち、
花輪のなかの雪のような花々と同じ白さの手袋、リボンで繋《つな》いである手袋。

*ウェールズ北西部の町。
**この頃老衰していた父の牧師館があった村。
*未婚の男女に捧げられた。
*妹、弟たちも幼くして病没。

親愛なる村よ、死者を追憶するこれら花輪が、末永く祀《まつ》られますように、
あなたの村の、幼くして世を去った男女《おとこおみな》への、この素朴な墓碑が！
（41–8行のみの訳出。ここにも早世したホノーラへの愛惜の情が滲み出ている）

――この断片からも伺えるとおり、シーワードは具体的な状況の描写を感情に結びつける名人である。次の「**ソネット第Ⅲ**」でも、自然界の描写が、実は冒頭と、詩の後半の人の心を表現するのに用いられる。

そうとも、あなたはきっと再び頬笑むでしょう！　若いときには、《時間》が
悲しみによる傷口をやがて治癒してくれるでしょう。おぉ！　ご覧なさい、
あそこの海を、一晩中、互いに争いあう風たちと、騒がしい寄せ波に乗ってくる
狂おしい轟きの餌食にされていた海、今は
潮の引いてしまった海を。――だが、驚き、あきれたかのように
落ち着いてきた寄せ波が震えている――岩々の上に
《朝》が灰色に忍び寄り、そして間もなく、筋雲赤らむ東の空から
昼間を注ごうとして、輝かしい《天球》が、誇らしげな光全てを見せて
自分のベールを剥がす――これと同じに、あなたの胸一杯に
美、健康、希望が、優しげに一歩一歩、
光るのです。――その悲しみの嵐たちを蹴散らします。

柔和な《喜悦》の感覚、喜ばせたいという願いとともに目覚め
あなたの眼からはついに、いつもの光沢が流れ出します、
静寂を照らす太陽のように、住みきった海のように、輝かしく。

――悲しみにうち沈むおそらく女性の友人を慰めるのに、嵐のあとの海辺を想像させて落ち着かせるのである。

フェリーシア・ヘムモンズ (Felicia Dorothea Hemans, 1793– 1835)

フェリーシア・ヘムモンズ（ヘマンズ）を「マイナー詩人」の部で扱うのは失礼であろう。しかし日本の現状では、主として以下に述べる「カサビアンカ」('Casabianca') によって知られていて、これよりはるかに優れた作品が知られないままに放置されている。あえてこの第二部で彼女を扱う理由である。

フェリーシアは、六歳のときにシェイクスピアを愛読した天才少女であった。母親は在リヴァプールのトスカナ領事の娘であり、血統的にドイツ・イタリアの教養を身につけた女である。フェリーシアはこの母親の緩やかな指導のもとに、多種類の外国語を身につけ、それによる広汎な読書を経験した。

俗説では父親に、母とともに見棄てられたとされるけれども、父親もまた友人を通じてフェリーシアの最初の詩集の出版を実現させている（ただし父親が事業に失敗し、一八一三年以降は一家が母子家庭同然になったのは事実らしい）。フェリーシア自身も結婚後に、六年間に五人の男の子を産みながら夫に家出され、夫は二度と帰っては来ず、経済上の苦しみを一身に背負った。十四歳の時に一家の経済を支えるために詩集を出版し、これによって名声を得（シェリーに認められたのに、母親がこの反体制的詩人の厚遇をはねつけた）、フェリーシアは、弟二人がナポレオン戦争のなかでも特に危険な半島戦争（1808–14, イベリア半島からナポレオン軍を撃退）のために出征したために愛国的態度をとった。このことから彼女の作品を体制内的な詩風であるとして一蹴する誤った考えが生じている。

しかし彼女の一八〇八年詩集（*From England and Spain: Or, Valour and Patriotism*）の冒頭を読めば、彼女はむしろ反戦詩人であることが分かる――

《暴虐》と《権力》が、あまりにも長期にわたって手を握りあい、
鋼鉄の王笏《おうしゃく》によって人民を支配してきた。
《圧政》がながながと帝王の衣裳を身につけてきた。
そして《掠奪》の剣が地球の半分を荒廃させてきた！　　（1–4）

言うまでもなく、《暴虐》と《権力》、《圧政》と《掠奪》など全てはナポレオンの侵略を指している。二十世紀がヒトラーおよび同種の侵略者に対して抱いた感情と質的に同じである。しかし同じ詩のなかに「立て、《自由》よ、眠りから目覚めて／恐怖の旗を掲げ、輝く槍を手にせよ」（29–30）という好戦的な言葉が見えることから、当時の体制内的な感覚を持った一般読者に受け容れられ、彼女の詩は（まったく好戦的ではない作品も）ヴィクトリア朝の末期まで特に女性読者に愛読されることになる。

たとえば「《快活》に寄せるオード」（'Ode to Cheerfulness', PC 上に全編あり）では、春夏秋冬、つねに《私》とともにある「愛らしい妖精」《快活》を四十二行にわたって描いたのち、青春の暁が去ったあとも《私》に光を与えてくれるだろうかと妖精に問いかけ、最後の五行で、この妖精は「人生の日暮れにも／暗い、茨

の道を金色に」染めてくれるだろうと歌う。「小枝から春のメロディが響くとき」など、季節を常套句で描くのがむしろ気楽に読める詩で、読者に愛された理由が分かる。

戦前の軍国主義的日本では、ヴィクトリア朝イギリスにおけると同様、父将軍とともに軍艦と運命をともにした少年の名を題名にした、前に題名だけ記した「**カサビアンカ**」で知られた。

少年は燃えさかるデッキの上に立っていたが
　そこからは彼以外のすべての船員が逃げ去っていた。
戦闘の残骸を照らしている炎は
　彼の周りの死者の上に輝いていた。

(1–4)

少年の父は、負傷して、今は息も絶え絶えに横たわり、「彼の声はもはや聞かれなかった」(12)。しかし少年は何度も父に呼びかけて、もうその場を去ってもいいかどうかと問いかけ続ける。答えがないまま、少年はデッキに居続け、ついにマストや舵などとともに炎に飲まれる。そして詩の最後は少年への賛美である——

しかしそこで朽ちていった最も高貴なものは
　その、若い忠実な心であった!

(39–40)

当然ながら、この作品は酷評されるであろう。軍国主義を憎む今日の見方からだけではなく、瀕死の父を見下ろし、「逃げてもいい?」と何度も尋ねながらその場を去らない少年には、英雄的献身の精神よりも愚鈍さが感じられるからである。しかしこの一つの詩だけでヘムモンズを評価してはならないことは、彼女の他の作品群が自ら証明している。

まず彼女の詩風は、独自の劇的独白が一九世紀詩に与えた技法的影響の点で評価されるという側面がある(Bristow: 4)という指摘に目を向けたい。だが彼女の本領は女性の本質を歌った詩にこそ見られるのである。ヴェスヴィアス火山の噴火で赤子を抱いたままの姿を遺跡に残した女性を扱う「**溶岩の中の姿**」('The Image in Lava')では、諸帝国の栄華が過去のものとなったにもかかわらず、

女性の心が、これらの帝国、その宮殿と塔よりも
　いのち永き痕跡を残したのだ。　(5–6)

奇しき暗い運命が、あなたがた二人に降りかかった、
　美しい幼子と愛の心の二人を襲った、
一千もの苦痛に満ちた一瞬の出来事——だがそれは、
　母と子を分かつよりは幸せだった!*　(17–20)

*この詩の原文全体が巻末にあり。

と歌い、「**女性と名声**」('Woman and Fame')では、

名声よ、向こうへ行きなさい!　女であるわたしには

愛情の泉から、甘露を汲んで持ってきなさい！　(5–6)

と歌って「愛情の泉」こそが女性の詩の源であると主張している。当時の女性詩人がこぞって題材にしたサッポーを歌った「**サッポーの最後の歌**」('The Last Song of Sappho') でも、自死寸前のサッポーの声を借りて

わたしの苦悩とわたしの名声を埋もれさせよ、水底《みなそこ》に
隠れた船の残骸、失われた宝石、意味を失った金とともに！　(31–2)

——こう述べて、女性としてのフェリーシアにとっては、名声を得てもそれは五人の息子を抱えて悪戦苦闘する自分の苦しみと同類でしかないことを示唆する。

だが女性を歌った詩の集大成は『**女の記録のさまざま**』(*Records of Woman: With Other Poems*, 1828) であろう。前年一八二七年には彼女の心の拠り所であった最愛の母を喪って、彼女は悲嘆のどん底にあったはずである。しかし、この詩集は、当代の神話的人物と言うべき、願望を阻害された多くの国々の女を歌う物語詩を集めた詩集となっている。長詩の一つ「**アラベラ・スチュアート**」('Arabella Stewart') ——王家の血筋にありながら、密通を察知され、結婚後ただちに夫婦別々に投獄され、やがて脱獄に成功し、同じく脱獄に成功した夫との船上での合流に失敗する、そして再び投獄されたあげく死に至る女を描くこの長詩では

デッキの上に私は立っていた、すると

白帆を掲げた船が潮の上を滑るようにやってきた、
誇り高い海原の鳳《おおとり》のようだった。私は目を瞠《みは》った、
その目が憧れる姿を見分けることのできる一瞬前に。
その白帆船の疾走ぶりは、愛と愚に満ちた憧れに較べて
遅すぎるように思われた。すると船は近づいてきたのだ、
夫と私の敵たちを満載して！　その時の諍《いさか》いと涙を
思い出してみて何になろう？　ふたたび監獄の壁が、大切な姿を
私の視野から閉め出してしまったのだ——緑の丘と森、
光に向かって撥ねる波また波の喜ばしげな眼差しを、
そしてあなた、私のセイモアの姿を！

(105–15)

——このように全てがヒロインの独白から成り立っている。詩の後半には、バイロン（『海賊』）のメドーラの純愛に似た、死の思いと交錯する、愛する男への誓いの言葉がある——

　　耳を澄ませて！　声音《こわね》は警告の響きを
深めてゆく——その言葉は死だ。ただ一人、引き離され
若さのまま悲しみつつ、しかし静かに、私はこの世を
去ります、《天》を見上げながら。だが、だが女の心は

この一時の、暗雲を投げる恐ろしさの中においてさえ、
祝福してくださる精霊と力を目覚めさせるでしょう――
あなた、初恋の人！　常に優しく真実であった人よ！
もしあなたの名前の上に、ほんの一瞬であっても
私の死の苦しみが、心の苦い泉から汚れの粒を投げる
なんてことがあれば、私の心を忘れていいよ！

(225–34)

――あなたへの純愛を汚すような涙、そして心の血を、決して流さずに死んで行くというのである。また一八二五年に英訳されたシルレルの『ウィリアム・テル』に基づく、女性の説得力の強さを示す詩では、テルの妻が、あなたは私の落ち込みを心配しているが「私は全てに耐えてみせる」(89) と女の強さを見せて夫を独立の戦に向かわせる。

この同じ一八二八年詩集中の「**ある女性詩人の墓**」('The Grave of a Poetess') は、苦労の絶えなかったフェリーシア自身の墓を描いているとさえ感じさせる ＝ 冒頭にはフランス語でこう記されている―― ***"Ne me plaignez pas—si vous saviez/Combien de peines ce tombeau m'a épargnées!"*** (私を憐れむなかれ――もしあなたがたが知ったなら／この墓がどれほの苦痛を私から除去してくれているかを分かってくれたなら！)

――この、フランス語によるエピグラフは圧倒的に詩全編を支配する。「ある女性詩人」はフェリーシアとは別人（これを具体的に特定する説もある。それは名詩 'Psyche' の作者タイ [Mary Tighe, 1772–1810] であろう。See Leighton & Reynolds 11n）である側面と、彼女自身である側面とを往復する。また彼女の母は詩人ではな

かったが、詩も解する教養人であり、死者に母の影を思い浮かべつつ書かれた詩であろう。――そして前半の多くのスタンザで、墓の周囲の美しげな世界が描かれ、この美景が死者＝「あなた」には無縁であることが嘆かれる――

近くの廃墟を這いながら育つ蔦の幹から
　鮮やかに若い葉たちが生《お》い出ている。
子どもの声があたりに満ちているのに
　あなたはその可愛らしさを聞くことができない。

生きてあればどんなにか愛したにちがいない
　歌声と花々からまったく隔てられて
あなたには墓のまわりのお日様は
　解き放たれた悪の呪縛《じゅばく》でしかないのだから。
(9–12; 21–3)

――詩は、来世での慰めを歌って終わるという慣習性を見せるけれども、フェリーシアとは別の詩人（前記のタイ）、フェリーシア自身、彼女の母という多くの読みを誘うがために、良き詩的曖昧を失いはしない。フェリーシア自身の苦況を思い浮かべつつ読めば、なおさらこれは秀作と感じられよう。

同じ一八二八年詩集中の「ポーリン」('Pauline')では、エピグラフが絶賛する「愛する人のために死ぬこと」を実際に行った母親――暴漢に殺された娘への後を追って命を絶った実在の人物ポーリン（反ナポレオン主義者ゆえに、娘の悲運が生じたらしい）が追悼されている。

一八三〇年詩集の「**《自然》が発するさよならの声**」（'Nature's Farewell'）では、エピグラフの「美しいものは消え失せる、そして決して再び現れない」というコウルリッジの言葉どおり、主人公の若者が、幼年時代を過ごした生家から遠くへ去ろうとする。緑の木の葉が「夢を見ていた若者よ、なぜそんなに急いで立ち去るのか」と声をかけるが、彼は振り向きもしない。第四連以下の六行を訳すなら

若者はさらに進み続ける――樹の大枝をくぐるのだ、
彼の行路の上から自由な鳥たちが歌声を送る――
「どうしてそんなに早足で人生のなかに突っ込むの？
ぼくたちの囀りを聞く喜びを永久に失うんじゃないの？
君は再び夏の森に来るかもしれないのに
君の心は森のしらべに挨拶を返すことができなくなるよ」。

――このように《自然》のあらゆる美しさが警告の声をかけてくれるのに、若者は走り続け、呪縛を身に感じる。詩の最終行は、「《自然》が発したいくつもの神託が、どんなに深い意味をもっていたことか！」である。

《自然》だけではなく、人生のあらゆる精神的価値に眼を向けもせずに、無意味な人生をひたすら走り続

ける私たち人間を描いた作品ではあるが、あくせく日々の生活に追われて美しいものを見る余裕もなかった詩人自身の悔恨を歌っているのではないだろうか?

同じ一八三〇年詩集の「**千里眼**」('Second Sight') でも、エピグラフが全編を圧倒する――「悲しみに霊感を受けた預言者は決してあやまちを犯さなかった/喜びという幻想はそれを信奉する預言者をあざわらうけれども」。そして本文では「ある才能」を持った預言者が以下のように語り続ける――その才能とは人間界の華やぎの裏に悲劇を読み取る力のことである――

勝利に沸き立つ時間の向こうに
　やがてやってくる悲哀を見る眼という才能、
豊かな夏の輝きが栄えている最中に
　枯れ果てた花を見つめる才能。

あなたがたは父親が用意した食事のまわりで
　美しい顔たちが華やかに喜ぶのを見て頬笑む。
私には全てが去り果てた家屋の
　静まりかえった暗黒が見えるのだ。

私にはしなびた花環が横たわって

地面に見棄てられているのが見える、
今なおランプがいくつも輝き、踊り手が舞い、
歓喜が谺《こだま》のように鳴り響くホールを目前にしながら。
(5–16)

生の短さを痛感する境遇にある人には、それまで意味があると思われていた事どものほとんどが、虚しいことに感じられよう。この作品の第九連にある「あらゆる微風とともに、ある霊が私に送り届ける／何らかの警告のしるしを」という一句が、読者の胸に突き刺さる。フェリーシア自身がこのとき、すでに病におかされ始めていたのではないだろうか？

また「**辞世の歌**」(‘A Parting Song’) では、友人たちに、

いつ私を想い出してくれますか？——
豊かな真夏の　薔薇の花が、真盛りの季節の栄光の
色彩すべてに満たされたときでしょうか？　その花を
過ぎ去った輝かしい時節にお摘みになったように、
私の足音が聞こえなくなった小道で花を手になさる
そのときでしょうか？　そうあってほしい！
(8–13)

——これはハーディの「私が去ったあと」(‘Afterwards’)、すなわち自分の死去の際の光景を想像して描いた

作品の先駆であり、女性版である。

そして四十二歳の若さで世を去る、真の辞世の歌と言うべき一八三五年の詩では、

おぉ《病《やまい》》よ、お前は夜のようだね、私の心のなかで
世界の煩《わずら》わしい音を深く沈めてくれるのだから。　(1–2)

——こう歌ってむしろ《病《やまい》》に感謝を捧げる。いかに多難な人生をフェリーシアは送ったことであろうか。

さて、タイ（前出 Mary Tighe, アイルランドの女性詩人）やL・E・Lと同様にへムモンズは悲劇の女性詩人サッポーと連想され、女の特性を歌う詩で「後年の女流が語る演壇を用意した」(Leighton & Reynolds 3) のは確かだ。E・B・ブラウニングは「彼女の銀の歌は耳に優しく響いているが／去りゆく魂の足音は、歌いぶりよりさらに優しい」('Felicia Hemans' 31–2) とその四二歳の若さでの死を悼んだ。彼女が一八三〇年に実際に会ったことのあるワーズワスも、彼女を「あの神聖な精神」と呼び、その逝去を悼む言葉を詩のなかに記した (Wordsworth, 1940–9: IV, 277 [Wu 991])。

メアリ・ハウイット　(Mary Howitt, 1799–1888)

本書第I部に章を設けた夫のウィリアム (William Howitt, 1792–1879) とともに文筆活動で生計を立てた。夫と同じく、小説家としても有名であった。彼女の小説にも、詳細な観察による田舎の一年を月ごとに描写したものがある (*Wood Leighton*, 1838)。アンデルセンの童話をイギリスに導入した女性でもある。

こんにちでもよく読まれているのは、子ども向けの教訓詩「**蜘蛛《くも》と羽虫**」('The Spider and the Fly', 1829) である。蜘蛛は何度も何度もぼくの家へお入りと羽虫に声をかけるが、羽虫はそのつど断り続ける。しかし蜘蛛は奥の手をだして、羽虫の容貌をべた褒めする。羽虫はなおも用心して、「またいつか別の日に」と告げていったんは立ち去るのだが、蜘蛛は羽虫の心理をよく見抜いていて、きっと羽虫は帰ってくると確信し、食事の用意をし、

ふたたび入口に出てきて、陽気な声で歌ったのです——

「おいで、おいで、ちいさな羽虫ちゃん、真珠と銀色の羽根のあるあなた、

着物も緑と朱色なのね――頭の上にはとさかがあるし、
　両目はダイヤのように輝くのだね、ぼくの目は鉛のようなのに」。

これを聞いて羽虫はついに蜘蛛の家に入り、「二度と出てこなかった」。そして詩の最後には、子どもたちに「おべっかに耳を傾けちゃ駄目よ」と忠告する。

さて彼女は、バイロンの死に際しては涙が止まらず、この詩人への既成宗教からの非難について「『アビドスの花嫁』、『海賊』を忘れたのか」(M. Howitt, vol. 1: 185) と憤慨した女性である。当時クエーカー教徒だった彼女は、イギリスのフレンズ協会が、宗派の僅かな違いから、アメリカからの奴隷制度廃止代表団を歓迎しないのに不満を漏らし (M. Howitt, vol. 1: 292)、奴隷制反対の詩を書き、また「動物たちの叫び」('The Cry of Animals') では動物を人の奴隷と見て、動物（馬）にこう語らせる――

人間が我々を愛しその力と弱みを知ってさえくれれば
　心から我々の苦しみに同情を寄せてくれさえすれば、
彼らは真実とは、忍耐とは、忍従とは何かを理解し、
　我々の眼の優しさの中に、心の献身を読むでしょう。 (25–8)

――動物は人の快楽のために神が拵えたものという、当時のキリスト教的通念を破壊し、アン・ブロンテやハーディの先駆をなす。同時に馬を用いることによって奴隷とされている人間全てが象徴されてもいる。

『森の吟遊詩人』

『森の吟遊詩人』(*The Forest Minstrel*, 1823) は、夫ウィリアムとの共著詩集で、詩集中「**森の吟遊詩人**」は五四頁を占める（非常に長い詩なので、これについてはあらすじを述べる）。シェリーの「アラスター」に似て語り手が他の《詩人》の動向を語り、クラブの『教区の記録簿』に似て善良な牧師が副主人公となり、キーツの『エンディミオン』に似て理想的な美女を《詩人》が求め、ワーズワスの「廃屋」その他のように、ヒロインについて作中人物が語るなど、ロマン派が用いた手法を巧みに受け継いでいる。

森の傍の田舎町に貧しい詩人がいて、谷間で仙女のような美女に出遭い、共に森を歩く (pp. 38–9)。だが美女は「日光が消えるように彼の視野から遠ざかり」(p. 41)、詩人の胸に俤《おもかげ》を残したまま二度と姿を見せない。彼はあるとき「善を分配するだけが野望」(p. 44) である牧師といっしょに、臨終に近い人物の見舞いに行く。道すがら牧師は長い話を語る。この道中は、頭上で絡みあう古木の枝、谷底で岩にせかれる滝川の描写などワーズワスの『逍遙』の道行きに似ている。

二人の自作農が人里離れた谷間に住み、ギルバーン家の二人の息子と、もう一方の家の一人娘は、幼友達として幸せに谷間で遊んだ（ここまでは『イーノック・アーデン』のさきがけ）。だが成長すると、娘マライアは、自然界を愛する繊細な感情を持ったヘンリーを愛するようになり、その兄で粗暴なウォルターの愛を受け容れなかった。マライアは、兄がヘンリーに危害を及ぼすのを恐れて

危険を顧みず——大嵐の怒りをも顧みず——
この世の生が抱えている最悪の害毒、すなわち世間の

鋭い目、そしてすぐに広まる蠍《さそり》のような悪口も顧みず、
（中略）恋人の足どりを自分の家から遠ざけるために
彼女は急いで戸外に出向いたのだ。しかし、
この警戒のための外出が、ウォルターの脅しさえ
防ぐ力のなかった出来事を早めてしまった。
(p. 55)

――「出来事」はこれに続く二行によって結婚式の意味に取れるようにしているが、親密な仲を指しもする。

牧師が見舞った美女

一方ギルバーン家ではヘンリーたちの母アリスが、夫を喪って悲しみの極みに達していた。ウォルターのために、蓄えに手をつけて立派な食事を作っても、彼はこの母の好意さえ喜ばない (p. 58)。ある夜ウォルターは恐ろしい形相で帰宅し、ナイフで母を刺し、母が投げた蓄えの鍵を奪う (pp. 61–2)。他方「夕陽の柔らかな光が緑の丘と草地に輝き、樹から樹へと長いその影が伸びるのを」見ながら労働を終えた農民たちが家路についていたとき、浅い川で水死人が見つかる (pp. 62–4)。死んだのはヘンリーだった。頭の瘤と川の浅さなどから他殺と判断した農民たちがウォルターの家に駆けつけて母親の遺骸を見つける。マライアも悲劇を知ってしまい「粗野にも手折られた薔薇が／真昼の暑さにしおれるように」生命力を失う。そして彼女の臨終に牧師と詩人が駆けつけたのだ。また詩人はあの《仙女のような美女》の死を目撃したのだった。詩人も愛の対象を喪った衝撃から間もなく死ぬ。この作品の語り手は「君は荒野の上の流星のように過ぎていっ

た／そんな流星は美しく輝く、だが偶然に眼にされるだけ」（p. 74）と無名のまま没した詩人を悼み、自分も喜んであとを追いたいと作品を結ぶ。

他の詩編

『森の吟遊詩人』には、美しい花に悲しみの胚芽が隠れていることを歌った「人生はかくの如し」（'Telle Est la Vie'）や、苦悩に打ちひしがれる美を象徴する「野薔薇」（'The Wild Rose'）など、おそらくメアリが主導したと思われる女性的な作品を含んでいる。これらにもブレイク、キーツの影響が顕著である。いっぽう中編「**秋の想い**」（'Autumnal Musings'）は名編であって、《自然》を歌うことを生涯の仕事とした夫ウィリアムの力がここには発揮されているのかもしれない（夫妻の役割分担については「まえがき」にも記されていない。そこでは「我われは」という言葉が繰り返されている。夫婦合体の証《あかし》としての詩集なのだろう）。この詩の冒頭を訳すなら

暗い目鼻をした《秋》よ、お前の風は今また
　森のなかで咆えている。全てを眠りから醒ます風力は
深緑の森の木の葉を洪水のように波打たせ
　嵐となって飛び、この秋最初に緑を失った葉をもぎ取り
　これら落葉が地に這うところを見れば人の目は悲しむ。
空から落ちる暗青色は濃く深く

谷間を覆い尽くす。

(p. 102)

――こう描写しながら、次の連で「これらの情景が皆悲しい姿でありながら、（夏に散歩したときより）はるかに美しいと思うだろう」(p. 103) と書くのは男らしい感想である。

しかし『森の吟遊詩人』は、エラズムズ・ダーウィンの詩のような、植物の詳細描写に詩心を認めなくなってきた時代のなかでは（夫ウィリアムは、植物の詳細描写を含む *The Book of the Seasons*, 1833 を刊行している。本書第Ⅰ部参照）、またワーズワスの『逍遙』を評価しない文学批評界の考え方のなかでは、まるで単純な風景描写の連続のように解されて重視されず、一八二三年九月二七日の「文学ガゼット」紙（三四九号）では酷評を受けた。我々は今日、当然再評価を試みるべきである。

しかしメアリには、別の一面もあるように思われる。

彼女が夫の死後の九年間を、王室年金を利用してヨーロッパの観光地で優雅な生活を送ったことは第Ⅰ部にも書いたが、夫との死別への嘆きによって一切の喜びから身を遠ざける女性ではなかった。また「毎日一定のページを飜訳するために」(Reynolds 21) 瀕死の幼い息子クロード（一八四三年没）には目もくれずにいたとされるが、またそれを悔いる文章も紹介されているが（同）、腑に落ちないのはそのとき世を去った息子が死の直前に感じた恐怖と、「死神からの使い」がこの子に語りかけた恐ろしい言葉が、公刊された詩集に収録されていることである。これは作家魂の表れとして敬意を表すべきなのか、亡き子を忍ぶ歌としては読者の反感を招いて当然なのか、評価の分かれるところであろう。

ここでは「**目には見えない死神からの使い**」('The unseen Angel of Death') のなかの、死神の言葉の部分を訳しておく。もちろん聞き手は臨終直前の子どもであるとして書かれている――

呼びかけているのは、お前のなかにいる余の声であるぞ、
お前のうえに落ちてきているのは、おぉ子どもよ、余の影であるぞ、
地下牢の壁のようにお前を取り囲み
お前の心のうえに落ちて、お前を怖れでおののかせているのも。
　お前を暗い雲で覆い尽くそうとしているのは、余にほかならぬぞ。

《死》が「お前のなかにいる」というのは、人間すべてが生まれると同時に死ぬ運命を背負う、という意味である。自分の子どもの息子の臨終を歌う歌としては、一般の母親には理解できない理知の横溢であろう。そして同じ題名による詩でもう一編、死神は語りかけている――

静かにしろ！　余のつばさはお前の上にひろげられたぞ。
鉛より鈍くて重いつばさがお前の感覚をまひさせ、
いのちはすでに飛び去っているのじゃ。
　お前はもはや大地の生き物ではないぞ。
立て、お前の精神の羽根をうちひろげよ、
飢えと欠乏と寒さの奴隷だったお前よ

お前はすでに金にまさる富を得たのじゃ、
詩人の筆が書いたことのない幸せを得たのじゃ、
喜べ！　すべての苦痛と恐怖は終わったのじゃ。

死んだ我が子が臨終に際して見た悪夢を、徹底して二つまで、再現しようとする詩人には、読者の好悪は一様ではないのでなかろうか（第二の詩では、結末に多少の安堵感を感じるとしても）？

M・J・ジューズベリー (Maria Jane Jewsbury, 1800–33)

（「小《マイナー》」女性詩人がいかに優れた詩を書いたかを示すために、詩の全訳を掲げる）

マリーア・J・ジューズベリー (Maria Jane Jewsbury, 1800–33) はワーズワス家に滞在したことがあり、それはそれで幸せだったが、ワーズワスの令嬢ドーラへの手紙では、この大詩人が女性詩人のことを「花壇に咲いていたのに居間の暖炉のそばに植え替えられた」(Quoted Reynolds 26) ようだと、女性の文筆活動を貶《おとし》める発言をしたことを深く心に残した。同じ理由から当時の桂冠詩人サウジー（シャーロット・ブロンテの文筆もへし折ろうとした）にも無視された。だが彼女の心（次の詩中の《お前》）には、執筆への熱情が渦巻いていた。詩人の心の鏡に、本来は隠しておきたい自己の実態が映し出されるこの詩の主題は、ハーディ「映像の見える時」('Moments of Vision') に受け継がれているが、彼女の場合は詩人として立つ意欲が心中に隠された実情である。また彼女のこの詩が、慣習的《コンヴェンショナル》な最後の審判図を用いて、神の位置に詩人（自分）を置いた容赦のない真実暴露を志す点に眼を向けたい。そして彼女が十九歳で母を失って以降、幼いきょうだいの養育に全力を尽くした女性的美質も念頭に置いて、この激情に充ちた荒々しさを評価する必要がある。

「私自身の心に」('To My Own Heart,' 1829)

我は巧妙に作られた小世界――ジョン・ダン

さあ、お前の深さを測らせておくれ、騒ぎ立てる海よ、*
思いと情熱の海よ、お前の荒波をしばらくだけでも
鎮めてくれ。お前、神秘に満ちた精神《マインド》よ――人間の
眼には見えないお前、足枷《かせ》に縛られることのないお前、
私のなかに在って、つねに友として私の近くに居ながら、
また、私が知ってはいながら、理解できないままのお前。
甘い水も、苦い水も、流れ出させる泉よ、
幸せのみなもと、苦しみの水源であるお前よ――
人生に魅惑の恍惚を広げるかと思えば、地獄の予感で
人生を縛りつけもする全ての源泉であるお前よ――
さあ、お前と語らせてくれ、私に割り当てられた《不滅》の一部よ
私の一部よ――私自身の深き心よ！

そうとも、今は深く隠されているが、まもなく封を切られて
お前は深奥にひそむ思考と秘密とを世に産み出さねばならない。*

*もちろん自分の心を指す。

*最後の審判を示唆すると同時に、制約された女性の文筆活動、真実を語る今後の活動を示唆する倍音が既にある。

今はお前を囚獄《ひとや》に隠し、墓所と化している暗黒、死衣のように
お前を包む暗黒を、太古から波打つ海原のように打ち砕かねばならない。
平穏をむさぼって水底にいた亡霊たち、罪過たちが
審判の日*の声を聞き、ふたたび起きて生きねばならない。
その日はお前には苦悩の日、あるいは至福の日。——お前の海原での友、
その誕生と死《フェイト》においてのみ物質化された友*、
その激情《レイジ》*は譴責《けんせき》され、捕虜だった大群は今解放され、
敬意に値するものは褒められ、これらは萎《しな》びてしまい、やがて
これらに反逆する大波全てを頭上に浴びせられたときの
真珠の雫《しずく》に飾られた薔薇の花びらの一粒の露より小さく見えるだろう。
(美しい原詩：With all the mutinous billows o'er it hurled,
Less than a dew-drop on a rose impearled!)
だがお前には——だがお前《心》のためには——そこには待ち受けているのだ、
黒ずんだものにせよ、より公正なものにせよ、判決と審判が。
どんな岩も、親切な岩肌のなかにお前を匿《かくま》いはしないだろう、
どんな死も、お前を永遠の休息に委ねはしないだろう、
堅固なる大地も、審判を告げるラッパ*に、地震として揺れて
崩壊する前に、枯葉のように戦《おのの》き震えるだろう——

*最後の審判日には死者が裁かれる。だが「亡霊たち、罪過たち」の一句で、自己省察も裏側から示唆。
*人生での行為は、行為誕生の一瞬のみ現実の姿をとり、あとは記憶・悔悟（友）として残る。
*rage《レイジ》には詩的、預言的義憤の意もあり。

*世の終末を告げるラッパ。

天国から地獄に至るまでずっと、あの《眼》*は見渡し輝き、
忘れていた行《おこな》いと思いの数々を洞察するだろう――
ひ弱い心よ、いかにしてお前はその日、あの《眼》に耐えられるのか？

私の内部の精神《スピリット》*よ、語れ。そして私の視野から
お前を隠しているベールを超えて、お前の実体験《テイル》を語れ。
そのようにして、《現在》と《過去》とが
《未来の人びと》への保護者・預言者となり得る実体験を。
私が生きる源である精神よ、お前は言葉を発しないのではない、
お前の声が聞こえるからだ。呼び出せば、お前はすぐにやって来ている。
お前の思考を伝える低い声、囁く声が聞こえる、
このように語るのが――記憶と思索類を満載した言葉を――*
「君よ、人間《モータル》でありつつ非人間《インモータル》*である君、これら普通人の欲望が
君の青春の時間を占め、君の安楽の時間を占めれば良かったのに！
とは言え、君の内部には文学に熱狂する《エンシュージアスト》*女の火が燃えていた。
《自由》への荒々しい愛、君の竪琴*への憧憬の炎が――
時代が認めないほど正当な、そしておぉ真実として通るには
か細すぎる、ロマンティックな、青春の灼熱の夢たち*が！

*神の眼。同時に詩人の、真実を直視して隠さない眼を示唆。次の三四行目以下を参照。

*「私の心」と同一。ここから十四行の原詩、巻末にあり。

*以下は全て精神の語り。「君」はジューズベリを指す。

*詩人の脱俗性・詩の永遠性を示す。

*原語《エンシュージアスト》は元は宗教の熱狂者。

*詩作を指す。

*実現しなかった詩作の想いか？

孤独と自尊心とに育てられた高きを志す思い、
夢見る女には実世界、そのほかの全ての人には夢でしかない志望が。
誰も見たことがないが、誰も見ることを諦めはしない想像世界、
未来にやってくる至福の、輝かしくおぼろげな想像世界が、
そして精神に、船舶のように進水し、世間をあとにして行けと命じる
目的も定まらない活動力が。
しかし無視してしまった義務、拒絶された理性、
軽視された知識、全て故意に捨てた叡智《えいち》などが
頭を垂れることを拒否した反逆の女を罰して
この、文学に熱狂《エンシュージアスト》する女に《難行・苦行者《セルフ・トーチャラー》》の烙印《らくいん》を押してしまった。

「そのような人びとには地上の幸福は存在しない、
どんなにそっと触っても、昆虫のように縮込むのだから。*
一言が彼らを奮い立たせるが、一言*が彼らを枯らせてしまい得る、
そして君はそのような人だった――その時の記憶は今なお悲しみの源《もと》！
真の悲しみを一言も告白はしなかったが、
しかし想像していた歓びが潰えたことを常に嘆き悲しんでいた――
そして君は人類*を繊細な軽蔑の念で見ていた、

*詩人が悪評に苦悶するのは一般的。
*おそらくばワーズワスの一言。
*一般の人びと。

彼らと同じ喜びを味わわず、彼らが苦と感じることを自分は軽減しなかった。
君の自我、これが君の唯一の主題、興味、目的、目標、見解で
これらが作る円環の中心、しばしばこれらが円環そのものでもあった。*

*以下も全て精神の語り。

「これは過去のこと！　過去のことだ！　私が今価値あるものと悟った時間、
浪費してしまった時間たちはもはや決して立ち昇らないかもしれない、
青春は夏の太陽のように、沈んで床に就いてしまい、
何の輝きも西空に漂い残してはいない。
成熟した生活は真の悲しみを持ってきて
昔、悲しみだと思っていたことどもに、赤面するしかなかった。
《想像》は、自ら描いた黄金の計画について破産してしまった。
世間に出て試してみると、その計画類は光っていただけの夢だったと判った。
《記憶》は、過ぎ去った年月の、今は私を責める幻想の類《たぐい》を
何の益ももたらさない涙でもって眺めるだけだ。
一方《希望》は、あまりにたびたび、その場に投錨《とうびょう》してしまう、
もしくは混乱した眼を、天界に向けて仰ぎ見るだけ。
あまりにしばしば、前途への兆しが魂を苦悶へと陥れる、
兆しの預言者の役割を、嘆きが満たしてしまうからだ。

「なぜ私はこれを口にする？　悲しいのは、真実なのは確かだけれども。
私はより静かな気分も、より明るい考え方も知っているのに。
小止みなく波立つ海にも休息の時間たちがあるではないか、
苦痛に圧迫されている人びとにも眠りが訪れるではないか？」

女性の不利な立場を悲しみながらも、自分も男性に伍して詩を書くことができると主張して、ワーズワスの女性蔑視に抗議していると読むことができるのではないか。

次には、この詩とあい並んで彼女の代表作と思われる、恋とはどんなものかを歌った作品を示そう。

「恋の肖像*」（'Love's Likeness,' 1829）

茨《いばら》で囲まれた薔薇の花――ウィリアム・ドラモンド
何たること！　恋は悲しみ以外の何であろう――バイロン

露のなかにも、優しさは宿っている、
優しさは、星の灯《ひ》さえいろどっている、
空気さえほとんど気づかぬかもしれない筋雲、朧《おぼろ》な霞《かすみ》、

＊Likeness には実態、本質の意味もある。なお、訳文に脚韻を試みた。

そのなかを震えつつ通り抜ける星光《ほしひかり》の真澄《ますみ》。
花と小枝の上に、月の光輝は踊っている、
その戯れにも、美しさが宿っている。
だが夕べのにわか雨から目に届くひかり、
空から舞い降りる薄明かり。
小川の流れのさざ波の音楽、
これは、心を静める力を持つ仙楽《せんがく》。
しかし、もっと嬉しい楽の音が聞こえるのは
鬱々とした心、倦怠の耳に音曲《おんぎょく》を与えるのは
《自然》だけが知っている大嵐の静かな終息、
陽が輝きはじめた深々とした音の休息*、
嵐の終わりに新たに聞こえてくる《自然》の沈黙、
沈黙はほかでもない、和らげられた調べの一演目。
だが朝露より、夕べの星より、
はるかに優しいあるもの*が、世に存在する。
音楽性においても、全てのものより
人が音楽と呼ぶ全てより音楽的なものが現存する。
それは《自然》が有する、人を目覚めさせる技《わざ》——

*音の休止も常に音楽として響く——スクリャービン。

*恋。美しいものを描き尽くした上で、恋がそれらより美しいとする。

《自然》が人の心を震撼させる技《わざ》――よりさらに優れた離れ業!
この魔術は何かと、あなたは問うのか?
あなたは恋をして、言葉を語れなくなったことはないのか?
情《なさけ》の籠もった眼が輝いたことはないのか?
その眼が甘い気持ちをあなたの眼に注いだ例《ためし》はないのか?
気づかなかったのか、誰かの唇が、心の内を匂わせたり、
静かに震える戯れを、ふと口元に仄めかしたり――
永久に語り続けたとしても、決して
言葉では伝えられない意味を伝えようとして。
ほんの囁《ささや》かれただけ、わずかに聞きとれただけの、
誰かの声音《こわね》、誰かのわずか一言だけの、
かすかな、だが明瞭な谺《こだま》のような響きを聞かなかったか、
響きがあなたの耳の奥に沈み込みはしなかったか、
そして耳のなかを、ちょうど庵《いおり》のようにしなかったか、
いつまでも、いつまでも、いつまでも、それは住みつきはしなかったか?
記憶の神殿に祀《まつ》られたに過ぎなかったとしても、
精神のための甘美な音楽でしかなかったとしても?
人を愛して、月に照らされた迷路のような眼差しを、

見なかったか、迷路並木の月光より美しい何かの兆《きざ》しを、
魂の深淵の厳封が開かれたときに、
初めて光のなかへそれが現れたときに、
以前には推測もされず、知られもしなかったそれが
眼に見え、明らかに示されるようになったそれが。

——彼女はこの《心》を書き付けて文名を求めた女性である。詩の前半の多彩な比喩、美しい自然描写を恋心の美しさの描出に役立てる技法、後半の、恋する者が経験するはずの心境を問いただす反語的表現の適切さが、本物の詩人としての彼女の才能を物語っている。

だが結婚した相手の職業上の理由から灼熱のインドへ赴き、コレラを発病、恢復して間もなく世を去ったため、思い半ばにして大成せずに終わったと評される。まるで自分の夭折を予感したような「**詩神への告別**」('A Farewell to the Muse') の終結部では

詩神よさらば！　私に決して恵みを下さらない詩神よ、
朧気《おぼろげ》な一瞥《いちべつ》と、ベールを被った顔しか向けない詩神よ。
リュート*よさらば！——常にまがい物の玩具でしかなく
あっというまに毀れ、弦がはじけるお前、リュートよ。
歌よさらば！——お前の最後の音色は震えている——

*自分の詩作の源泉を示唆。

詩神、リュート、音楽よ――今は、もはやさらば！

と歌った。悲運に襲われた彼女だったが、亡母替わりに訓育した十二歳下の妹ジェラルディーン（Geraldine Jewsbury, 1812–80，代表作は極貧の環境から脱出する兄妹と女性の就職問題を扱った *Marian Withers*）を優れた小説家として世に残すというイギリス文学への貢献も果たしている。なお彼女自身も小説家として名をなしている。

キャロライン・クライブ (Caroline Clive, 1801–73)

斜視と老いをあらわに描いた肖像があるが、彼女への敬意から、これを掲げることを控える。

筆名をVとしたクライブは、小説家としてのほうが有名である。小説は殺人劇を扱うなど、センセーショナルものが多く、以下に見る詩のなかに見る自分自身の憂鬱な思いとはまったく別個の世界である。彼女は小児麻痺による跛行、斜視、二重顎などの身体的な疎外感の中で生きた。三十九歳のときアーチャー・クライブと結婚し、生涯夫への感謝を忘れなかった。夫の留守中は彼と結婚できない悪夢に悩まされ(Leighton & Reynolds 36–7) た。また、自分が母となる喜びのあまり、死産への恐怖に襲われた。

「**母となるわたし**」('The Mother') では、

死を相手に弱々しい闘争を挑んでいる一つのいのち、
わたしは感じとる、わたしの内部にいる確かないのち。
世の人びとは言う、この子の誕生の地はあなたの子宮、
しかしあなたの子宮は、とりもなおさずその子の墓場。　(1–4)

このあと、想像のなかで、死産した我が子にキスして嘆き悲しむ自分を歌っている。だが実際には、この男の子、次の女の子も無事に育ち、晩年には左手でしか書けない麻痺に見舞われながら、「**老年**」('Old Age')

では

わたしたちの若年に、わたしたちの身を揺るがせた、希望や恐れを
お前《老年》は動かぬ事実として確保してくれた。
わたしの男の子が大人なったのを目に見ることができた、
今わたしは、自分の娘の娘を膝の上に抱いている。　(1–4)
（中略）その上、かりに何が、幸福から悲哀へと移り変わったとしても
お前《老年》の友《死》が、癒し手として近くに立っていてくれる。　(11–2)

——老いと死を感謝とともに歌う稀有《けう》な作品である。

サラ・コウルリッジ　(Sara Coleridge, 1802–52)

〔この忘れられた詩人の、二一世紀版の、貴重な詩集 (Swaab, Peter(ed.) *Sara Coleridge: Collected Poems.* Manchester, Carcanet Press, 2007) が出版された。本項はこの書物に多くを負うかたちで執筆されている〕。

サラ・コウルリッジは、サミュエル・テイラー・コウルリッジとサラ・フリッカーのあいだに生まれた一人娘である。ところが父親のコウルリッジは、彼女が物心つく頃には、ワーズワスの妻の妹に当たるサラ・ハッチンソン (1775–1835) に深い愛着を抱き、娘の前で母親のサラをけなし、サラ・ハッチンソンをべた褒めした。

詞華集の一つ (Leighton & Reynolds, 62) は、六行の詩文を、こうした父親への彼女の思いを語る無題詩として掲げているが、実際にはこれは「**《希望なき作品＝Work Without Hope》と書かれた父の詩行について、父のために書く**」(‘For my Father on his lines called ‘Work Without Hope’) の最初の六行である。またこれは一八四五年とサラ自身が記した、比較的後期の作品である。しかし後期とは言っても、父の作品への本格的編纂作業に入る前に書かれている。しかも彼女は、一八四三年に最愛の夫を喪ったという背景がある (Swaab

13)。私たちはこれらを念頭においてこれを読まなければならない。ここでは六行ではなく、十二行を続けて読みたい。そうすればこれは父コウルリッジに捧げた作品であるとともに、死せる夫ヘンリー・コウルリッジ（従兄妹同士が結婚）への追悼歌であることが明らかとなろう――最初の六行では

父よ、私の額を、栄誉の徴《しるし》《凋まぬ花《アマランス》》が飾りはしない、
お父様の墓の周りに今、この花が咲き乱れていて十分、
しかし《愛》が私の若い髪に愛の薔薇を飾りつけました、
私はさらに濃い色の他の花をどうして求めたでしょう？
この薔薇も凋《しぼ》まぬ花に見えました――決して褪せなかったのです、
だが水浸しになって散り、墓のなかに落ち込んだのです。

《愛》はこれまで父コウルリッジの父性愛であるとして読まれてきた。言うまでもなく、この六行だけを見る場合にはそうも読めたのである。しかし後続の六行を読むならば、《愛》は亡き夫を指し、夫だけは「私」の詩作品を認め、愛《め》でてくれた、それ以上の名声は「私」には必要がなかった、と歌っていると読むほうが自然であるとしか言いようがなくなるであろう（あるいは父について書きながら、同時に夫について書くという、高度な詩的アンビギュイティを用いているとしか言いようがなくなるであろう）――後続の六行を訳せば

詩歌の豊かな源泉を噴出させる技は私にはなかったのに

この技を貴方《あなた》は用いた――《時》が貴方を破壊するまでは。
だが噴出した泉水の近くを歩んで私は何と幸せだったか、
優しい保護者《フォンド》《愛》が常に私の頭上を舞っていた間《あいだ》は！
《愛》の綿毛のような羽が、広い河、極細の流れから
心にしみる光の影を反射させてくれていた時には。

すなわち、夫だけは「私」にできるはずのない詩作を「私」に可能にさせたというのである。そしてこれに続く最後の十行のなかでは、どんな美しい季節がやってこようとも

何物もあの光の影を、私のために新たに反射してくれぬ、
私の壊れた花環の薔薇を、元どおりにしてはくれぬ。

――このように完璧な亡夫追悼歌に仕上げている。

この解釈に異を唱えたいと思われる読者がおられるならば、この詩を、夫ヘンリーの生前、長い婚約期間中に彼に宛てて書いた次の詩と読み比べていただければ、なるほどと思われるであろう――ここでも、「優しい」の原語は fond であり、つまらない私の詩を褒めるなんて、貴方、お馬鹿さんね、という含みがある。

そうなんだ！　優しい眼で私のヘンリーは熟読するのだ、

《機知》や《想像》の宝石が光りはしない私の詩文を――
彼が私のものだと確定してくれた心を喜ばすためには
《愛》が激励する――パルナソスの詩神の助けは要らない！

私は自分の愚鈍な小唄を、派手な《名詩選集》の
輝くページのなかに掲載させようと骨折ったことはない、
《選集》では各詩人が称讃を得ようと待ち伏せている、
詩人は隠している願望を隠しきれないものなのだ。

詩人たちとその詩はある日、寛大な眼に出遭うかもしれない、
より高度な技倆で書かれた詩作品を読み慣れた眼に。
一人の親切で心篤い人が私にも共感してくれますように、
韻律にこだわらず、なお詩を書いた私を愛する心篤い人が！

お百姓さんは春の合唱隊全てに聴き惚れはしない、
豊かな田園の歌声にも、小川の囁きにも耳を貸さない。
でも自分の住処《すみか》の暖炉のそばなら、自分のためだけに
歌ってくれる貧弱な鳥の声に満足して聴き入るでしょう。

婚約者ヘンリーをお百姓さんに譬えるユーモアとともに、自分の詩作品をへりくだって貶《おとし》める心も伝わってくる。詩人としての自分を認めてくれるのは貴方だけという謙遜《けんそん》の点で、この詩は先の「……**父のために書く**」が歌っていた内容と合致すると言えるのではないだろうか？

よく似た作品に「若い男」と「鳩」との会話詩がある。

「冬の時間を楽しく過ごすために花環を織っているんだ」
　「若い男」が自分の恋人「鳩」にこう囁きかけた。
「だって君が書く詩文は花々のなかで最高に甘美だから、
　その香りが嬉しいんだ——香りは《愛》を発散するから」

ヘンリーとの婚約期間は、ヴィクトリア朝によくあったことだが、極めて長かった。「冬の時間」はヘンリーがサラと会えない時期を指すだろう。サラの詩を集めて、彼は淋しさをまぎらわすというのである。第二連は

「あなた自身が太陽で、その暖かい、高貴な輝きが
　私の花々に命を与えたのだわ」と愚鈍で小さな「鳩」。
「この太陽が光ってくださる時にこそ良いかおりは生れるのです、
　太陽の《愛》に元気づけられる間《あいだ》は私の花は萎《しお》れないの」

良い詩が書けるのはあくまでヘンリーのおかげだというのである。またヴィクトリア朝の長い婚約期間については、「**私のヘンリーが贈ってくれる愛の薔薇**」('The Rose of Love my Henry Sends') の第二連で

どうしてこの薔薇は最高に美しいかおりを発するの――
どうしてこんなに新鮮で麗しく咲いていられるの――
新芽のような葉もどうして楽しげに開いていけるの？
私たち二人が今なおお別れ別れの婚約者なのに？

と嘆きつつ、恋人の贈り物ゆえに普通の薔薇とは異なって見える美しさに見入っている。婉曲に書かれた女流恋愛詩（小野小町がその代表格）を読み慣れた読者には、女性が率直明快に自らの恋を語る詩作品は新鮮に感じられよう。

また「**花咲く野を来る日も来る日も私は彷徨《さまよ》う**」('Mid blooming fields I daily rove') の第二連では

蔦《つた》のからまる木々の隙間から仄かに見えるみずうみさえ
あなたの光る眼の半分も美しく輝いて元気づけてはくれない、
あなたの両眼は、お気が向いた時《いと》ならいつでも
私の上に輝くのだから、愛しのあなた！

――静かに、銀色に、蔦のからまる木々のあいだから水面をのぞかせるみずうみ、すなわち最も美しい景色を呈示したあとで、恋人の眼の光をそれに対抗させている。

「ヘンリーが来る！」（'Henry comes!'）の最終第五連は、自分の心情を、ヘンリーの心を映す清流に譬える。

彼の真剣な眼差しにすぐにも応じる私の心は
　あの澄みきって透明な小さな流れのようです、
　　水底《みなそこ》の深み全てが隠されることなく見えるに似ています、
　忠実な鏡が、反射して
　　彼の魂を映し出すのにそっくりです。

――彼との精神上の合体をこのように表現した。ヘンリーの死のあとは、彼女は阿片を常用したと言われる。

眼を転じれば、結婚後の彼女も、全身全霊をあげての謙虚さから、童謡の本一冊を、公刊書としてではなく我が子宛に書いた。**「我が子ハーバート・コウルリッジへ、一八三四年二月一三日」**（'To Herbert Coleridge, Feb 13 1834'）の冒頭四行を読めば

　この小さな書物を、大事な私の坊やよ、
あなたに献呈してもおかしくないでしょう。

本のなかの歌はあなたを喜ばすためのもの、
あなたの輝く二つの眼だけが見るためのもの。

これに続けて「筆遣いはへたくそだけど、あなたのために筆を遣いますからね」と慎ましい言い方をしている。そしてこの童謡集では、「**大きな音をたてるもの**」(‘What Makes a Noise’)のように、子どもにも楽しく読めると同時に、詩としても鑑賞に堪えるものが多い。

岩また岩を越えて落ちてくる
　勢いのある あの白滝、
泡を立て、水を跳ねかしながら散ってくる。
　恐ろしいほど滝壺を叩き、
大空のかみなり様のように落ちてくる、
　かみなり様のように音高く響く清滝《きよたき》、
大空の高いところからひらめいてくる
　いなびかりの時はなおさら光が羽ばたき。

子どもに韻律法を教えようとして、こんな詩にもabab…の脚韻を正確に示している。その感じを訳出しようとして上記のような滑稽な訳文を書いてしまった。その失礼を補うためにサラの原文を示すことにする

—The Cataract dashing/Down over the rocks,/Comes foaming and splashing,/With furious shocks/As loud as the crashing/Of thunder on high/When lightning is flashing/Aloft in the sky.)

同じく我が子のために書いた「**健康のありがたさ**」('The Blessing of Health') ではハーバート君に、病気になった時のことを想像してみなさいと説き、第二連では

青空の下で真新しい空気を吸うのは
医学が与える元気の薬剤全てよりも値打ちがあります、
　でも病気だったらそれを有難《ありがた》がっても無駄でしょう。

と想像させて、最終第五連では

だから我が子ハーバートよ、草原に出かけなさい、
お日様の照るあいだに、干草を作って新鮮な空気を吸って。
　年月があなたの額に老いの封印を押すまではね。

——最終行で若さのありがたみも教える。

ここでサラ自身の詩作を見れば、自分自身の病気に際して、「**やまい**」('Sickness') と題した作品のなかで、

病床での経験も有意義だということを歌っている――

ちょうど、西に聳《そび》える山が
去ってしまった太陽の残光で姿を変えるように、
また、さっきまで昼時の光輝に包まれていた時よりも
闇が募ってくるにつれてより輝きを増すように
楽しみも希望も僅かにしか残っていない病床で
病の苦しみの試練を受けても屈しなかった精神には
いくつか素晴らしい悦楽がなお得られるかもしれない、
人生のより晴れやかな季節には得られなかった悦楽が。

――読者が病気の場合には、慰めとなる作品である。
後期作品群のなかには『**夢**』(Dreams) という大標題のもとに三つの作品を掲げたものがある。その第二は「**《時》への無罪放免**」('Time's Acquittal') である。第一連では

夢に見た――ある夏の日に外に出かけて
途中で《過去の時》に出遭ったのだ、
私はすっかり機嫌を損ねて

この《時》がしでかした悪ふざけを責めた。

そして第二連以下では、「私」の顔の魅力を消してしまった《過去の時》を糾弾するが、第四連では、夜明けの曙光のようにゆっくりと明るむ頬や眼の映像を目撃し、第五連では自分の若かった時の顔に少し似た顔をそこに見る。最終第六連に来ると、見えてきたその顔は

私の子たちの顔だ！《過去の時》よ、悪いことをした、
お前は私を、二倍にも嬉しげに、健康そうにしたのだね、
私の光を消していいよ――私の沈み行く道筋を
新たに昇ってきた星々が照らしていてくれるのだから。

――このようにサラは我が子たちを讃えている。

サラの最も有名な作品は、子ども向けの物語『**ファンタズミオン**』('Phantasmion') であろう。ファンタズミオンという名の少年が、妖精ポテンテイラに、飛ぶための羽を与えられて、「岩多き里」(Land of Rocks, イギリス湖水地方がモデル) で活躍する。しかし作品を有名にしているのは、物語中の三十五箇所に挿入された詩歌である。第一歌では昆虫の集団がこの空飛ぶ少年の姿を、第二連の終わりでこう歌う――

あの子をご覧、あの子を！　雲たちを追い越して行くぞ、

まるで緑の大地を平気で見捨てているみたいだ、
あ、今度は急回転して降りてくるのを見て、見て！
今はまた流れ星みたいに空を横切っているぞ、
と言うか、上を向いて飛ぶお星様みたい、
高いところで火花を散らすんだ！

ファンタズミオンに恋する王女ゼルネス (Zelneth) は、彼が自分ではなく王女アイアリン (Iarine) を愛しているのではないかと気づいて、昂《たか》ぶる自分の気持を第一連でこう歌う――

磯もとどろに寄せる大波は
言い聞かせたところで鎮まるだろうか？
おとなしくしろ、わたしの魂よ、凍りついた海原みたいに！

この間にファンタズミオンは、自然界の全ての風景にアイアリン王女の姿を連想するという恋歌を歌う――

それどころかあの滝の音高い嵐のなかにさえ
泡立つ激流が岩角から飛んでいるところにさえ
ぼくはあなたの姿が一瞬見えるように感じるのです。

一方ゼルネス王女は《愛の媚薬》をファンタズミオンに飲ませた。その効果で彼女が、すでに彼の花嫁になった夢想を歌にする——

以前わたしは狭い水路に邪魔された小川だったの、
多くの岩や石ころを苦労して通り抜けていたの、
この放浪の旅で、ほとんど力尽きていたわ、(中略)
でも今は豊かな大河のあなたと合体して流れますから
速い流れのなかでさえ、河は休んでいるみたい。
青い空、輝く花々、緑の大地を水面に載せて。

また頭上をファンタズミオンが飛行する最中に、これもファンタズミオンに想いを寄せる別の女性にむかって一人の魔女が歌い聞かせる歌、

聳《そび》え立つ崖の蔭になっている奥山の小湖は幸せです、
山の胸元に、揺りかごに乗ったように抱かれて
大きな声も、力いっぱいのオールも乱さないのだから。
でもこんな小湖でさえ完全な安らぎを得てはいないのです、
しばしば怒った空模様が小湖の平和を犯すから

空模様に合わせて小湖も眉を顰《ひそ》め、雷光の閃光を映し出し、
荒れた大気のなかで激しく揺れるのです。

——言うまでもなく、空飛ぶファンタズミオンの姿も湖面に映り、女の心は荒れ狂うのである。これは詩の本質をわきまえた優れた作品であると言えよう。なお「奥山の小湖」の原語はtarnである。物語『ファンタズミオン』の最後に出てくる「うた」では、アイアリン王女が、亡き母を偲ぶためには、他者の精神が混入する肖像画だの記念碑は何の役にも立たないことを歌ったあとで

ああこれらは駄目！　私の胸中の褪《あ》せる事なき肖像、
これは私が地に伏す時にのみ地上から消えるでしょう、
でも私が喜びの羽を振って母様に会いに行く前には
地上の希望に私が裏切られた悲しみの時間に
母様の、太陽のような影響力がこの下界にも輝いて
私が希望する最良の目的地、天界にまで私を持ち上げ
天国がほとんどここにあるような至福の時間となるはず。

——心のなかに自ら描いた母の肖像画のみが、生きているあいだの「私」の慰めになることを荘重に歌って、全三十五歌の末尾を飾っている。なお『ファンタズミオン』の原著はこんにち、独立した単行本として

出版されるに至っている。これを詩集であるとして記述している日本のイギリス文学史は、形式上は間違っているということになるが、これが詩を集めた書でもあることには変わりがない。

ヘレン・ダッファリン　(Helen Dufferin, 1807–67)

ダッファリンは劇作家シェリダンの孫で、第Ⅰ部に掲げたキャロライン・ノートンの姉。産褥の際、母と子のどちらを助けるかとの声を聞きつけて「赤ちゃんを！」と叫んだという。その時生まれた息子は母を大切にし、母の没後アイルランドに記念碑を建て、これが「ヘレンの塔」としてテニスンとブラウニングの詩に歌われた（Reynolds: 131）。次の引用に見られる彼女の言葉「**魅力的な女**」('The Charming Woman')は、当時軽薄な美女を指す形容の出典だった——

彼女への請求書は山ほど溜まっていたに違いない、
　でもそれは旦那様のお仕事、彼女には関係がない、
（中略）それほど魅力的な女なら（と、人びとの噂）、
　それ自体が財産、これも見事な女わざ。
(43–4; 47–8)

また、詞華集に見える (Reynolds: 132–34)「**母の嘆き**」('The Mother's Lament') は虚構で、中身は、父親譲りの醜い鼻をした五人の令嬢の結婚難を嘆く——軽妙な味わいだけが取柄だが、一般の読者にはおもしろかったらしい。

しかしこうして詞華集に生き延びた作品よりも、アイルランドの下層階級の窮状を歌った劇的独白にこそ彼女の真の詩心が見えるのではないか。父親譲りの、貧民階級への同情心がそこには見える。連作中、特に以下に見る「**優しのキルケニイの町**」('SWEET KILKENNY TOWN') は詩として優れている。語り手は移民となることを余儀なくされてボストンにいる。「お前に局留めで手紙が来てるぞ」と知らされて、恋人ケッティからの手紙に違いないと郵便局へ走る。読者も彼女からの手紙だと思って読むと、彼は実は字が読めないことが途中で分かり、自分で探しなさいと親切な郵便局員に促されて郵便物を探すけれども無学の彼には見つからない。だが最後には「読めなかったケッティの手紙は永遠に僕に語りかけるだろう、優しのキルケニイの町の可憐なケッティは！」とつぶやく。単に彼への同情だけではなく、独白の途中で彼女が一階級上の女だとか、その彼女が今なお彼を慕っているはずがないとか、様々なことが推察できるのが魅力だ。

エミリー・プファイファー (Emily Pfeiffer, 1827–90)

ウェールズ出身の詩人。裕福だった父によって十五歳で詩集を出版してもらったが、父が財産を失って公教育も受けられない境遇のなかで父母に励まされ、著作への希望を捨てなかった。やがて在ロンドンのドイツ人商人プファイファーと結婚し、夫の深い理解の許で詩集その他を出版した。思春期に経験した貧しい女性の境遇を生涯忘れることなく、最愛の夫の死去 (1889) に打撃を受けたあとも、男女差別の撤廃と、女性の教育機会の向上を叫び続けた。十四行詩《ソネット》を二つ重ねる手法、R・ブラウニングの影響と見られる劇的独白など、技法の点でも意欲的な女流である。

十四行詩《ソネット》二連からなる「**安楽な奴隷、オダリスクよ、平穏に**」('Peace to odalisque, the facile slave') は、本書著者（森松）の考えでは、バイロンの『海賊』を念頭に置いた作品だと思われる（『海賊』のコンラッドはグルネラを女奴隷《オダリスク》の境遇から脱出させるが、彼女の愛は受け容れず、彼《コンラッド》は海賊島に残したメドーラへの純愛を貫く。女奴隷には容易に得られた性愛は、奴隷でなくなった自由な世界では得られない）。第一連では、過去に華やかだったオダリスクの生涯 (hour) の長さは

彼女の美しさの束の間の花［の寿命］によって測定され
スルタンが神に縋るように、彼女は彼《スルタン》のなかにのみ生き、
寄生虫と同じ死を迎え、二度と蘇らない。
優美にして短命な蜉蝣《かげろう》！　幼稚な世界の
朝が見た華麗なる夢！

(6–10)

――もちろんオダリスクは男女差別が当然視されるヴィクトリア朝の女を多少なりと象徴する。これに連なる第二の十四行詩《ソネット》では冒頭の「平穏に」が鎮魂の句のように響き、古い世界の栄光だったオダリスクは物語のなかだけに残る存在となり、

彼女の替わりに華のない衣服を着た女が確固として立つ、
思い焦がれる眼、勝ち取る意欲に満ちた真剣な手をした
働く女だ、この女の魂と頭脳は――得るのに時間がかかる。
女性の権利は――誠実な努力で買い取られる。
おお女性よ！　なおお前は犠牲を払わねばならぬ――
しかし、その犠牲は、かつて女たちが、飽きの来た主君《スルタン》に
甘んじて与えた魂より、果実の多い犠牲なのだ。

(3–9)

第二連が観念的な詩行なのは残念だが、ヴィクトリア朝の女性の立場を明快に表していると言えるだろう。また長詩「**夜のなかから**」('From Out of the Night')では、労働者階級の女が大学出の男に捨てられる悲劇を描く。「完全に滅びるには若すぎる」と自ら語る女が、自死の直前に

河よ、お前を見させて——何とお前は深く静かなことか！
　お前は私を隠すだろう、夜の如く暗く秘匿《ひとく》するお前は。

——河との対話のなかで階級差の理不尽を嘆く詩である。

プファイファーはまた、シェリーの「モンブラン」における、またテニスンの『イン・メモリアル』における他者としての恐れるべき《自然》を拡大したふうな詩も書く。「**自然に**」('To Nature')は十四行詩四つからなるが、同時期（一八七六年、ハーディ詩は一八六五年ころから書かれ、その公刊は九八年）までにハーディが書いた脱ロマン派的な自然詩の数々と同じ見方を示す——

おお自然よ、お前のなかに神の顔の反映が見えるとて
　私がこれまで愛していると思ってきた自然よ、
　嫌悪すべき抽象物がお前の座を簒奪《さんだつ》することになろう、
——世は神を退位させるのでなく存在を否定するからには。
醜悪な自然よ！　あり得ようか、喜びが飛び去るなんて、*

*ロマン派詩人が自然美を見失った時を表現。

お前の微笑の下に露骨な《無意味》が潜むなんて、
自然美が、塵なる人の苦を紛らすためにだけ、人に見えるなんて、
自然の秩序、愛、希望が死に絶えたなんて？　(1–8)

——そして父なる神を喪った世界における自然について

全てを動かしつつ全く何にも動かされない無慈悲な力よ、
父を喪った諸世界の、畏怖すべき母なる《自然》よ、
我々への怒りを鎮めてくれ。　(9–11)

自然は、大切にされないと怒り狂って豪雨をもたらし、全日本を、北海道をさえ亜熱帯化する。二十一世紀の我々も自然に、怒りを鎮めよと言いたくなる。

そして「地を這うように生まれつきながら、なにゆえに翼を持つ夢を欲しがるのか」（第四連8）という詩句で、人間（特にロマン派）が自然を高貴な神秘と愛の塊とし、何かの超自然的なものを夢見た《真理》に告別を告げる。

彼女はジョージ・エリオットへの哀悼詩「**喪われた光**」('The Lost Light') を書いたが、エリオットもまたこのような自然観を持ち、「造反し立ち上がる女性の旗」('The Lost Light' 12行目) を掲げ、「より高度な法則を勝ち得た」(23–4) 人であったと歌われた。

プファイファーは郷士ウェールズを愛するあまり、「**ロルケ浅瀬の戦い**」(The Fight at Rorke's Drift) では、一八七九年の《ズールー戦争》(南アフリカのズールー族を虐げた植民地争奪戦争) におけるイギリス軍の勝利を祝い、とりわけウェールズ戦士の勇猛さを讃える詩を作った。そして大英帝国のことを誇らしげにこう歌った——

このように要塞堅固なブリタニアの島々、このような
　戦士からなる兵員豊富な島々は
お前ブリタニアをその国土の女帝とし、四海全ての
　君主として保つであろう。
(75–6)

——このような詩句を「当時のイギリス公衆の感情と大いに同調するものだった」(Blain 98n) として擁護する意見にも頷《うなず》けるが、先進的詩人の彼女《プファイファー》が、戦争となると過激な自国贔屓《ナショナリズム》に陥ったのも事実である。今日の我々日本人も自戒すべきであろう。

エレン・ジョンストン (Ellen Johnston, 1835–73)

エレンが働いたダンディー市の駅のプラットホーム（森松の妻撮影）

エレン・ジョンストンは《女性工員＝Factory Girl》としてだけ知られている、いわば無名の詩人である。乳飲み子だった時、父がアメリカへ移住すると言い出したが、最後の瞬間に母が移住を断り、その後、母の細腕で育てられた。約八年後、夫の死亡を知った母は、再婚した。「これがエレンの幸せな子ども時代の最後を記すものだったらしい」(Leighton, Leighton & Reynolds 406. なおエレンの伝記的部分の記述は、全て Leighton のお蔭)。

エレンは書物を愛する子どもだった。これを嫌った義父は彼女を工場へ働きに出した。そして最大の不幸は、やがて義父から性的暴行を受けたことである。家出をし、自殺まで考えたが、母の許へ連れ戻されて、家出の理由を知らない母に、したたかに殴られた。しかし凌辱を受けたことは一言も話さなかった。ついで彼女は婚外子（初恋の男による？ 彼女は十七歳）を産んだとして非難され、その娘を残して（二十歳台初頭。グラスゴーの煤煙で健康を害したのち）海の向こうのベルファーストに渡って実母、娘、義父を養う所得を得、スコットランドに帰着した。

その後はダンディー（Dandee. スコットランドの工業都市。エディンバラとアバディーンの中間に位置する）の織物工場で働いたが、詩を書くが故に同僚の女工たちに虐待された。美しいダンディー駅のプラットホームを見ながら彼女を思うとき、幸せに恵まれない彼女の苦しみとの対照があまりに大きく、目頭が熱くなる。
やがて、栄養失調による腎不全に罹患し、そのための水腫症のために、グラスゴーの救貧院で死んだとする説が有力だが、享年僅か三十八歳だった。まさに簿幸の詩人だったと言うほかはない。
「**母の愛**」('A Mother's Love', 当時六歳の娘 Mary Achenvole《メアリ・エイチンヴォウル》に捧げた歌）は詩人の実生活を直接歌った作品の一つである。詩を書いた時には異郷ベルファーストにあり、母娘は別居していた。甚《はなは》だ素朴な歌ではあるが、繰り返し《リフレイン》の多用、各連四行の詩型は民謡の伝統である。読み方にもよろうが、本書筆者には情感豊かな作品と思われる。各連冒頭 (I love thee, I love thee) は、スコットランド語を多用する彼女が、この詩ではイングランドの標準語で書いているので生硬さを残し、「メアリよ、貴女《あなた》を愛します、愛します」としようかと思ったが、「メリーちゃん、好きよ、大好きよ」のほうが民謡ふうな詩には自然だと思い直した。全訳する。

メリーちゃん、好きよ、大好きよ、命の方《ほう》が先に失われます、
母さんがあなたを忘れるより先に——心の底《そこ》からの思い子よ、
だって死の影だけしか母さんの記憶を損なえないのだから、
あなたは命より大切なのだから、メアリ・エイチンよ。

メリーちゃん、好きよ、大好きよ、枕として私の胸に
あなたの頭を初めて載せてから六年が経ちましたね、
悲しみと罪過*に見舞われて初めてあなたを見て以来。

*婚外子を産んだことで非難された。

偽りの恋から湧き出た泉《オフ・スプリング》、清い泉、*メアリ・エイチンよ。

メリーちゃん、好きよ、大好きよ、母さんがあなたの妖精のような
姿を最後に見てから十二ヶ月が経ったわね、可愛い子よ、
あなたと母さんの別れの悲しみは、人の心の底まで見透す
神様だけがご存知です、私のメアリ・エイチンよ。

メリーちゃん、好きよ、大好きよ、おぅ何時《いつ》またあなたは
天使に似た顔を母さんの心が燃えるこの胸に休めてくれるの、
あなたの最後の別れのキスは今でも私の頬に残っていて
母さん、幸あれというあなたの心で良い香りを放ってくれていますす、メアリ・エイチンよ。

メリーちゃん、好きよ、大好きよ、あなたの美しさと若やぎは
真理の源泉のように、汚れなく澄みきっています、
あなたは夜には私の星、朝が明けるまで冴《さ》ゆる星、
昼が来れば私のお日様よ——わたしのメアリ・エイチンよ。

メリーちゃん、好きよ、大好きよ、母さんがどこへ行こうとも

*原語 offspring の第一義は「子孫」。

喜びにも悲しみにも母さんの胸のなかに奉《まつ》られる宝主《たからぬし》。
母さんの想像の力は幽《かす》かな音楽を聴くことができるのよ、
それは愛《いと》し子の声ですよ――わたしのメアリ・エイチンよ。

《メリーちゃん、好きよ、大好きよ》がいつもこの母さんの小唄なの、
この唄を、夜は溜息のように、昼は声に出して歌うの、
この唄は、立派な愛国者の聖歌のように音が高まるの、
あなたの面影で浄《きよ》められているからよ――メアリ・エイチンよ。

メリーちゃん、好きよ、大好きよ、今は遠くにいるあなただけど
あなたは、母さんには毎日近づいて、より大事なものになるのです。
どちらかを選べと言われても――国をやろうと言われても
私はあなたと引き替えに国を選んだりしません、メアリ・エイチンよ。

貧困のために、異国に渡って、愛する娘にさえ会えないのである――この作品は個人的な感情の吐露であるが、彼女《ジョンストン》の詩は個を離れて公共的な一般性を持つものが多い。次の「**超弩級に美しい若い紳士に与える詩行**」('Lines: To a Gentleman of Surpassing Beauty') には《私》が不運な歌の子として登場してはいるが、貧しい女と富・幸運に恵まれた美男子との差異を浮彫りにする意図で書かれている――

貴方《あなた》の美しさを夢として見る《私》は絶望的に凶運の女だが、
ところで、貴方は何物なの？――富に恵まれて尊敬される御曹司《おんぞうし》、
　貴方の額には幸運の冠が光っている。
寛容な心と、若さと健康に祝福されているから
　《美》そのものも貴方の影法師の前でお辞儀をする。
でも全くご存じないのです、いったい誰の貧しい歌が
悲しみのなかで眼も眩《くら》む貴方の美を讃えたかは。（19–24）

――次の「**女工・エレンに与える詩行**」（'Lines to Ellen, the Factory Girl', 全訳）は、彼女自身の名エレンを題名に掲げながら、語り手を別人イザベルとする劇的独白である――（巻末に原詩全文の原文あり）

エレン様、この詩を読んでも、ねぇ、捨てないでね！
嘲《あざけ》って笑わないでね、高慢ちきに目を背けないでね！
私が貴女《あんた》に書き送るなんて図々しいって知ってるけどね、
だってエレンよ、私に書ける言葉は力のないものだから。

幸運が貴女の誕生に微笑み、貴女に富を与えたのなら
その場合、私は、ご健康を祈りますとだけ書いて満足よ、

でも私と同じく貴女もパンを稼がにゃならん身と知って
工場の煙と騒音のなかで沢山の危険に晒されると知って

貴女も人の心を感じる人だと思うの――厳しい咎めはせず
貴女の身の上を探っても、好奇心だと言わんと思うの。
貴女の顔を見たことぁないけんど、詩は読んだんです、
貴女が長い日にちを生きるように、心から祈るんです。

一年前のちょうどこの月、心揺さぶる貴女の詩を読んだ、
婚約者へのさよならの詩よ――彼が去った直後の歌よ、
それからずっと貴女のこと思ってる――書こうと思ったの、
でも勇気が出んかった、恐ろしゅうてペンが走らんのよ。

エレンさん、悲しみ・怖れを聞いてくれる母様《かぁさま》おらんの？
子ども時代にずっと喜びを共にした女姉妹《おんなきょうだい》もおらんの？
家に帰った時に陽気にからかって帰りを喜ぶ男兄弟も？
肘掛け椅子に父様おらんの――情愛深い人、皆おらんの？

貴女の心が多感なのも、悪意に耐えられるのも知ってる、
一緒に働く人からのあざ笑い、冷たい軽蔑の表情も。
こんな人たちの何人かに私も会った、数は少ないじゃん、
――私の仕事仲間はおおかた、誠実忠実な友だちじゃがね。

毎朝六時に起きて、どんな嫌なことが起こっても
私の一日の仕事を導き給えと神様にお祈りするの、
夜、身を横たえる時にゃ、安らいで静かな休息を取り、
満足だけが知ってる、夢のない健康な眠りを眠るの。

だって貴女、この世じゃいつもお日様が輝くとは限らん、
でも重たげな雲の反対側に銀色の裏地が付いておるとな、
貴女にゃ仲間はおらん、猫のほかに味方はおらんけんど
貴女の婚約者が帰って来た日にゃきっと事は変わるよ。

彼が帰って来りゃ貴女の目は火花のように輝くでしょう、
彼が海の彼方に去る前に貴女が約束した手を取る日にゃ。
その日にゃ私の力不足の詩神を目覚まし、歌を聞かせますね、

聖ニニアン様*の詩人となる彼に、結婚祝いの詩《ソネット》を送りますね。

＊スコットランド最初のキリスト教伝道者（360頃–432頃）。

——そもそも起こり得ない祝事《いわいごと》を最後に持ってきて、標題に自分の名を登場させながらも、貧困に喘ぎながら働く当時の女性全てに当てた詩としている。

「《自然》の残酷について、《自然》に寄す」（'Address to Nature on its Cruelty'）も自分（女工詩人）の境遇を歌っていると見せて、自分と同じくみすぼらしい女工の悲しみを嘆くのである。

おぉ《自然》よ、貴方は私に残酷だった、
私をこんな小さな宝石に創りあげた貴方は。
あまりに小さいので、輝くこともできないわ、
私の歌を読む偉いかたがたのなかでは。（1–4）

私の出版物を見た批評家は独創性がそのなかにあると言うけれども、彼らが私の姿を見たなら詐欺師だと言うだろう。つまり彼女の容姿はそれほどに貧しげで、背丈にも恵まれていないのである。

おぉ《自然》よ、貴女がもっと手間暇《てまひま》かけて
少しは厳かな姿形《すがたかたち》に私を仕立ててくれていれば
美しい体型と可愛い顔に造ってくれていれば

言葉を話すような目と――優美な微笑みを与えてくれていてくれれば
雪のような額と美しい巻き毛を恵んでくれていれば
比類のない美貌を授けてくれていれば
運命の微笑という守り札を勝ち得たでしょうに。

(25–31)

イザベルこれを記す
一八六六年十一月二十一日、グラスゴーにて

架空の人物イザベルが記した日付が、そのまま詩が書かれた月日を示している。
次の詩「**機織り工場の猫を悼んでのネリーの嘆き**」('Nelly's Lament for the Pirnhouse Cat') はスコットランドの言葉で書かれている。ネリーとはエレン (Ellen) の愛称で、もちろんエレン・ジョンストンを指す。詩の副題として、こう書かれている――「ダンディーのC…e工場の昇降機 (Elevator) に殺された猫」。当時のエレベーターは梯子のようなもので、猫が下の段に寝ているあいだに上昇してしまうことがあったらしい。

おおさようなら！　可愛いわたしの猫ちゃんよ、
あんなに黒々してたあなたの肌を、わたしはもう撫でることができないのね。
何度もわたしはあなたの背中をさすったわね。
穢《けが》れのない可愛い生き物よ、
あなたは最後の眠りに就いてしまったのね、動かそうとして

あのエレベーターを。　(1–6)

第二連では、去った先では食べ物にもミルクにも困らないでしょうとアイロニカルに同情し、第三連では、しかし死後には恐ろしいことが待っていると歌う――

穢れのない、運もつたない猫ちゃんよ、あなたを追いかけて
あの暗いあなぐらに連れて行ったやつは何物？
あそこでは《死神》が顔をしかめて坐っていて、手にした鎌で
　あなたの首を切るのね。　(13–6)

そして生きていたときの可愛いしぐさと活動ぶりを三連半費やして描いたのち

あなたが行った先は、動物も、子どもも大人の人間も
　行かなければならない運命の場所なの。
《全知全能の方》が、大きな大きな設計のなかで
　そのように取り決めていらっしゃるの。　(39–42)

――敬虔なキリスト教信者らしい慣習的な一節に見えるが、罪のないものにも苛酷な運命を与える神への恨

みを表現していると読むべきであろう。

そして最終連が読者に共感をまず与える——

ここにはあなたの死を悼んでくれる人は独りもいないけれど
ただしわたしだけは心から悲しむのですよ。
猫に過ぎないと言うけれど、それでもわたしは尊敬します、
　同情心をもってあなたの値打ちを。
そしてあなたの思い出に涙をそそぎます、
　穢れのない可愛い猫ちゃんよ。
(43–6)

先ほど「まず」と言ったのは、その次にこの最終連が象徴性を帯びていることにわたしたちは気づくからである。実際には、貧しい工員が、事故に巻き込まれて世を去ったことに対する哀悼歌を彼女は書いたのにちがいない。

フランシス・リドリー・ヘイヴァガル (Frances Ridley Havergal, 1836–79)

フランシス・ヘイヴァガルはキリスト教への深い信仰と病魔との戦いに明け暮れた女性である。結婚についても、相手の信仰の浅薄さを理由に断り続けた。散歩中にも即興の賛美歌を通行人に与えたと言われる。一八七四年に腸チフスで長期病臥し、七九年には腹膜炎に襲われて死去したが、末期に至るまで神に召されることを喜んで、賛美歌を歌っていたと伝えられる。彼女の詩と賛美歌は当時大きな人気を博した（以上 Leighton & Reynolds 415）。アン・ブロンテやクリスティーナ・ロセッティの名声はその信仰心と同時に作品の魅力からも生じたと思われるが、彼女《ヘイヴァガル》の声望はその聖女らしさから生じていたようである。彼女の賛美歌で最も有名なのは 'Take My Life and Let it Be' と 'Thy Life for Me' であるが、終焉《しゅうえん》に臨んでの歌「**まさしく主のお望みの時に**」('Just When Thou Wilt') は私たちの心を打つ作品である。しかもこれは病床での口述筆記によるものだという（同 416n, 訳文は全編）。

I

おお主《マスター》よ、まさしく主《あなた》のお望みの時に召して下さい！
真昼でもよい、あるいは夕べの訪れの時でも、
暗がりの時刻でも、あるいは明るみのなかでも、
まさしく主《あなた》のお望みの時こそ、良き時に違いありませぬ。

II

おお救い主《セイヴィア》よ、まさしく主《あなた》のお望みの時に来て下さい、
あなたの輝く邸宅に住まうべく、お連れ下さい！
あるいは雪が私の頭に冠を被せる時でも、
あるいは雪が一筋の銀の糸を降ろす前でも。

III

おお天の花婿《ブライドグルーム》よ、まさしく主《あなた》のお望みの時にお声掛けを、
「愛するお前、立て、そしてこちらへ来い」と。
私のためにあなたの金の門をお開き下さい、
早くとも遅くとも、まさしく主《あなた》のお望みの時に。

IV

まさしく主《あなた》のお望みの時に――その時こそベスト、
あなたこそ私の安息の時間をお定め下さい、
その時間には完璧な愛の《太陽》の印が付いていて
それは天上界で変わることなく輝くでしょう。

V

まさしく主《あなた》のお望みの時に！　私が決めは致しません！
《生》とは、あなたが自由に用いられる《人への贈物》、
《死》とは、静まりながら栄光に充ちる約束の時、
あなたとの約束の時、私の王、私の救い主、キリスト様！

神への怨嗟《えんさ》が詩を立体化するアン・ブロンテの辞世の詩とは対照的に、彼女《ヘイヴァガル》のこの詩は神への一途な信頼を歌うのである。

オーガスタ・ウェブスター　(Augusta Webster, 1837–94)

ジュリア・オーガスタ・ウェブスターは最初セシル・ホウム (Cecil Home) という男性名を用い、後にはオーガスタ・ウェブスターを筆名とした。国内でもスコットランド、ペンザンスなど各地に住み、ケンブリッジの美術校 (Academy of Art) で学び（だが学位は授与されず、後年この女性差別を批判した）、パリとジュネーヴにも住み、ラテン語、ギリシャ語、スペイン語、イタリア語に堪能で、六三年にはケンブリッジの法学講師と結婚。その前後から詩集 (1860; & 64)、小説、戯曲、飜訳、批評を相次いで出版した才女である（以上主として Blain 144）。また当時の女性の劣悪な状況の改善、女性教育と選挙権促進を特に力説した。また結婚後まもなく娘を得たが、一八九五年には（死去によって）未完となったソネット連作の傑作『母と娘』(*Mother & Daughter*) が世に出た (Leighton 417)。

彼女の詩の特徴の一つはR・ブラウニングふうな劇的独白《ドラマティック・モノローグ》の多用である。「**死に別れ**」('Passing Away') を見よう。

貴方《あなた》から死に別れるに当たって、愛する方、
貴方が私のベッドの脇でそんなに淋しそうにして
こう考えているのが分かる――「この先どうなるんだ？
この人は僕にとって生きることの意味そのものだ、
この人が死んだら僕はどうやって生きるのだ？」
(1–5)

語り手は、ブラウニングの独白《モノローグ》の場合と違い、普通一般の女であって、犯罪者や王、また特殊な環境の人ではない。六行目以下で当事者双方の死の悲しみを描いたあと、

でも愛する方、それが失われるなんてあり得ません、
我々のものである生、貴方のものとして残すこの生、
記憶より遙かに優れたものとして残す二人のこの生が。
我々はそれがあまりに現実的で死滅しないと知っている、
それは愛、永続する愛ですから。
それは貴方のあとに従《つ》いて新たな生のなかに入ります、
何が偶然起きようとも貴方はそれと別れ得ないのです、
私がいなかったようには、貴方、生きられないでしょう、

私の墓に青草が茂った後でもずっとそうなるでしょう、
　私はなお、何らかのかたちで存在するでしょう。

(21–30)

そして最終二行では、「私は神の保護《キープ》のなかにいますから／貴方は再び私を見出すと思います」と歌う。極めて先進的な彼女の作品としては保守的な歌いぶりに感じられようが、この真摯さがヴィクトリア朝の良さではないだろうか？　ロセッティの「浄福乙女《ブレッセド・ダモゼル》」の芸術の遊びはここにはない。

「**見棄てられた女**」（'A Castaway'）も劇的独白《ドラマティック・モノローグ》だが、六百三十行からなる長詩だ。語り手は昔、日記に「礼拝に行った」などと書く《良い子《グッド・ガール》》だった。だがそれは遠い昔。

だが今、自分がそんな良い子と同じであり得るみたいに
自分のことを語るのは冗談としか思えない。

(24–5)

鏡を見れば誰も美しくないとは言えない私であり、だらしなく男の目を惹く女になってはいない——
　街路で酔っぱらっていたり、懸命に客引きしたりはせず、
　私より下品な類《たぐい》の、同じ商売の女と一緒に、評判の悪い
　街角に立ちはしない。そう、上品《モデスト》が私の触込《ふれこ》みさ……
私の今日の恋人さん、あるいは次にやってくる恋人さん、

私を値打ち通りに評価してね。(47–9; 52–3)

高等売春婦である語り手は、やがて自分の客たちの本性を語って、社会批判を展開する。弁護士は金次第で動き、

説教師は、人の未来の地獄を説いて、ほくそ笑む、
彼ら自身が疑っている地獄を、何ら信じていないからだ、
医師たちは、出任せに毒薬を選《え》り分けて
毒薬が効くかどうかと危ぶみつつ、金持ちになる。(83–6)

新聞記者、商人もやり玉に挙げられ、彼ら全てが「世間の暗愚、悪徳、貧困を餌にして」肥ってゆくとされる。

だから私は彼ら以上に、同じほどに、人を害するかしら?
奥様方を?　私が奥様方から何を奪うかしら?(98–9)

ご自分のエプロンに、旦那をピンで留めておくのは大して難しい仕事じゃないじゃない。奥様方は我々を罵倒するが

いったい奥様方にどんな驚くべき美点があるの？
快適な家に住み、その家からどんな男一人も、彼女らを
誘惑しようなんて一度も考えたことがないなんて。
ほかの男はキスしたいなんて願いもしない唇に
旦那様のキスしか受けることがないなんて。
(119–23)

次いで七十行に亘《わた》って、世間は自分に対してどんな罵声《ばせい》を浴びせているかが歌われる。私は淋しいが、しかし、

《現在》を優しく受け容れるのが最善。過去には訣別《けつべつ》！
過去がより良きものであったとしても、より悪しきものであったとしても。(195–6)

しかし詩行の美しさで最も秀でているのは「**キルケー**」('Circe') であろう。キルケーは言うまでもなく、オデュッセウス一行が漂着した島に棲《す》み、船員を次々に豚に変えた魔女である。だがウェブスターの扱いでは、寂寥《せきりょう》に耐えかねている一人の女であり、詩は彼女の劇的独白である (冒頭三行目の her はキルケーではなく、《暗闇》を指す)。

太陽は毒々しい赤となって西に落ちて行く。
《暗闇》が両腕を伸ばして、いつもより早く、

太陽を下降させたのだ。彼《オデュッセウス》が海の彼方から彼女の傍《くらやみ》へ
やって来る前の流儀よりもいち早く。 (1–4)

ここでは魔女《キルケー》よりも《暗闇》が魔の手を持つようであり、キルケーは女性である《暗闇》に嫉妬しているようだ。そして今夜は嵐となりそうで、彼女は暴風を歓迎する。

銀に輝く私のスロープ、そのオリーブの木々を蹂躙《じゅうりん》し、
節くれ立って怪奇な手［＝大枝］に、千年の時を経た
甲冑を持つ王者［＝大木］を掠奪《りゃくだつ》しても歓迎する。 (20–2)

このような比喩の多い文体がこの作品を引き立てる。彼女が嵐を好むわけは、あまりに変化のない環境への嫌悪である。

同じ青さの空が、昨夕褪《あ》せていったもう一つの空と
寸分の狂いもなく合致する姿で明けてくる。
明日の暁も、昨日の曙の双子でしかないだろう。 (35–7)

安楽と暢気《のんき》には飽き飽きしている彼女は「自分は女です、神ではないの」(65) と語って恋への憧れを漏らす。

だが直情的なソネット連作『母と娘』のほうがより長い生命を持つだろう。これはウェブスターの没後(1895)、未完のまま、W・M・ロセッティによって出版された。

ソネット第二*

娘が美しいことを私は喜びはしないのです。母親たちが
　それを誇りにして喜ぶと世間が思うようには、
美貌の虜《とりこ》になって付きまとう男たちの目を目撃し、
長い舞踏会の夜じゅう、娘が称讃されるのを耳にして喜ぶなんてことはしないのです。
画家が発見する類《たぐい》の、喜びの衝動が表に現れる時にこそ
　娘を注視して、私はさらに幸せに感じるのです、
　すると私が娘の崇拝者であると感じさせる母の愛が
娘の最善の愛らしさを一つ一つ私に示してくれるのです。

　おぉ女神のような頭部！　おぉ無垢で華麗な両眼！
曲線豊かに開く唇。唇には微笑みは稀なのに
常に甘い麗しさが漂うとは！　おぉ額の沈黙のまわりに
集まってくる滑らかで影多き頭髪よ！
　娘よ、第三者のように貴女の美を見ずにはいられない、

*原詩が巻末にあり。

貴女が貴女であることは何と美しいことであることか！
褒めるだけではなく、娘の危険知らずの行動も歌う——

ソネット第六

時として、若い人がするように、娘は私を心配させます、
　気まぐれで、また危険知らずで、後先《あとさき》見ずで。
　風に乗って飛ぶ鳥、目的も定まらない鳥のように
自分が熟知する樹木の筋向かいで身を打ちそうになり、
寄せ波を追いかけ、また逃げる冒険好きの幼児のように
　白波が沸き起こる時にようやく背を向けはしても
　その飛沫を浴びる始末。何らかの短所にもかかわらず
娘はそれを乗り越えて、逃げ出しはしない類《たぐい》の女です。
だからあるいは、この欠点を咎める場合もありましょう、
　すると娘は顔をしかめて自己弁護をします、穏やかに。
そこでするようにさせると、慎重さが長続きしません。
　そんな時、私の耳に囁きに来、心に打ち明けに来ます。

こうして許されると娘の愛は新たに強くなるようです。

　おぉ私の悔悛者《かいしゅんしゃ》よ、どんなに貴女は愛《いと》おしいか！*

ウェブスターが自己の死を間近に控えて書かれたこの連作中には、娘の死を思う歌も含まれていて、読者の感懐を呼ぶ。

第十五ソネット

我々全てを自己の娯楽として持つ《死》が、いつの日か
暗い、声も絶え果てた土中に私を隠すでしょう、また、
私の手を、生きた手のなかに支えてくれる夫をもまた。
そこでは、愛の行為は来ず、安らぎをもたらす表情さえ
我々夫婦が最善の番《つがい》とされる場での意味を失います、
　ちょうど八月の夜に空から落ちる金の流れ星のように。
これは不思議ではなく、《死》の当然の大命なのです。
しかし娘の顔に輝く曙光を眺めるにつけ、娘もまた
《死》の獲物だと知ることは災いにしか思えません。

*母から見て娘の行動は危なしげに思われる。だが母の気持からすると、これも愛らしく思われる。

娘は老朽を知ってはならぬ、逆に、太陽が
自らを隠すベールのなかでより強く輝くように
絶え間のない光輝を保って欲しい。生とは死の始まり、
だが《死》と娘の組み合わせ！　これは悲嘆を超えた
奇妙な取り合わせです。

死を間近に見ていた詩人は、娘もまたやがてこの悲惨を経験しなければならないと実感し、愛情が深まるのだ。

さて連作中最もよく知られている「**ソネット二十七番**」では（当時、子沢山が当然であった傾向に反して）二人目の子を欲しいとは思わないと歌って、この娘の至宝ぶりを強調する。

初めて私の小さな赤子を胸に抱いて以来、一度も
私はこのような素晴らしいものの二番目を必要としなかった。(1-2)

そして詩の最後では、頰笑みを見せるよその赤子全てが、自分の娘のお蔭で、自分の子に思われると歌う

よその女の子、男の子が、我が娘の妹、弟に見えます、
――

私の愛児が、この私を、若やぐ子ら全ての母にしてくれます。(13–4)

連作全てを紹介できないのが残念なほどの秀作である。

ローマ・ボルゲーゼ美術館蔵。
このキルケーは人を豚に変える魔女。
ドッソ ドッシ (1479?-1542) 画。

マティルデ・ブリント (Mathilde Blind, 1841–96)

マティルデ・ブリントは、母が再婚したドイツの革命思想家カルル・ブリント(1826–1907)の義理の娘。実兄もビスマルク暗殺未遂で知られる左翼的革命家だった。彼女はドイツ生まれだが一家がイングランドに亡命したのち、ロンドンとチューリッヒで教育を受けた。チューリッヒで大学の講義を受けようとして女性であったために受講を拒否され、後年の女性教育実現への熱意に繋がった(Blain 185)。十九歳で独りアルプス越えを果したが、途中、執拗に尾行してスカートに触った男を殴って血（鼻血？）だらけにした猛女でもある（Leighton & Reynolds 454–5 に彼女自身の記述がある）。

男性名(Claude Lake)で出版された処女詩集（一八六七年）は、イタリア統一運動闘士マッツィーニ（義父の知人）に献呈されている。

本質的に彼女は抒情詩人であって、特に風景描写に美しい心根を見せている。晩年に書かれた「**冬景色**」('A Winter Landscape')を読むならば（最初の部分は平凡に見えるが）、

一晩じゅう、一昼《ひとひる》じゅう、眩暈《めまい》を誘うような下方への舞い方で
奔放に渦巻く雪、かすかな、混沌《こんとん》とした雪が降ってきた。
やがて地上にあるすべての陸標、つまり、
樹木たち、原野たち、見慣れた風景たちのすべてが
わたしたちを狼狽《ろうばい》させる白色によって消されてしまった。
そして、時には金切り声で叫び、時には低い声で泣きながら
《死》が《生》を飲み込み、暗闇が明かりを飲み込むという
世界開闢《かいびゃく》以来変わりのない、嘆きのように聞こえる。

だが突然、雪雲が風に吹き飛ばされて去り、
吹雪は次第に静まり、一つ溜息をついて終わってしまった。
するとまるで焔《ほのお》のように、三日月が、
いくつか輝く惑星のあいだへ飛びだしてきた。これら天体に劣らず
穢れのない大地が、純白さにおいて天の川と競い始め、
この《地の姫》自身が、星空の真下に輝く星となった。

訳語として《地の姫》は良くないと思うけれども、大地をherselfとしている原文を尊重したのである。
この詩の末尾は、後年のハーディが雪雲の天と白さを増す大地が次第に距離を縮めると表現した描写 (*Far*

from the Madding Crowd）に匹敵する美意識を備えている。フィリップ・ラーキンの積もり続ける雪による心理描写（小説 *A Girl in Winter* の末尾）にも似た、人の心の変化過程を示してもいる――この詩と小説の双方において、暗黒の現実（ブリントの詩では人は死ぬという真実、ラーキンの小説ではそばに寝ている男に身を許さない現実）は意識されながら、それでも心の状態は変化するということを表現する詩心である。

しかしブリントの最大の功績は、長い物語詩において既成権力に対抗しようとしたことであろう。

一八八一年の詩集『**聖オランの預言と他の詩編**』（*The Prophecy of St Oran and other Poems*）は、無神論的内容のために出版社によって店頭から回収された。

この詩集冒頭の「**聖オランの預言**」（'The Prophecy of St Oran'）を詳しく読んでみよう（原典はネット上に示されているもの）。

修道僧集団の長聖コロンバ（St. Columba）は、大嵐の恐怖にさらされて布教の目的地である島にようやく辿り着いた修道士群に向かって、我々が無事に陸地に着いたのも神のご加護によるものと諭《さと》し、

「この海に囲まれた島に福音を届けに来たぞ、
天にましますの《父》の愛に満ちた福音を。
《父》は《独り息子》を送り給うたのじゃ、
おぉ奇蹟的な深い愛――我らを救うために自らは死すとは」（第一部 IX 歌）

そこへ二人の漁夫に抱かれて、老いた酋長が粗末な船でやってくる。聖コロンバは自らの手で酋長に洗礼

を施し、酋長は悲しみと末期の苦しみにも満足感を交えて死ぬ。修道僧集団は「彼の魂は神のもの、そして神は愛そのもの」と声を合わせて歌う（第一部XX歌）。

次には身寄り全てを失ったこの島の少女が

同情する傍の人びとの眼さえ意識せずに
この上ない絶望のために、今できたばかりの
墓に身を投げかけ、身を痙攣《けいれん》させて泣く。

（第一部XXII歌）

そして彼女は聖コロンバの説教じみた慰めの言葉にまったく耳を貸さず、あの墓に縋《すが》りついて泣く。修道僧たちは彼女を聞き分けのない女だとして、その場に置き去りにしようとする。だがただ一人聖オランだけは彼女の魂を救わなければと決心する。

詩の第二部では、太古からの墓地の真ん中に聖コロンバは壮麗な聖堂を建設する。聖オランは真っ先に協力する。しかしあの少女のことは忘れられない。そんなある日、一人の男が駆け込んできて、こう言った——

「お前らは我々を救いにきたと言う。なら救ってよ！
真実を喋《しゃべ》り嘘は言わんのなら、我々を救えよ！
飢饉と熱病が我々のあいだを威張って歩いておるぞ。
（中略）漁師もさかながとれんのじゃ。

（中略）海辺の人は餓死寸前
なら早う来い、我らにパンを食わせろや」。

（第二部Ⅹ歌：Ⅺ歌）

聖オランはこの人びとの許へ向かう。彼もキリスト教の祈りに依る以外には何もできず、ついに最後の家に来る。そこには苔むす石のような老婆がいたが、

だがおぉ聖オランの五感をよろめかせたのは何か？
金髪を衣服代わりに着ている娘は誰か？

（第二部ⅩⅩⅤ歌）

――このように彼は彼女（名はモゥナ＝Mona）に再会し、女を愛してはならぬという戒律に反することを恐れる。一方あの老婆は

「お前らは《キリスト教の博愛》とかいう新しい神を
自慢しながらこの村中を練り歩いているそうじゃが
我々の窮地を見ると逃げ出すんじゃやな」

（第二部ⅩⅩⅧ歌）

――だがオランは熱病のモゥナを看病し、愛に満ちた彼女の眼を見て、ついに二人はキスを交わした（第二部ⅩⅬⅠ歌）。ここで第二部は終わっている。

第三部はコロンバの激怒で始まる。気候の激変を（オランとモゥナの恋による）神の怒りと見なし、モゥナがオランを訪ねてきた時、自分の恋を隠蔽《いんぺい》しようとしたオランは、モゥナが（恋という）罪の故に海に投げ落とされそうになったのを見て突如考えを改めて、こう叫んだ――

「待て！　待て！　罪のない女の血で手を汚すな、
私が誓いに反したのです。私が罪人《つみびと》です、私が
この乙女を誘惑したのだ、彼女を許し、私を殺せ」。（第三部 XXXIV 歌）

すると聖コロンバは彼を生き埋めにするように命じる。第四部では、聖オランが懸命に土をはねのけて、視察に来た聖コロンバ一行の前に立ちふさがり

「見よ、私は墓のなかから生還したのだぞ、
眼を開いて見よ、罰する神も救う神も存在しないのだ。
愚か者たちよ。馬鹿な夢を見る者よ、神は居ないのだ、
向こうの天には、人間の祈りも崇拝も聞こえないのだ」。（第四部 XI; XII 歌）

オランは悪魔も、死後の生や地獄も否定する。軽蔑されてきた大地こそ楽園となるべきだと語る――シェリーやクラフの影響が顕著である（ブリントは『伝記シェリー』を書いている）。さらにオランは

「見よ、君たちの言う天国は実体のない空気だ、
君たちの言う死後の至福は病んだ頭脳の幻想だ、
（中略）十字架像を捨てよ、鋤鍬を取れ
（中略）生きた神がいるぞ、それは《愛》だ！」

（第四部 XIV; XIX 歌）

とその「預言」を拡大する。聖コロンバの怒りは絶頂に達し、オランの口に土を埋め込めと命じる。すると「花婿と花嫁を隔てないで」と叫びつつ、モゥナがその土の穴のなかに飛び込んで、愛する二人は共に絶命する。

こうして書店からは間もなくこの書物は、神への冒涜だという理由で消え去った。

またスコットランドのハイランドから、インランド系の資本家が、残虐なかたちで住民をカナダへ移住させたことを（史実に忠実なわけではなく、想像をまじえて）歌う八六年詩集『**火災に付されたヘザーの村**』(*The Heather on Fire*) も、イングランドから見て反体制的であるとの理由から、読書界によって冷たくあしらわれた。

詩は主人公マイクルと可憐な少女メアリ（ワーズワスを受け継ぐように「ハイランド・ラス＝Highland Lass」として登場）という相思相愛の男女の運命を中心に展開される。結婚し得ないうちに、マイクルの父がイングランドによるスペインでの戦闘（苛酷な犠牲を伴った「半島戦争」、1808–14, イベリア半島からナポレオン軍を撃退）で、片手を失い、マイクルの許へ帰ってくる（第一部 XXIX 歌、詩集出版当時にもハイランドの住民はイングランドから圧迫を受けていたが、戦争となると「蛮族」として軽蔑していたハイランド住民を戦場に送る。詩は半

島戦役後を歌っている)。マイクルは家族の扶養のために、メアリとの結婚を先延ばしにするほかはなかった。しかし第二部ではマイクルとメアリは結婚。とは言うものの……

では彼女の若い血を冷たく凝《こご》らせるような
凶事の兆し、警告の旋律はなかったのか?
やがてやってくる悪運の影法師を
花と咲く新たな幸せ(結婚)の陽光と、優しい
華やぎを貫いて投げかけるものはなかったのか?

(第二部VII歌)

——こう警告されていたとおり、第三部ではイングランドの魔の手がメアリに襲いかかる。ちょうどメアリの赤子が瀕死の病に襲われていた時のことだった。

彼らは住人全てを大急ぎで家の外に出した。
なぜなら彼らの貧しげな住居は破壊され
藁屋根には火が放たれたからだ。

(第三部XXVI歌)

赤子を抱えたメアリを初め、片腕のない義父、農作物をその場に残すのをためらう農民などの脱出劇が描かれる。そして彼らは海の向こうへ移送されるのである。移送先には生きて行く手段は用意されていない。

多数の子どもを抱えたメアリの苦闘が始まった。それに、漁に出て不在だった夫マイクルとも別れ別れになった（マイクルは上陸して、村が燃え上がるのを目撃し、妻を捜した）。

第四部ではマイクルの「ぼくが君と共に死ぬか、でなければ君の命を救ってぼくの命を投げ出すかできれば良かったのに、ぼくの可愛いハイランドの小娘、殺されたぼくの妻よ」（第四部XX歌）という言葉と、妻の亡骸を背負い、疲れ果てた子たちを連れた映像（第四部XXIX歌）で、ゲール語を話すこの少数民族の悲劇全体を統括している。この民族はブリテン王国がローマに支配された頃から「蛮族」として危険視されていたが、特に十八世紀中葉以降十九世紀前半にかけてはイングランドの資本家が、彼らの素朴な生活を自分たちの経済上の利益のために覆し続けていたのである。

さて、ブリントは男性よりも女性の友人のほうに深い愛着を抱いていたとされるが、芸術の分野ではシェリーに深く傾倒して伝記を書いたし、クリスティーナ・ロッセッティにも心を惹かれ、男女の区別はない。

しかし女性の権利の主張、女性教育の必要性についての実行動は彼女の最大の関心事であった。自分の地所をケンブリッジのニューナム・カレッジに遺贈して女子学生のために尽くしたのはその最大の表れであった。

マイクル・フィールド (Michael Field)=Katherine Bradley (1846–1914) と Edith Cooper (1862–1913)

男性名マイクル・フィールドは、右に記した二人の女性、キャサリン・ブラッドリーとイーディス・クーパーが合作するために用いた筆名である。二人は叔母と姪だが、この叔母《キャサリン》は幼少期から姪を育てた。キャサリンは自身の「神喪失」を公言して放校となった女である。また二人は互いに深く愛し合う仲となり、左に見る詩 ('Prologue,' 1893) における通り、女性同士が相手の女性に愛を語らっていると解して当然の歌い振りを見せる。しかもこれは性的関係であったことを証する文書があるという (Leighton & Reynolds 487)。これに関連したこの詩を訳出してみよう。

「プロローグ」 ('Prologue')

時は春も深まる頃、その朝は
シェイクスピアの生れた朝。

世界は、有無を言わさず、私たちに覆いかぶさったが
私の愛する人と私は手と手を取り合って誓った、
　世界を敵にまわすかたちで、この先永遠に
詩人同士、恋人同士であることを、
また、黄泉《よみ》の国の川岸で、笑い、夢見ることを、
船を漕ぐ三途の川の渡守《カローン》に歌を捧げることを、
そして怯《おび》える相客たちを元気づけることを、
俗世の「非難《ジャッジメント》」を決して気に掛けないことを、
そしてアポロから決して逃げ去りはしなかった人びと、
死者のあいだで一時間も過ごしたことのない人びと、
しっかり考え方を固めた人びとのもとへ急いで駆けつけ、
　　　　間を置くことなく
　　　彼らと共に住み、
天国や地獄には無関心でいることを。

　レズビアニズムの宣言以外には、判り難い詩のように見える。しかし、「世界を敵にまわす」、「俗世の「非難《ジャッジメント》」を決して気に掛けない」は、明らかに反世俗・反慣習的な生き方をするとの決意表明であり、継いで「黄泉《よみ》の国の川岸」、「三途の川の渡守《カローン》」は、具体的に、自分たちの詩作活動はキリスト教を離れた、ギリ

シャ神話的な考え方のなかで行うとの立場の明確化であり、さらにそれを精確に歌うのが「アポロから決して逃げ去りはしなかった」、「死者のあいだで一時間も過ごしたことのない（キリスト教の語る天国や地獄を否定している）」人びととの連帯志向を歌うわけである。ダメ押しとなるのが「天国や地獄には無関心でいる」だと言えよう。「これは恋愛詩ではあるが、同時に宗教上の懐疑主義の表明である」(Leighton 単著 210)。「懐疑主義」は「無神論」と言い換えても良いだろう。

今引用したライトンは、言葉を継いで、この詩人とフランス人詩人との繋がりを詳しく論じている。ヴェルレーヌにさえ心惹かれながら、深くデカダンに陥ることは嫌った彼女たちの最大の関心はボードレール、特にその『悪の華』であったらしい。「三途の川」も「渡守《カローン》」も、『悪の華』中「地獄のドン・ジュアン」に現れる。読みようによっては、この稀代の放蕩児が、反世俗・反慣習的な英雄に見えるだろう。ボヘミアン、裸体時代の人間、ぶどう酒の魂など、多少なりと「世界を敵にまわす」存在が肯定的に歌われている。スウィンバーンと並んで、当時のフランスの詩学をイギリス詩に導入した二人だったと言えるであろう。

この「自由」を得る最善の方法として恋を挙げる——

他人《ひと》から与えられてただ静かに休んでいるよりは
自ら与えるほうがどんなに素敵か。
頭上で他人《ひと》にため息をつかれるよりため息をつくほうが、
殴られて耐えるより自ら殴るほうがどんなに素敵か。
勇気を出して恋する女になる娘はこのことを知るだろう。

彼女が歌う歌は皆、歓喜を得るだろう、
鳥の翼を弱め、森の木の葉を散らす疾風の
高笑いを得るだろう、
氷の縛りをすり抜ける流れの自由が
恋する女になった娘の自由となるだろう。

二人の詩人は次の**無題詩**も合作として書いている――

相並んで航行する二隻の船を
　どんな綱も束縛しなかったように
　私たちが漂う平安もそのとおりだった。
これは決して終わることがないと思っていた。
白鳥のように、常に滑り行くものと思っていた。
　これが恋なのよ
　と私たちはため息をついた。

大風ときつい潮を切り抜けて航行する
　二隻の不吉な船と同じように

戦いが私たちを捕まえた。
死のように強い絆《きずな》に拘束されて
私たちは運命的な同盟を結んで航行した、
これが憎悪なのよ
と私たちは叫び出した。

アリス・メネル　(Alice Meynell, 1847–1922)

母は結婚するまで、コンサート・ピアニストとして活躍した。父はアリスと画家の姉の教育に熱心だったが、口数少ない静かなひとだった。アリス姉妹は主にイタリアで暮らし、一八六四年にイギリスに帰り、当時の風潮に合わせて、一家まるごとローマ・カトリック教徒となった。若い司祭に片思いの恋をして、当時多くの詞華集に採用された「**恋の断念**」('Renouncement')を書いた。ここではまずこの詩から訳してみたい。

あなたのことを考えてはならぬ。疲れても気を強く持ち、
　全ての喜びのなかに潜む思い――あなたのこと――を遮断し
　そして青い《天》の高みのなかに潜み、
歌唱の最も美しい一節のなかに潜む思いを抑え込む。
おお、この胸に群れをなす最美の想念のほんの裏側に
　あなたへの思慕が隠れ、でも輝かしく待ち構えている。

しかしそれは決して目に見える所には現れない、
私は一日中、あなたの眼の前で自らを立ち止まらせ続ける。
でも毎夜、困難な一日を閉ざすべく眠りが訪れる時、
私が休みなく続ける警戒を夜が中断してくれる時、
私を縛り付ける全てを解き放して当然な時、
私の意志を衣服同然に脱ぎ棄てねばならない時、
眠り始めに最初にやってくる夢のなかで
私は走る、走る、そしてあなたの心に抱き寄せられます。

——分かりやすいこの詩が人気を得たのは当然であろう。

しかし現実には彼女は一八七七年に、ジャーナリストのメネル氏と結婚し、立て続けに八人の子どもを生み、育て、一九世紀中に書かれた作品には、母親としての思いを歌うものが異彩を放つようになった（一九二九、三〇年の二詩集にも良い歌があるが、本書ではヴィクトリア朝の作品しか扱わない）。まず「**現代的な母親**」（'The Modern Mother'）を読もう。

おぉ、これは何というキス！
子としての情熱が溢れすぎているわ、このキス！

母の、この不安な心とは対照的に
この子は走る、子どもというものは軽やかな心で
また、何事にも屈服しない精神で、休みは不要とばかり。
こんなの望みはしなかった、求めなかった！
この母は、僅かな優しさが、自分の求め得る
最大の報酬だと考えていた。
母は、九年のお世話が育てた程度の愛を与えて
感謝、いやほんとのところ満足感だけを求めたのに。
それどころか、それ以下しか与えなかった。
生命と死、平安と苦悩との与え手であるこの母は
あぁ！　願わなかったわ、
感謝というより許ししか。行きずりに肩に触れたり
微《かす》かな、短い愛撫しか期待しなかったわ。
おおこの子どもっぽい両目に強く輝く
我が子としての光、こんなに煌《きら》めく

意味明瞭な二つの星！　その星明りは
不変の大地の近くにあり、人生の迷路を照らす
自然で真実で、強烈――こんな日暮れの薄闇のなかでも。

――最終行の「日暮れの薄闇」は、年取ってきた母親の気持を表現していることは言うまでもない。愛情に溢れた歌いっぷりでありながら、親は、生命と同時に「死」の付与者、人生の喜び以上にその苦悩の与え手であるという意識が、この詩を、二十一世紀においてさえ「現代的」に感じさせる。

次の「**親となること**」（'The Parentage'）には解説的なエピグラフが付いている――「アウグストゥス・カエサルが、ローマの未婚の市民を非難する法令を発した時、この皇帝は彼らを、ある程度は人民の殺戮者だと宣言した」。これに反論するのがメネルの本文である――

あぁ、誤りだ！　違う、彼らは殺戮《さつりく》者ではない。
子どものいなかった彼らは、人生の荒海に対して
あれほどの死者を投げ込んだ人びとではない、
無力な赤子同然の人間を翻弄《ほんろう》する荒海の揺りかごに。
免れようもない勅令によって、無数の人間を
数えきれない墓へと運命づけたのは彼らではない。

殺戮するのは、逆に
父親たちだ。軍隊は彼らのもの、《死》も同様——
罪なき民人《たみびと》と絶望を死へ追いやるのは。
金色のものも灰色のものも死なせるのは。
これらの人びとが判決に意を唱えても覆らない。
そして殺害する女は、子を産む女、子を産む女。

「軍隊は父親たちのもの、《死》も同様（父親が招くもの）」という言葉にこそ、この詩の主張が凝縮されている。男たちが軍隊の重要性を説き、女性はそれに異を唱えることができず、みすみす兵士の予備軍として子どもを産み続ける。

この恐ろしさをこそ、詩の主題にしたのである。

日本の昭和十年台に、「産めよ、増やせよ」と叫ばれ続けたのが想起されるこの頃である。

アグネス・メアリ・フランシス・ロビンソン (Agnes Mary Frances Robinson, 1857–1944)

アグネス・メアリ・F・ロビンソンは初婚の夫とパリに住み、六年後の夫の死去まで幸せな知的生活を過ごし、その七年後には再婚し、三年後にまた夫を喪った。長いフランスでの知的サロンでの交友によって、ヨーロッパとイギリス文化の架け橋となった。彼女は、教会の執事で建築家だった父の娘。少女時代には父の書斎で自学自習をしたのち、イギリスを離れてブリュッセルの学校、イタリアでの勉学を経て、ユニヴァーシティ・カレッジ・ロンドンで七年間ギリシャ文学を学んだ。成人祝いに華麗な社交界デヴュー舞踏会を催してあげようか、それとも詩集を出版してあげようかと言われて、一も二もなく後者を選び、その結果両親が詩集『一握りの忍冬《スイカズラ》』(*A Handful of Honeysuckle*, 1878) を出版してくれた。

美しい新詩人の登場は話題となり、彼女は多数の詩集や小説、それにエミリ・ブロンテの伝記を出版した。バラッド形式に特に興味を持ち、「私たち女はバラッドに関して特権を持っているのです」(Leighton & Reynolds 539. ただし Reynolds の執筆) と述べた。

彼女は、実際にこれを役立てて、次掲の作品のように、バラッド (民謡) 形式を踏襲しながら、バラッド以上のものを書き上げたとされる。

ここではまず、民謡ふうに恋人たちの名を標題とした作品「ストルネリとストラムボッティ」('Stornelli and Strambotti') を要約しておきたい。一、二連とも一四行である。

［第一連初めの三行］

葡萄蔓に咲く花！
わたしはどのように恋が始まったのかを知らない、
こんな貧弱な花が、この上なく甘い葡萄酒となるとは！

続く八行では恋の歓びが、楽器、月、花などで表され、

おぉ海よ、青ざめた夜じゅう、荘厳な甘い音楽を
　岸の石にひたひたと打ち寄せるおぉ海よ。(6-7)

《青ざめた夜》が恋なき時間、《海の音楽》が幸せをそれぞれ象徴する。第一連を締めくくるのは次の三行である——

　　　　干草用の青葉のなかの花々！
わたしの心とあらゆる野原が花々で充ち満ちて

刈り取りの前には花々はいとも高く育っている。(12–4)

しかし第二連は失恋の歌――これが特に民謡ふうである。

雨に打たれている薔薇花！
わたしたちは別れる。あなたの涙は見ていられない、
いとも脆《もろ》くいと白く、涙は全てを壊し、汚れを残す。(15–7)

続く八行では恋の哀れが歌なき鳥、落ちた薔薇等で表され、

恋は海の妖婦セイレーン。* 彼女の声に魅惑された船人を
流砂《りゅうしゃ》の砂地獄に引き寄せるセイレーン。(22–3)

＊美しい歌声で船人をまどわせる半女半鳥の海の精。

第二連は次の三行で締めくくられる――

ローズマリー*の木の葉よ！
記憶する女はふたたび恋することができない、
記憶する女は自室に坐って嘆くだけ。(26–8)

＊記憶・純愛の象徴。

また次の作品の原文では最初の二連がababcdcdで押韻されていて、バラッドを意識したものと思われる。

「ヴェネツィア風ノクターン」('Venetian Nocturne')

月光が射し込めない狭い通り《カルレ》の下でも
　家々はまことに高々として見える。
黙り込み二人だけで夜の朧な核心と中心を貫いた、
　ただ貴方とわたしだけが。

虚ろな舗道沿いに二人の足音ははっきり悲しげに響いた、
　鐘のような音を立てて。
《人生》の奴隷制に向かって叫ぶ声のように聞こえた——
　「《死》もまた存在するじゃないの！」

狭い暗闇を二人が進むと、突然白い明かりが射して
　わたしたちは息を呑んだ。
白色の《敬礼塔》とドームの全てが月光の輝きのなか、

あぁ！　これが《死》であり得ようか？

「（この詩は）ヴェネツィア特有の、不安定で秘密に満ちた美しさを魔法のように呼び出す点で。不思議な、神秘的な印象を与える」（同ページ、同じくレノルズ）と確かに言えるであろう。この詩人の他の作品の多くも不思議で神秘的である。

次に見る「**オアシス**」（'An Oasis'）は「不思議で神秘的」の典型である。

貴方《あなた》は砂漠の荒野に、喉が渇いたまま彷徨《さまよ》っていた。
　貴方が飲む泉水として、わたしの魂を差しあげた。
　貴方はその水際にしばらく居残っていたが
そのあと立ち去った、祝福も、呪いもせずに。

あの日、泉の底に沈んだ貴方のお顔の映像は、
　この泉の魔法の水深く落ちたお姿は、
　澄み切った泉水をなおも訪れ、今もわたしに語る、
泉を探して飲んで、留まってくれなかった人のことを。

太陽はただ輝き降《くだ》り、月は泉をかすめて通り過ぎ、

星々は覗くばかりで泉水に映りはしない。
貴方のお顔だけが、褪《あ》せもせず忘れられもせずに
深い水底《みなそこ》まで光を届かせる、すると水全体が明るむ。

喉を潤す泉としてわたしは自分の魂を差し上げた。
そして泉の深みで貴方のお顔は、太陽、月、星の
どんな光輝よりも遥かに、澄み切って見えるのです。
以後、貴方はもっと青葉茂る多くの清水に足を止めたが。

――「泉」は実際には語り手の心でありながら、詩全体の書き方が叙景に徹していて、その清涼感に満ちた風景が否応なく読者の心に美感を生み出す。その美感には、神秘と奥ゆかしさが伴っている。

「アポロを捜す」（'A Search for Apollo'）にも神秘感が漂う。幾重にも解釈が可能である点も神秘性に寄与している。しかし重要なことは、アポロという神は、およそ神とは思えない姿・形で人間の日常生活に入り込むことを念頭に置くことである。例えばウィリアム・モリスの『地上の楽園』では、六月第一話「アルケースティス妃の愛」において、アポロは「衣服は貧しげ」で、「手足にも顔にも埃をかぶって」人間界に現れている。そして王者にもその妃にも、運命的な支配力を及ぼす。当時、人気の高かった『地上の楽園』を、ロビンソンが読んでいたのは、ほぼ確実であろう。このような神の探索として、この詩は解釈されるべきだと思われる。

「アポロを捜す」

本当に私はあまりに長い間、捜してきた、おぉアポロ、
夜も昼も、藪のそば、四阿《あずまや》のそばで貴殿を捜した、
風通う水路のそば、狼《おおかみ》の出没する洞穴のそば、
そして都会の煙雲が睨みつける場所でも。
ヴァイオリンの聖人オムフェが
神託拝受のオルガン*を圧倒している場所にも
幾時間も何時間も聞き耳を立てていたものだ。
その間にこの音楽の狂躁曲は騒いだり静まったり。
やがて歌うたいの娘たちが歌い始め、私と同様に
自分の主人である王者を呼び出そうとする。なのに
貴殿はなかなかと出現を遅らせる、おぉアポロよ。
貴殿の足跡を見い出せさえすれば後を追いますのに、
さ迷い人の神であるアポロ様、行く先を教えて！
でも未《いま》だ、一度も貴殿を見出せない、私のアポロ様、
或る夜の夢の中でこそお会いしたけれど。

*オルガンは神への賛美を表す。

（あれこれが夢かどうか、誰に分かろうか？）
一人の男が風変わりな竪琴を鳴らして通ったの、
髪が白いのに、お顔は若かったの、
その青い眼は、消えかかった火のように輝き、
遠い昔の国にあった歌を歌っておられた――
誰が聴いても何のことか分からない歌を。
いったいこれが貴殿でしたの？　私のアポロ様。

――もちろんこれは、自分の詩の天分を開花させてくれる契機に出会えないと嘆く歌ではある（アポロは詩の神でもある）。しかしそれと同時に、あらゆる種類の幸運（恋愛、結婚の運も含む）との出会いがないと嘆いてもいる。すなわち解釈の多様性を導き出すことを想定した（神秘感を醸すことを意図した）作詩術なのかも知れない。

次に見る「**うた**」（Song）は、一種の自殺願望を歌っているように見えるが、よく読んでいるうちに、自分の詩が生まれる前提として、歌われているような忘我の境に達したいという意味が強く伝わってくる――

おぉ鳩の翼があればいいのに、
私自身の魂から遠くに逃げ去り、
無限の《愛》の《天国》という

巨大な全宇宙に達してそこに溶け込むために。

おぉ私が雨のようであればいいのに、
　大海原に落ちて行方も知れず
　波たちと一体化して、ついには溺れた私が
二度と波たちから分離できなくなりたいのに！

空気の、無限に伸びる何本もの腕よ、
　星々を包囲しながら争いを起こさない空気よ、
　人間の生を星々の大きな生と融合させる空気よ、
私を持ち上げてそんな空間に運んでくれ！

——詩作法だけではなく、俗世への反抗、大自然への畏敬を歌っているとも感じられる。詩文の多義性という機能を十分に知っている詩人の歌である。

「巫女《みこ》」（'The Sibyl'）は平凡な自然描写の最後に、キリスト教を超えた宗教の可能性を示唆する。すると当然、ワーズワス的な自然崇拝がまず思い浮かぶのだが、預言する女としての「巫女」は、可視的自然の驚異以外の神秘を人に示唆する。

見よ！　老いた大地がふたたび若くなった。
ブラックソーン*は雨に洗われてホワイトとなり
花々は嵐と雹《ひょう》を物ともせずに咲き誇る。
陽気で奔放なナイチンゲールは
森でも谷でも胸が張り裂けるほど歌をうたう。
(すると私の心にも、立ち上ってくる、
　　ぼんやりした自由な希求が、
かつて経験したことのない喜びを求める気持が)*

おぉ《春》よ、君は巧妙なのだな。
巫女である君は、我々より賢いのだね、おぉ《春》よ、
《人生》の中央レースを走る時、
我々の頬を撫でてゆく君の髪は
どこか地上より神聖な場所を思い出させる——
(すると思わず知らず、最も愚鈍な者たちさえ
　　彼らの疑念を追い払う
新たな宗教を見出してしまう)*

*バラ科サクラ属の常緑小木。リンボク。

*括弧内は原文斜体。

*括弧内は原文斜体。

この新たな宗教を具体化するのが「**ある観念**」(The Idea) である。第一連では見える世界の下に、世界霊があることを夢見ると歌い、第二連ではそれが恒久の精神であると感じると言う。第三連は

存在物の深さより、遥か下方に
　星々の居られる境界線を遥かに超えて
《恒久の精神》は無意識に、何者も見ずに
　《ナンバー》か《サウンド》のように実在する。

第四連は、この《恒久の精神》は、人間界の意志によってもまったく影響されずに、実在すると歌う。これは世紀を跨いで、間もなくトマス・ハーディが『覇王たち』に登場させた宇宙意志と一脈通じるものである。しかしロビンソンの場合には、ハーディ的な、人間を弄《もてあそ》ぶ内在意志ではなく、歌っているこの女性詩人にとって願わしい、慕わしい《精神》なのである。

他方、思索詩の分野でも独自性を試みている――「**ダーウィニズム**」(Darwinism) では平和裏に進展した原始時代を描いたあと、

ついにはこの野獣「猿」が人間に進化した。*
以来、長い年月。今や「猿の心に生じたのと」同じ不安が

*以下の五行、原詩巻末にあり。

同じ、眼に見えないゴールへと突き動かす。この状態、
何か、夢にも見ず推測もできなかった新たな才能が
魂の、この新たな苦を終わらせるまで永続する。
(20-4)

明確には述べられていないが、《新たな苦》は思考する能力を指すと思われる(これが戦争を意味するのではないことは既に歌われている。この種の人の苦はハーディが後年に、「思索することの苛立ちからもし解放されれば」[詩番号721]などで歌うのである)。

「谷」('The Valley')は六六行の中編詩だが、牧神の笛が聞こえそうな、美しい現在の谷と野を「上方の岩から跳ね飛び落ちる滝」の描写を交えて十二行歌ったあと、

この谷は変化なきまま、千年、いやそれ以上を見てきた、
メルクリウス*が戻ってきて
変わらぬオーベルニュ*を見出してもおかしくない。
(13-5)

*ローマ神話で足早の神。
*仏西南部の山岳地帯。

この神も私もこの谷を火山の溶岩が覆うのを見ていないが、
だが古代世界の噴火、洪水、激しい地震を、
また、噴火口の赤い火、渦を巻く溶岩の流れを、

そして、今私が立っているこの岩石を
ここへ吹き落とした火山灰と雪の大嵐を
お前たちが訪れるのを私は想像のなかに見る、
お前たち、大昔の嵐たちよ！
(25–30)

その自然の力は、今どこに？　いや我々のなかにさえ在るのだ、と歌い継がれる――

［だが］何と穏やかに、広大で静かな谷は頬笑むことか！
太古の、自然のエネルギーは、
本当にこの下に気絶したまま横たわるのか？
(43–5)

谷――丘と丘間の広大な野の平穏を描きつつ、人間を造り、この地形を形成した太古の自然力を実感させる――これは逸品であるに違いない。

コンスタンス・ネイデン　(Constance Naden, 1858–89)

コンスタンスは生後二週間で実母を失い、裕福な祖父母に養育された。高度な知性に恵まれて、理化学の全ての分野の専門知識を身につけ、やがて得たハーバート・スペンサー (Herbert Spencer, 1820–1903) の影響によって（彼女自身の科学志向も加わり）、精神も物質の作用だとする人間観を抱き、またそれと連動して無神論を強固にした。詩と哲学を自然科学と同一線上に考える彼女は、詩作にも励み、『春の季節を歌う詩とソネット』(*Songs and Sonnets of Springtime*, 1881)、『現代の伝道者、生命の精髄、その他の詩編』(*A Modern Apostle, The Elixir of Life and Other Poems*, 1887) の二詩集を刊行したが、病の手術後、惜しくも三十一歳で世を去った。**「月光とガス燈」**('Moonlight and Gas') は、端的《たんてき》に彼女の物質への重視と、ロマン派的感性への諧謔《かいぎゃく》を示している。

詩人は理論上、月を崇拝することになっている、
　だがいつまで月姫を眺め続けることができるのか？
机には校正用紙と提出用の原稿が散らばっている、

一編の詩も見える、今夜書き上げるはずの詩だ。
黙って空の王女《クイーン》を注視してはいるが
もっと散文的な球体を間もなく引き寄せざるを得ない、
ガス燈を灯さねばならない、彼は溜息ついて向きなおり、
可動鎧戸《ヴェニーシャン・ブラインド》を引き下げ、月光を閉め出すのだ。
(1–8)

第二連でコンスタンスは「天の栄光は地の光に屈しなければならない……溜息ついて愛する恩恵から眼を背ける」と語り、

「その替わりに、より実用的な光を選び取って
可動鎧戸《よろいど》を引き下げ、月光を閉め出すのだ」
(15–6)

だがルーバーもガスも完全には月を追放できず、隙間から月は漏れ、これを幸いと詩人は、頬笑みつつ詩を書き、

そしてなお考えるのだ、詩造り作業が終わったならば
可動鎧戸を引き上げ、月光を褒め出すのだ、と。
(23–4)

慣習となってしまっていた詩人の感傷性は、後年の作「**詩人と植物学者**」('Poet and Botanist') でもからかわれている——

だが優しげな詩人はまた、無慈悲にもなり得る、
　柔和な葉や花びらを踏みつけて、恋だの名声だのの
　魔術を行う。花の蕾の生育記録を
詩人は求めはしない、ただ蕾に語るように命じるのだ、
彼《しじん》の考えを語らせ、蕾の持ついいと深き色合いを搾《しぼ》り出し、
自身の血で染めるかのように詩に色づけをする。　(9–14)

恋人や英雄が草花を踏んで行き、その足跡を愛でる情景は詩によく描かれる。また花は詩人の思いを代弁する。それをからかうのである。

「**汎神論者の永世の賦《ふ》**」('The Pantheist's Song of Immortality') は、ワーズワスなどロマン派的な感性への反逆である。《魂の不死》の替わりに物質の永遠性を歌う——

ものを感じる日々に終末がくるのを嘆き得ようか？
　《死》は無意識となった《生》、誕生を待つ姿だ（中略）
悲しむ唇が君の名を語らなくてもいいじゃないか、

愛の心が君の記憶を新鮮に留めなくてもいいじゃない、
それでも君は永続的な徴《しるし》を残すことになるのだから、
なぜなら大地は君がいなかった姿にはならない（中略）
なるほどいずれ君は死ぬ、だがこの全能の力たち――
君を創るのに協働した力は永久に生きるのだから（中略）
君の朽ちることなき存在を喜び給え。

(3–4; ; 21–3; 33–4; 39)

確かにここでは魂が物質と同価値であり「ネイデン方式の汎神論は彼女を無神論《ネイデン》に没入させた」(Blain 239) と言える。この思想を背景にした四編からなる「**進化論的エロス詩編群**」('Evolutional Erotics') は最も彼女らしい作品だろう。第一編は《科学的求婚》と題される――長い作品なので、要約するしかない。

語り手は化学に没頭していたがメアリに恋してしまった。
でも求愛したら冷淡な彼女も喜び、燃えるのではないか、
なぜなら、遠方からあんなに冷たく光を放つ
天界一番に青ざめて見える恒星も
回転する何かの惑星より熱い太陽じゃないか？

(52–4)

冷淡な彼女が、冷たく光る恒星に擬《なぞら》えられるおかしみがここにはある！

僕の求愛は、光学から始まったけれど
　磁気力学によって勝利を得よう、
　　そして最後には化学的原子結合に至るだろう！
(64–6)

そして彼女には、震える雄蕊《おしべ》がどう動いて、その葯《やく》から出る花粉がいかにして雌蕊《めしべ》柱頭にキスするかを教えようと歌う (76–8) ――言うまでもなくこれらは陰茎、精液、陰核《クリトリス》に相当する。
第二編は《新たなる正教《オーソドキシー》》と題される。正教《オーソドキシー》とされる宗派に属さない男の求愛を、別の宗派の女性が断ったヴィクトリア朝において、科学の真理を信条とし無神論に傾く女が、無神論にも懐疑論にも懐疑的な男が彼女との結婚をためらうのを、口説き落とそうとする――

最も素朴な村娘だって
哲人ぶって謹厳な彼女の姉みたいなこの私を
つまり理学士 (Bachelor of science) の私*を
あまり恐れる必要はないのよ。
(13–6)

*「私」はケンブリッジ大卒。

そして貴族の御曹司が平民の私と結婚するのに後見人たちの反対もあるけど、あなたはもう二十一歳だ。それより困るのは、T・H・ハクスリー、ティンダルなど（＝無神論の魁《さきがけ》となる科学者）を読みながらあなたがその教説に賛同しないことよ (18–40)。頭が固いのね、科学では言うじゃない、

ひれを持った生物、かぎ爪、蹄《ひづめ》のある動物が
声を合わせて我々人間に完璧な証拠を呉れているじゃん、
　遠く近くのものたちから我々は貰ってるのよ、
それなのにあなたは、軽薄な疑念を誇りにして
その上――未婚のままの叔母様を喜ばすことですが――
噂ではあなた言ったそうじゃない、ダーウィンを
　信奉することなんかできないだなんて。　(41–8)

それにあなたはラプラスが、地球はガスの塊《かたまり》だったのが、濃くなって固まったのを冗談として笑ったそう
じゃないの。ハーバード・スペンサーを嘲《あざけ》ったそうじゃないの (49–56)。

あなたのこんな信条が死に絶えたと知るまで、わたしは
待ちますからね、科学を信じない《ダウティング》、愛するフレッド様。

これが結びの言葉で、最後に「科学を信じる《ビリーヴィング》エイミーより」と署名がある。これは直前の「科学を信じない《ダウティング》」と呼応するとともに、あなたを信じるエイミーの意味にもなる。こうして自然科学信奉という、新たな時代の正教《オーソドキシー》への宗旨替えを求める求愛詩となる。

第三編は《自然選択《とうた》》。彼女の最も有名な詩だが、前二編より軽い作品だ。語り手は恋人への贈物を見つ

けた。

　穴居人が横たわっていた場所を見出したのだ、
頭蓋骨、大腿骨、骨盤がここにあった、
　槍も幾つも。それらは石《いし》で造られていた。

(2-4)

だが彼女は、あなたのような先祖の墓暴《はかあば》きをする人なんて信じられないというが、彼女の先祖崇拝の念を知って彼はなお彼女を好きになる。彼の書斎は古代の石器と人骨でいっぱい。

僕の書斎に彼女が引っ越してきてもよさそうだと
　思いたくなるよ——彼女は書斎を《穴》と呼ぶのだから！
化石の一つにさえ彼女は感嘆しはしないが、僕は
　それを請い求め、拝借し、盗みさえしたのに。

(13-6)

その時、軽薄に踊る科学に無知な男を見て、こんな伊達男《だておとこ》こそ軽々と妻を娶《めと》ると知り、語り手は自然淘汰を実感する。

第四編は《ソロモンの蘇生、一八八六年》。旧約の「列王紀」に名高い賢者ソロモンの蘇《よみがえ》りだと称する語り手が、恋人にダーウィンの《人類の由来》を説き聞かせ、最後には、恋人がシバの女王（ソロモンの智恵

を試しに訪れた美女）であるとして彼女のプライドをくすぐろうとする話となっている。

この新たな自然観をユーモアに満ちた視点で扱かった歌いぶりからは想像し難い、美しい自然描写に満ちたソネット集もまた存在する。「**一月のヒヤシンスに与えて**」（'To a Hyacinth in January'）では、「我家の庭に咲く可愛いヒヤシンスよ、あなたの優雅な吐息は／四月の夢のように、そっとわたしの心に満ちてくる」という歌い始めから想像がつくように、清らかに自然美を讃えている。

だがその一方、もうひとつのソネット連作を、より遅い時期に書いていて、こちらの方は反慣習的な自然への扱いを示している。

その冒頭の「**花嫁**」（'Bride'）は、明日結婚式をあげる娘の平凡だが清らかな胸のときめきを歌うものだが、この表題に先駆けて「エロイーズ」という大表題が付してある通リ、アベラールと極秘に結婚して、最後には修道院の尼僧となった悲恋のヒロインを連続して歌うものだと知れる。事実、第二歌は「尼僧」（'Nun'）であり、修道院に入ったばかりの同じエロイーズが「これがこの先、わたしが完遂《かんすい》しなければならない運命よ」と歌い始めているし、第三歌は「**女修道院長**」（'Abbess'）とされて、

恋の情熱は全て忘れた。苦悶も去った
　でもしばしば、心の中の愚かな亡霊のなかに
　　軽蔑の目をした、昔のわたしが現れて
　　　こう言う――　「老齢がお前を賢くしたと思うだろうが
　　　　そしてお前は自分が耳も聞こえず眼も見えなくなり、

麻痺《まひ》していることに気づいていないね。
安楽に生きなさい。だってわたしは死んだのだから」

このように自然な生き方が否定された様《さま》を描き、少し連作が進んだところで、「星雲説」(The Nebular Theory)が出る。

ここには当然ながら、十九世紀末にようやく知られるに至った宇宙像が示される――全体を訳出する。

以下に示すのが《天》と《地》の創世記である。
初めに(In the beginning)孤立した原子から成る
形のない霧だけがあった、原子に命はなかった。
隣り合う原子に要求する物もなく、喜びも苦悶《くもん》も
全くなく、ただ自己の震える皆無状態が苦しいだけ。
だが、やがて宇宙の活動が呼吸と吐息を始めて
暗黒の静寂のなかで輝いた。原子同士がキスを交わし
抱き合い、群れ合って、誕生の激しい苦痛のなか、
トペテ*で結婚し子を焼いた悪魔どもが痛みを感じた
そのような熾烈《しれつ》な苦痛の恍惚感を感じたのだ。夜には
白熱の渦巻きとなって回転する螺旋《らせん》状の火の雲が

*エレミヤ書七章三十一節、十九章十一節。

満ちた。永劫が過ぎ去り、輪を描いていた渦巻きが
分裂して衛星となった。中央にあった火の玉は
冷却して諸太陽となり、かくして世界ができたのだ。

――聖書の言葉遣いや、自分の子どもを焼いたという聖書内の挿話を巧みに用いつつ、聖書の天地創造説を揶揄《やゆ》したネイデンらしいソネットである。

エイミー・リーヴィ＊ (Amy Levy, 1861–89)

＊レヴィと表記すべきかもしれない。

ケンブリッジ大学のニューナム（女子）学寮《カレッジ》に入学した初めてのユダヤ人学生である。だがそれ以前の十三歳で詩を書き始め、入学後、詩集『クサンティッペと他の詩編』(Xantippe and Other Verse, 1881) を刊行した。大学は中退し著作に集中した（父親の貧民教育事業を手伝いつつだったが）。女性友人とヨーロッパ各地を旅行し、フィレンツェではヴァーノン・リー (Vernon Lee, 1856–1935) の許に滞在し、リーに恋をして片思いに終わった（Blain 332, 彼女の恋の相手は全て女性で片思い）。ユダヤ人の物質性を描いた『ルーベン・ザックス』(1888) 等の小説のほか、詩集として『小詩人と他の詩編』(*A Minor Poet and Other Verse*, 1884)、『ロンドンのプラタナスと他の詩編』(*A London Plane-Tree and Other Verse*, 1889) を出版したが、最後の詩集を校了とした一週間後に、炭火の煙で一酸化炭素自殺を遂げた。未発表の反慣習的な詩集『宗教と結婚のバラード』(*A Ballad of Religion and Marriage*) が没後一九一五年に刊行された。

「クサンティッペ」(Xantippe) はソクラテスの妻の名を題名にした二七九行の劇的独白《ドラマティック・モノローグ》である。一般には悪妻とされる彼女《クサンティッペ》がここでは擁護される——「ケンブリッジ大学の女子学生が曖昧な身分とされていたことへの隠然たる抗議かもしれない」(Leighton & Reynolds 589)。モリスの「グイネヴィア妃の抗弁」(1858) に似た、女性としての権利の主張である。娘だったころの私《クサンティッペ》は自然界を楽しむ女だったのに――

私と精神はばらばらではなかったのではないか、
私と私の高邁《こうまい》な思い、金色の夢たち、そして私の魂は？
魂は知識に憧れていた、言葉を求めていた、
この美しい世界の荘厳な神秘と聖なる神々の
神秘の数々を解き明かしてくれる言葉を。
そのあと悲しみの日々が続いた、大人になって
私の女としての精神が道に逸れていると知って、
まさにそんな「知的な」ことを考えるのが罪とされると知って――
侍女たちよ、気をつけよ、それは女の考えではないのだ。 (36–44)

市場で演説するのを見かけた粗野で醜い男・ソクラテスと結婚するように勧められて泣いたが、やがて希望が生じ、

私が、彼の英知と彼の愛に導かれ、彼の言葉に案内され、
彼の心に助言を受けて、世に在る事物を隠すベールを
剥《は》がせるのではないかと望んだのだが―― (88–90)

ソクラテスがケンブリッジの隠喩なのか？　だが彼との結婚後、悲しい教訓を学んだ、と彼女は嘆く――

しかし生半可に育った精神が抱く狭い推断を消散させ
人の命の小ささを横目で睨《にら》みつつ、
自然の神々しさ、自然の調和を見て取る、あの偉大な
より深い英知は、決して、哀れなクサンティッペの
ものにはならなかったのだよ……　(100-4)

だが侍女たちよ、私は去った夫を非難してはいない、夫は妻に悪事をなさなかった、ただ我慢できなかったのは、

この高邁な哲学者、
高貴な理論と偉大な思考の数々に満ちた哲学者が
女の頭脳という織目の細かい布のような
些末なものには眼をかけなかったことだけ。　(116-9)

詩の中程からはプラトンなど弟子を交えた野外の饗宴が描き出され、ソクラテスはその場で、ペリクレスの内縁の妻アスパシアの才知が並の女より遥かに優れていたと述べるついでに、他の女性一般の知性を貶《けな》す

——これを聞いてクサンティッペは堪らず、頬を赤くしてこう語る——

「私たち哀れな女は経験だけで物を考えると言うの？（中略）
女を創った神々は……出来損ないの作品を世に送って
この地上で血を流し戦《おのの》くままにさせたの？」

(178; 183-4)

ソクラテスは彼女の言葉を一旦《たん》は褒め、続いて「お前はどんな哲学書から分別顔の言葉を採ってきたのか？」と言うので、彼女は酒の革袋を投げつけて、その後は朝から晩まで絶え間なく織機に向かって布を織った。夫は私を愛せず、アテネだけを愛し、あるいは他の女を愛したかもしれぬ。

哀れ、哀れ、私は最後の巨大な瞬間［夫の処刑］にも
慰めるために立ち会えず——夫は、彼を愛した妻のことを
何一つ考えず——ただ少なくとも命令は下していたけれど
それは皆、地上的、妻の肉体が飢えないように……

(262-5)

——この詩は評価されるべきだろう。一つには、もちろん、クサンティッペをヴィクトリア朝の有能な女性たちの象徴としてフェミニズム文学のさきがけとなっているからだが、もう一つ、観念による哲学を、経験論的、実証的思弁法の立場から批判しているからでもある。またプラトンの『饗宴』の基となる宴が尊敬に

値しないとクサンティッペが感じている描写の写実性も優れている――美青年（Alkibiades the beautiful, 161。同性愛の対象として好ましい？）の姿を、「柔らかで白い両肩」をすくめ、「流れるような金色の巻き毛を胸の上に載せて」(201-2) クサンティッペに軽蔑を表したと克明に描いて揶揄《やゆ》するのである。

同じくドラマチック・モノローグの手法で描かれた「**マグダラのマリア**」('Magdalen') はヴィクトリア朝女性の性的抑圧への抗議として読めるが、「クサンティッペ」ほどの衝撃力に欠ける。

私はどんなことにも耐えられる、一つのことを除けば。
日光の入らない、飾りも調度品もないこの部屋を除けば。
(1-2)

――マリアは婚外子を産んだ女が収容される悔悟用の施設に閉じこめられている。男性にはお咎め無しなのに女性には何という苛酷な扱いか！――

ずっと考え続けても、とっても不思議だわ、
いいえ、あなたが私にこんな酷《ひど》いことをするなんて！
無知だとか先が見えないというのではなく、
あなたの心のなかで、事前にはっきり見えていたのに、
今まで私が苦しんできた全てが起こるということが！
この成り行きを見て肝を潰しもしないなんて！
(13-8)

——十九世紀でもその後でも、咎められたのは女の側！

死ぬかもしれないとしても、何を恐れるものか、
死は、苦悩からの永遠の休息だというのか？
生と同じく、死だって私は信頼しないのだから。

(66–8)

そして死ぬ前にはあなたに会ってキスされるとしても、「あなたなんか、この先永久に、私の一部でも運命でもなくなるよ」(82–5) と言ってやろう、とこの詩は結ばれている。

ここからは自死直前に校正を終えた詩集からの作品である。陰鬱な詩は、要約して示すことを許さない緊迫感を持つ。「**おぉそれは《恋》か**」('Oh, is it Love?') の全文は

おぉそれは《恋》か、《名声》か？
　溜息吐いて私が求めるこの代物《しろもの》は？
それともこれは、人びとがそれを呼び慣《なら》わす
　地上的な名前を持たないものなのか？
何が苦痛を和らげてくれるのか、私には分からぬ、
　自分が望んでいるものも分からない。
この情熱は私の心の琴線をぐいぐいと引っぱる、

鎖に繋がれた虎さながらに。

強烈な欲望とそれを満たしたい焦燥がここに見える。
また「**マイル・エンドの道で**」('In the Mile End Road') の全文は

何と彼女そっくり！　いや、人ごみの、長い道を
やって来るのは彼女その人なのだ。
今日の朝、どんなに僅かしか考えなかったことか、
ただ一人の恋人に会うことになるなんて！

あの動き方、あの身振り、他の誰のものであり得よう？
あの空気のような歩き方、他の誰のものであるものか。
不思議な一瞬のあいだ、私は忘れていたのだ、
ただ一人のこの恋人が死んでいることを。

語り手は男とされているかに見えて、リーヴィの場合、彼女その人かもしれない。「死んだ」というのも、同性愛を拒否して「去った」意味とも感じられる。
また、次の「**老いたる家**」('The old House') は彼女の絶唱ではないか？　全文は

ポーチを通り、物音絶えた階段を登る。
　変化はほとんどない、通路をよく覚えているから。
ここで死者たちが会いに来たものだ。ここだった、
　忘れられない日々にあの夢が夢見られたのは。

でも私の前を急いで行くのは誰なのか？
　塞《ふさ》ぎこむ亡霊のあいだを跳び過ぎてゆく人影は？
彼女は振り向いた――彼女の顔が見えた――おお神よ、顔は
　私が若かったころに自分が付けていた顔だった。

私は思った、自分の精神も心も弱められて
　死の状態になり、常は苦になる痛みも死に絶えたと。
昔の悲しみが跳び出てきて息が詰まり――恥ずかしいのだ、
　熱心な目つきのその小さな幽霊の前では。

向きを変えて逃げよ、彼女に見せるな、知られるな！
　どうして彼女は耐えられよう、理解できよう、
急いで階段を降りよ、早足で立ち去れ、

　　彼女には物音絶えた国で夢見るに任せよ。

――自殺を前にした女でなくとも、老残の人物には胸に堪《こた》える詩である。若いころの、夢と希望に満ちた自分の姿に出遭うほど、胸の痛むことはないのではないか？（第Ⅰ部のD・G・ロセッティの詩も参照）。昔の自分に今の自分を見せたくないのは大概の老人の思いであるに違いない。

「**自殺**」（'Felo de Se'）と題した詩を「ここには《苦痛》と私しか存在しない」で締めくくった彼女には「**十字路に掲げる墓碑銘**」（'A Cross-Road Epitaph'）もある。「自殺者は十字路に埋葬される」というドイツ語の題辞のあとの全文は

　　初めて世界が、私にとって暗くなった時には
　　神に呼びかけたのだ、しかし神は来なかった。
　　そこで、私の運勢がさらに退屈になった時には
　　《恋》に呼びかけたのだ、しかし《恋》は来なかった。
　　さらに良くない悪運が降りかかってきた時には
　　《死》よ、お前にだけ私は声をかけたのだった。

――自己の死を予告するような作品である。来なかった恋の一つを歌うと思われるソネット「ヴァーノン・リーに」（'To Vernon Lee'）は、真珠のように淡い色の空の下での、彼女《リー》との花の交換が歌われたあと、最後の

三行はこのように締めくくられている——

　花の近くで《芸術》と《人生》との会話が続いた。
　そして神々が二人それぞれに与えた贈物を語った——
　あなたには《希望》、私には《絶望》の贈物を。　(12–4)

そして没後に発表された「**宗教と結婚のバラード**」(‘A Ballad of Religion and Marriage’) では、天使も、三位一体とされた父、子、精霊も、旧約の神も、地獄の辺土《リンボウ》行きとなった（宗教は忘れられた）ことを歌い、百万年後、

　《結婚》も神と同じ運命を辿った時には……人びとは
　夫婦でいることも独身でいることもなくなろう。　(24; 26)

——彼女の無神論と結婚否定論を、このようにして露わにしたのだった。

メアリ・エリザベス・コウルリッジ　(Mary Elizabeth Coleridge, 1861–1907)

S・T・コウルリッジを二世代隔てたいわば大叔父として持つ女性詩人（彼女の父がコウルリッジの実兄の曾《ひ》孫）。生前に発表された詩は僅かだった。一八九三年には小説『眠れる七人のエフェソス人《びと》』を刊行し、以後計五編の小説によって知られた（《眠れる七人のエフェソス人《びと》》とはキリスト教信仰のために迫害されて岩穴で二百年近く眠り、目覚めてローマのキリスト教化を知ったと伝えられる若者たち）が、詩は友人のためだけに書き、ロバート・ブリッジズに見出されて刊行された初めての小詩集『空想の従者』(*Fancy's Following*, 1896) では **Anodos**（プラトン的なイデアの世界の完全性の連想あり＝ Blain 284）という筆名によって自己を隠した。翌年と一八九九年にも匿名詩集が出たが、盲腸炎での術後死のあと、初めて彼女自身の名で詩集 (1908) が出た (Blain, 同)。生涯結婚せず、詩には同性愛的傾向が滲み出て (a lesbian subtext=Leighton & Reynolds 612) いるとされる。そのことも含めて、自己分裂 (split subjectivity=Blain 286) を歌うことによって、人間存在の神秘を示す点が優れている。

最も有名な作品は「**もう一つの鏡面**」('The Other Side of a Mirror,' Blair 287) だが、鏡の裏側と訳されるのを拒否するような、厳しい自己分裂がここには表現されている。

ある日私は自分の鏡の前に立っていて*
　赤裸々な映像を魔術で呼び出した。
さっきまでこの鏡に映っていた
　嬉しげで陽気な姿とは似ても似つかぬその映像、
女の絶望より大きな絶望のため
　荒れ狂っている女の映像だったのだ。

顔の両側で彼女の髪は後ろへ靡いていた、
　その顔には愛らしさが失せていた。
顔は今や悪意《エンヴィ》を隠してはいなかった、
　地上のどんな男も推測できなかったそねみ《エンヴィ》を。
悪意《エンヴィ》は聖像の浄《きよ》めとは無縁の光輪、苛酷な苦悩の
　棘《とげ》の光輪となって頭上にあった。

唇は開いていた――だが裂け広がった赤の二線から
　何一つ声音《こわね》が漏れてこなかった。
どんな傷であるにせよ、忌まわしい傷口から
　音もなく、秘密のように血が流れていた。

*全文の原詩、巻末にあり。

言葉にならない彼女の悲哀を溜息は慰めず、
　自分の恐怖を語る声を持っていないのだった。

けばけばしい色の眼のなかには
　生の欲望の、消えそうな焔が輝いていた。
欲望は、希望が失せてしまったので狂おしい様《さま》で
　嫉妬と、獰猛《どうもう》な復讐心との火、
そして変化もせず、減衰もすることのない、強力な
飛び跳ねる火に向かって燃え立っていた。

鏡のなかに映る影法師のような亡霊よ、
　おぉ、澄みきった鏡面への束縛を解いてくれ！
消え去ってくれ——美しい映像は消え去るのだから——
　また、決して帰って来ないでくれ、
心乱れる一時間の亡霊として帰って来ないでくれ、
　一時間は私が囁くのを聞いたから——　「これは私よ」と！

二つの鏡面は《私》の両面だった——男性を愛することのできない《私》が鏡の裏に見えたのかも知れない

が、より大きな人間的状況——誰もが平穏に過ごす日常と悲哀に満ちた内実との二面を持つ状況を歌う一般性も見せるところがこの詩の長所である。後年にこの作品は、フェミニズムの観点からも論じられたことを付言しておきたい。

彼女の「**魔女**」(‘The Witch’) を読めば、

わたしは雪の上をながながと歩いて来ましたの、
大きくもなく、強くもない身です。
着物はずぶ濡れ、歯もがちがちです、
道は苦しく、長かったのです、
実の生《な》る大地をさまよい歩いたのです、
ですがわたしはここへ来たのは初めてです、
おぉ入口で抱きかかえ、ドアの内側に入れて下さい！

第二連でも風の寒さに凍《こご》えた様《さま》が歌われ、第一連の最後の一行がそのまま繰り返されて終わる。その間に、自分がまだ幼い少女であることが語られる。第三連を見れば

彼女の声は、心からの願いを語る時に
女たちが発する声そのものだった。

彼女は入ってきた――入ってきた――すると揺れていた焔《ほのお》は
低くなって暖炉のなかで消え果てた。
暖炉では二度と焔は燃えなかった、
私*が床を踏んで急いで駆けつけて以来、
彼女を入口で抱きかかえ、ドアの内側に入れ込んで以来。

＊一行目の「わたし」とは別人。

多様な解釈を促すとともに、不気味な雰囲気を残す。

同様に「**招かざる客**」('Unwelcome')でも、陽気な宴の最中に一人の女とそれを追う男が通り過ぎた時、全てが押し黙って冷たくなる。そんな宴に二度出くわす前に死にたいものだと歌われる。魔女もこの男女も、何を象徴するのか？　広範囲な読みを促すのがこの作品の美点である。

世のなか全体が無神論、いや少なくとも不可知論に傾いていたこの時期、彼女の短詩「**疑念**」('Doubt')は、これも同様に読者の解釈を一つに固定させない。

二種類の《暗闇》が存在する。一つは《夜》。
私が動物だったころ、そして何だか知らないものを
恐れて、魂を抜かれたように、飢えたように、光を
求める以外に何も感じなかったころの《夜》。
もう一つは《視力喪失《ブラインドネス》》。太陽の光線が、絶対的に

輝かしく私を打って、光が太陽に覆いを掛けた。
《光》それ自体が光を消してしまったのだ。
すると日中《にっちゅう》が恐怖と驚愕《きょうがく》で満たされてしまった。

その時私はある人びとに共感《シンパシィ》を感じたのだ、神のなかに
味方を見ず、悪魔のなかに敵を見ざる人びとに。（全文）

最後の二行は、語り手が神離れしていないと感じさせる。しかし「太陽」が理知の光を象徴すると読めば、有神論に対するとまどいを読み取ることになるのである。シンパシィを「共感」と訳せば、語り手も神を見ず、悪魔をも恐れぬ現代感覚の表現となり、これを「同情」と訳せば、無神論者への憐れみを表すことになるからだ。ヴィクトリア朝思想界の《神》を巡っての相反する考え方を、見事に詩文とした点を味わうべきであろう。

自己の心の二つの面を表現する「**私は自己には忠実、全ての人には虚偽**」(True to myself am I, and false to all) にもこの種の詩的曖昧《アンビギュイティ》が存在する。冒頭題辞として『ハムレット』の「汝自身に忠実であれ／さすれば、夜が昼に続くように／汝はどんな人にも虚偽を犯せないだろう」を置き、語り手はこの正反対を歌うことになる。

私は自己には忠実、全ての人には虚偽である。

怖れ、悲しみ、愛が、死ぬまで我々を拘束するから。
だが唇が精神の叫びを漏らす時には
君主であるべき《意志》が、奴隷となるのだ。
だから、人びとに私が助けを求める前に、恐怖には
私を殺させよ。悲しみには溜息を出し惜しみさせよ。
「怖いの？」――「不幸せなの？」「いいえ」この嘘は
縮み込む真実のあたりで壁のように立ちふさがる。
「恋はしたの？」「いえ、一度も！」この間ずっと
私の肉体のなかの心は石と化してしまっている。
そう、これを良くないと思うにもかかわらず、
私の心のなかの心は、言葉にならない呻きを発する、
人びとが一つの顔、一つの顔だけを見て取る時、
魂の厳しい両眼は、感じ入って頬笑んでしまう。（全文）

万人に当てはまる状況だが、詩は、何が怖いのか、なぜ不幸なのか、どんな恋をしたのかの点で曖昧《アンビギュイティ》を残している。

メイ・ケンダル　(May Kendall, 1861–1943)

メイは二〇世紀に至って、博愛主義の立場から、名声にも無関心、仕事への報酬にも無関心となって、貧困のうちに没し、墓標のない墓に埋葬された詩人 (Blain 308) である。ヴィクトリア時代にはスコットランドの詩人アンドリュー・ラング（妖精物語や童話集が日本で読まれる Lang, 1844–1912）との合作詩集 (1885) のほか、自己の二詩集『売り物としての夢』(*Dreams to Sell*, 1887)、『夢の国からの歌草』(*Songs from Dreamland*. 1894) を出版した。自然科学上の用語を比喩的に用いた人間への特異な諷刺と社会批判で知られる。

「**三葉虫の歌**」('Lay of the Trilobite') では語り手が、四億年前のシルル紀に海底に棲息した三葉虫に遭遇する。

彼が三葉虫であるなんて、その上
　わたしが人間であるなんて
神様の摂理というものは
　なんと驚くべきことであることか！
(13–6)

――こう歌われながら、実は生物の《進化》は神の摂理によるものだという十九世紀思想を諧謔化《かいぎゃくか》しているのである。宗教臭はここには皆無である。やがて三葉虫が「岩の床から」つぎのように語り始めるからである――

「いかにしてこんなことが起こったのか分からん（中略）
なぜ人間様の信仰が皆、幽霊と夢物語になったのか、
　いかにして、静まりかえった海のなかで
人間様の先祖が単孔類*でありえたのか――」

(21; 25–7)

*排尿、排便、生殖を単一の孔《あな》で行う原始生物類。人間の男性だって排尿、生殖を単一の穴で挙行しておるやんか！

そして人間が《自然選択《とうた》》によって英知を得、ヘーゲルの哲学だのブラウニングの難解な詩だのを得た様が述べられ

「異国の原住民たちを
　人であり兄弟であると呼びつつ
片手には賛美歌の本を持って彼らに挨拶し、
　もう一方の手にはピストルを構えておるとは！」

(37–40)

――これは明らかな植民地での布教政策批判である。

「皆様はまるで狂気に取り憑かれたように
　戦争ちゅうことをおっ始める《政治》も持っておる、
大砲もダイナマイトも手に入れておって
　多くの国の人びとにそれで平和《レスト》を与えるとか」（41–4）

兵器の準備を平和のためだと平気で語ることへの諷刺である。一方、三葉虫は、自分の平和な暮らしぶりを誇る——

「我《わい》はぶつくさ言わんかった、盗みもせんかった、
絶対に詩なんか書かんかった。
塩水が我《わい》の質素な食い物やった、
カルシュームの炭酸塩も食ったけんども」（53–6）

突然《炭酸塩》という用語が飛び出すおかしみがここにはある。詩の最後では語り手が、《進化》が止まって自分もシルル紀の海で自由を満喫できたらよかったのにと語る。進化論は当初、人間の精神性も高貴に進化すると人に思わせたことへの諷刺もここには含まれている。

次に見る「**女性の未来**」（'Woman's Future'）は、自分は疑問視する進化論の十九世紀的受容（人間の知能や道徳性も進歩するという楽観論）を逆手に使い、女性に自らの能力を自覚せよと歌うやや教訓的な詩である。世

間は、独りよがりにも、女性の能力を見くびって次のような見当違いな考えを常識としている――

「女性たちの知性は決定的な限界に阻まれているから
ホメロスのレベルに決して高まることはない」

(3-4)

だが《進化論》があるじゃないか、信じて待とうよ！　とケンダルは皮肉をこめて言いたいのである。

わたしたちの才能は強力なクレッシェンドで高まります、
罵詈讒謗《ばりざんぼう》への償いをしてくれる進化論を信じよう。

(7-8)

だが現状を見れば、女性は毛糸刺繍を自己の使命と信じ、ヘアオイルが付かないように椅子に被せる背覆いや、小さな敷物作りに熱中している。あぁ姉妹たちよ、

ライフワークに目覚めよ――やりがいのある何かをやれ、
新たな星の発見、飛行機の発明に従事せよ、
表面だけ優美な品、単なる女らしいみやびなどを、
褪せようと栄えようと、もはや珍重してはならぬ。
ニュートンの知識が皆様の顔から輝くはずです。

(27-31)

そして結び（ENVOY）としてケンダルはこう歌う――

　おぉわたしたちの頭脳が拡張する時を待て！
ひとたび王座に就けばわたしたちを退位させられないぞ、
　詩人ども、賢人ども、国の預言者どもにさえできない！

(34–6)

生涯結婚しなかったケンダルではあるが、清冽な恋愛を描くこともできた。「**砂吹き娘と硼素酸男**《ほうそさん》」（'The Sandblast Girl and the Acid Man'）では、劣悪な職場環境で、安手のステンドグラスを加工する男女の労働者を描き出す。砂吹き娘は機械から勢いよく噴出する砂粒をガラス板に吹きつける。硼素酸男は危険な液体をこれに施して二人で模様を作る――

広い国中のありとあらゆる都会のうちで、
　俺様が一番好きな都会ときたら
霧が懸かってほとんど見えへんけんど
　何《なん》ちゅうても蒸し暑マンチェスター《マギー》だぞ、
何しろ俺様と同じ部屋で
　あの砂吹き娘《おんな》が働きよるからな！

あの砂吹き機械ときたら、以前には
　我慢ならん恐ろしい音を立てよった、
自分の働く部屋を俺様は呪ったもんだ、
　退屈な日々の仕事も憎かった、
それに以前の砂吹き女もいやだった、
　この女は、色つきガラスを何枚も何枚も割った、
網目模様をすっきり綺麗に描き出そうと
　実を結ばない努力をしながらな。

(1–16)

この古株は解雇され、替わりに来たのがマギー（マンチェスターの渾名蒸し暑さ《マギー》とほぼ同音）。彼女はガラスを一枚も割らず、ルビー、オレンジ、青を真珠のように浮き出させた。一枚を見事に仕上げると、マギーの顔はまた元どおり美しい。

だがやがて新たな一枚への労働が始まると
　マギーはただもう人間の顔、今はもう！

(31–2)

「俺様」に仕事が回って一息つく時には、彼女は浮き彫りのような眼で素早く「俺様」を一目見る。

そこで俺様は眼を上げる、すると彼女は眼を伏せる、
そして二人とも真っ赤になってしまう！
(39–40)

服装一つ見ても、まるでマンチェスターの煙も汚れも彼女のからだを通り抜けたことがないかのようにマギーは清潔なので

俺様は、白い待雪草《まつゆきそう》の鈴花だけが
マギー独特の表情を持っていることに気づいたんだ、
マギーの蒼白い顔以外の何物も物語ることができやせん、
蒸し暑マンチェスターの素晴らしさを、な。
(45–8)

だが週給は僅か二十シリング！　俺様が困った人への施しを止め、宝箱を隠して金を貯めたら、どんな慈善行為をマギー《マギー》に仕掛ける余裕があるだろうか、それにマギーは受けるだろうか？

彼女には支えなければならん母様《かあさま》がいる、
俺様にも妹がいるのだし。
(57–8)

「俺様」は社会主義雑誌を読んでいるが、貧困はいったい是正されるのだろうか？　だが彼は失業者を思

って

俺様はこれでも、多くの人より遥かに恵まれているんだ、
　押し潰され黙り込んでゆっくり朽ちてゆく
あの多くの人がどうやって望みを持つのかと考える、
　余暇と、食い物と空気を求めている彼らが（中略）
だが硼素酸《ほうそさん》男でいるのは苦しいことだ、
　砂吹き乙女が一人、いない場合には、な。　(65–8; 71–2)

貧困是正の流儀に倣《なら》って捏造《ねつぞう》された作品ではない——先に書いたように、後半生をケンダルは実行動に捧げたのだから。

地下鉄の作業員が語る「**地の下で**」（'Underground'、もちろん「地下鉄」と訳すこともできる）でも、

「紳士のあなたが空気を吸うのと同じで
　あっしらは煤《すす》を吸うのに慣れてまさぁ」　(11–2)

というせりふで貧しい労働者を描くのである。語りの聴き手である紳士の客（したがってこれは劇的独白）は「貴方《あなた》の列車ですよ」と促されて一等の車両に乗る。いずれ貴方は地下鉄じゃなくて乗合馬車でしょうな、

だってこんな地の下じゃ、汚れが付くもの。あっしは
しばらくあっしの列車を待ってなきゃなんない。（結末）

と、さらに地の下（もちろん墓場）に行く列車を待つ自分だと締めくくる。

あとがき

最初に、この本の出版を引き受けてくださった音羽書房鶴見書店の社主、山口隆史氏、同じく同社の荒川昌史氏への謝意を記させていただく。いつもながら原稿の仕上がりを待たれるのは実に嬉しいものだ。そのうえ、本のタイトルを『ヴィクトリア朝の詩歌』第Ⅰ巻とすることを、快諾してもらったことはさらに嬉しかった。傍点部は、少なくとも第Ⅱ巻も期待されることを意味する。長い活動期間が保証されたような気分になった。

原稿提出に当たっても、字数の揃っていないWord文書を受け入れてくださった。挿入する画像をさみだれ式に五回以上に分けて送信したのだが、その都度、返事をいただいた。索引完成の遅れも許していただいた。そのほか、一事が万事で、何につけてもご親切を賜り、余計な考え事を忘れて仕事に集中できた。だが本の内容に関しては、あれこれ悔いが残る。ほかにも第Ⅱ部で取り上げるべきだったと感じられる女性「小」詩人が多いからだ。

また私事ではあるが、家族への感謝を記したい。特に妻は徹底的に、三食とも蛋白質と黄緑野菜による良き食事を準備してくれた。家事労働が激しすぎて、手の指が太く膨れ上がった。おかげで、五年以上苦しんだ加齢黄斑変性という眼病が完全に治った（視界中央の黒点が消えた）。一八〇だった血圧も一三八前後に落ち着いた。彼女は今、自身の六つ目の大仕事を中断している。

次に娘。昨年三月以来、三、四週間に一度、父親の仕事の進捗を見に遠くから帰省しただけではなく、ほぼ毎夜スカイプで父母を励まし、母親の小手術には八日間休みをとってくれた。長男も昨夏以来頻繁に帰省して、肌に触れて父母の健康状態を確認し、父の仕事への得難い助言をし、勤務先の温泉付き施設と自宅へ招待して呉れた。本書の出版は、この三人のお蔭によるところが極めて大きい。

なお、本シリーズ第Ⅱ巻では、十九世紀英詩の多彩な傾向をそれぞれに反映している九人の詩人について、各章が紀要論文の水準以上の出来栄えになるように心を集中させて書きたい。二〇二〇年の夏までに出版できればと願っている。

二〇一八年八月

森松　健介

It formed the thorny aureole
Of hard, unsanctified distress.

Her lips were open – not a sound
Came though the parted lines of red,
Whate'er it was, the hideous wound
In silence and secret bled.
No sigh relieved her speechless woe,
She had no voice to speak her dread.

And in her lurid eyes there shone
The dying flame of life's desire,
Made mad because its hope was gone,
And kindled at the leaping fire
Of jealousy and fierce revenge,
And strength that could not change nor tire.

Shade of a shadow in the glass,
O set the crystal surface free!
Pass – as the fairer visions pass –
Nor ever more return, to be
The ghost of a distracted hour,
That heard me whisper: – 'I am she!'

Reveals me each best loveliness aright.

    Oh goddess head! Oh innocent brave eyes!
Oh curved and parted lips where smiles are rare
And sweetness ever! Oh smooth shadowy hair
Gathered around the silence of her brow!
    Child, I'd needs love thy beauty stranger-wise:
And oh the beauty of it, being thou!

Agnes Mary Frances Robinson

Darwinism（本文に引用したところだけ）(pp. 328–29)

Until the brute became the man.

Long since … And now the same unrest
Goads to the same invisible goal,
Till some new gift, undreamed, unguessed,
End the new travail of the soul.

Mary Elizabeth Coleridge

The Other Side of a Mirror (pp. 351–54)

I sat before my glass one day,
And conjured up a vision bare,
Unlike the aspects glad and gay,
That erst were found reflected there -
The vision of a woman, wild
With more than womanly despair.

Her hair stood back on either side
A face bereft of loveliness.
It had no envy now to hide
What once no man on earth could guess.

Hast thou no mother, Ellen dear, to know thy griefs and fears,
No sister who hath shared thy joys through all thy childish years,
No brother's merry coaxing ways to welcome thee at home,
No father dear, in his arm-chair – are all those loved ones gone?

I know your heart is sensitive, and that you ill can brook
The sneer from those you work beside, the cold contemptuous look;
Tho' I have met with some of those, the number is but few –
The most of those I work beside are friends sincere and true.

I rise each morn at six o'clock, and pray that God will guide
Me through the duties of the day, whatever ill betide;
And when at night I lay me down, in calm and quiet repose,
I sleep the dreamless sleep of health contentment only knows.

For, dearest, in this world, you know, the sun's not always shining,
But underneath each heavy cloud there lies a silver lining;
Although thou art companionless, with no friend save thy cat,
I trust 'twill not be so with thee when thy betrothed comes back.

Thine eyes with love shall sparkling beam when he comes back again
To claim the hand thou promised him before he crossed the main;
Then I will wake my feeble muse, and let my song be heard,
A marriage sonnet unto him – St Ninian's noble bard.

Augusta Webster

Mother and Daughter より第II番 (pp. 294–95)

That she is beautiful is not delight,
    As some think mothers joy, by pride of her,
    To witness questing eyes caught prisoner
And hear her praised the livelong dancing night;
But the glad impulse that makes painters sight
    Bids me note her and grow the happier;
    And love that finds me as her worshipper

That so the present and the past may be
Guardians and prophets to futurity.
Spirit by which I live, thou art not dumb,
I hear thy voice; I called and thou art come;
I hear thy still and whispering voice of thought
Thus speak, with memories and musings fraught: –
'Mortal, Immortal, would desires like these
Had claimed thy prime, employed thine hours of ease!
But then, within thee burned th'enthusiast's fire,
Wild love of freedom, longings for thy lyre; –
And ardent visions of romantic youth,
Too fair for time, and oh! Too frail for truth!'

Ellen Johnstone

Lines to Ellen, the Factory Girl (pp. 278–81)

Dear Ellen, when you read these lines, O, throw them not aside!
O, do not laugh at them in scorn, or turn away in pride!
I know 'tis a presumptuous thought for me to thee to write,
For, Ellen, feeble are the words that my pen can indite.

Had fortune smiled upon thy birth and favoured thee with wealth,
Then, Ellen, I would be content with praying for your health;
But since I know that you, like me, are forced your bread to win,
Exposed to many dangers 'mid the factory's smoke and din,

I know you have a feeling heart – that you will not be stern,
Nor deem it curiosity your history to learn;
Although I never saw thy face, yet I have read thy lays,
And 'tis my earnest prayer for thee that thou'lt see many days

A year ago this very month I read your touching song –
Your last farewell to your betrothed, just after he had gone;
My thoughts were with you ever since – I thought of writing then,
But courage I could not call forth, and fear held back my pen.

Haply of that fond bosom
On ashes here impress'd,
Thou wert the only treasure, child!
Whereon a hope might rest.

Perchance all vainly lavish'd
Its other love had been,
And where it trusted, nought remain'd
But thorns on which to lean.

Far better then to perish,
Thy form within its clasp,
Than live and lose thee, precious one!
From that impassion'd grasp.

Oh! I could pass all relics
Left by the pomps of old,
To gaze on this rude monument,
Cast in affection's mould.

Love, human love! what art thou?
Thy print upon the dust
Outlives the cities of renown
Wherein the mighty trust!

Immortal, oh! immortal
Thou art, whose earthly glow
Hath given these ashes holiness
It must, it must be so!

Maria Jane Jewsbury

From 'To my Own Mind' (p. 242)

Spirit within me, Speak; and through the veil
That hides thee from my vision, tell thy tale;

So this wing'd hour is dropt to us from above.
Oh! clasp we to our hearts, for deathless dower,
This close-companioned inarticulate hour
When twofold silence was the song of love.

Felicia Dorothea Hemans

次の詩は、本文での引用がわずかだが、Hemansの代表作に違いないと思われるので全文を掲げる。ごらんの通り、極めて読みやすい英文である。

The Image in Lava (p. 222)

Thou thing of years departed!
What ages have gone by,
Since here the mournful seal was set
By love and agony!

Temple and tower have moulder'd,
Empires from earth have pass'd,
And woman's heart hath left a trace
Those glories to outlast!

And childhood's fragile image
Thus fearfully enshrin'd,
Survives the proud memorials rear'd
By conquerors of mankind.

Babe! wert thou brightly slumbering
Upon thy mother's breast,
When suddenly the fiery tomb
Shut round each gentle guest?

A strange, dark fate o'ertook you,
Fair babe and loving heart!
One moment of a thousand pangs
Yet better than to part!

D. G. Rossetti

102 編の sonnets からなる *The House of Life* に付せられた「序詩」——

'The Sonnet' (pp. 170–72)

A Sonnet is a moment's monument, –
Memorial from the Soul's eternity
To one dead deathless hour. Look that it be,
Whether for lustral rite or dire portent,
Of its own arduous fulness reverent:
Carve it in ivory or in ebony,
As Day or Night may rule; and let Time see
Its flowering crest impearled and orient.

A Sonnet is a coin: its face reveals
The soul, —its converse, to what Power 'its due: –
Whether for tribute to the aught appeals
Of Life, or dower in Love's high retinue,
It serve; or, 'mid the dark wharf's cavernous breath,
In Charon's palm it pay the toll to Death.

Silent Noon (pp. 173–76)
(*The House of Life* の 'Sonnet XIX')

Your hands lie open in the long fresh grass, –
The finger-points look through like rosy blooms:
Your eyes smile peace. The pasture gleams and glooms
'Neath billowing skies that scatter and amass.
All round our nest, far as the eye can pass,
Are golden kingcup-fields with silver edge
Where the cow-parsley skirts the hawthorn-hedge.
'Tis visible silence, still as the hour-glass.

Deep in the sun-searched growths the dragon-fly
Hangs like a blue thread loosened from the sky: –

Pain acute, yet dead;

Pain as in a dream,
When years go by
Funeral-paced, yet fugitive,
When man lives, and doth not live.
Doth not live – nor die.

In Siberia's wastes
Are sands and rocks
Nothing blooms of green or soft,
But the snow-peaks rise aloft
And the gaunt ice-blocks.

And the exile there
Is one with those;
They are part, and lie is part,
For the sands are in his heart,
And the killing snows.

Therefore, in those wastes
None curse the Czar.
Each man's tongue is cloven by
The North Blast, that heweth nigh
With sharp scymitar.

And such doom each sees,
Till, hunger-gnawn,
And cold-slain, he at length sinks there,
Yet scarce more a corpse than ere
His last breath was drawn.

A theme that wonder treasured for supprise
By every cottage hearth the village through
Not yet forgot though other darers come
With daring times that scale the steeple's top
And tye their kerchiefs to the weather cock
As trophys that the dangerous deed was done
Yet even now in these adventurous days
No one is bold enough to dare the way
Up the old monstrous oak where every spring
Finds the two ancient birds at their old task
Repairing the hugh nest – where still they live
Through changes winds and storms and are secure
And like a landmark in the chronicles
Of village memorys treasured up yet lives
The hugh old oak that wears the ravens nest

James Clarence Mangan

Siberia (pp. 115–18)

IN Siberia's wastes
The ice-wind's breath
Woundeth like the toothed steel;
Lost Siberia doth reveal
Only blight and death.

Blight and death alone.
No Summer shines.
Night is interblent with Day.
In Siberia's wastes alway
The blood blackens, the heart pines.

In Siberia's wastes
No tears are shed,
For they freeze within the brain.
Nought is felt but dullest pain,

John Clare

The Raven's Nest (pp. 88–91)

Upon the collar of a hugh old oak
Year after year boys mark a curious nest
Of twigs made up a faggot near in size
And boys to reach it try all sorts of schemes
But not a twig to reach with hand or foot
Sprouts from the pillared trunk and as to try
To swarm the massy bulk tis all in vain
They scarce one effort make to hitch them up
But down they sluther soon as ere they try
So long hath been their dwelling there – old men
When passing bye will laugh and tell the ways
They had when boys to climb that very tree
And as it so would seem that very nest
That ne'er was missing from that selfsame spot
A single year in all their memorys
And they will say that the two birds are now
The very birds that owned the dwelling then
Some think it strange yet certainty's at loss
And cannot contradict it so they pass
As old birds living the wood's patriarchs
Old as the oldest men so famed and known
That even men will thirst onto the fame
Of boys and get at schemes that now and then
May captivate a young one from the tree
With iron clamms and bands adventuring up
The mealy trunk or else by waggon ropes
Slung over the hugh grains and so drawn up
By those at bottom one ascends secure
With foot rope stirruped – still a perillous way
So perillous that one and only one
In memorys of the oldest men was known
To wear his boldness to intention's end
And reach the raven's nest – and thence acchieved

原詩抄

以下は本書で取り上げた原詩の一部である。

Anna Laetitia Barbauld

Eighteen Hundred and Eleven, A Poem. (pp. 10–11)

And thinks't thou, Britain, still to sit at ease,
An island Queen amidst thy subject seas,
While the vext billows, in their distant roar,
But soothe thy slumbers, and but kiss thy shore?
To sport in wars, while danger keeps aloof,
Thy grassy turf unbruised by hostile hoof?
So sing thy flatterers; but, Britain, know,
Thou who hast shared the guilt must share the woe.
Nor distant is the hour; low murmurs spread,
And whispered fears, creating what they dread;
Ruin, as with an earthquake shock, is here,
There, the heart-witherings of unuttered fear,
And that sad death, whence most affection bleeds,
Which sickness, only of the soul, precedes.
Thy baseless wealth dissolves in air away,
Like mists that melt before the morning ray:
No more on crowded mart or busy street
Friends, meeting friends, with cheerful hurry greet;
Sad, on the ground thy princely merchants bend
Their altered looks, and evil days portend,
And fold their arms, and watch with anxious breast
The tempest blackening in the distant West.
Yes, thou must droop; thy Midas dream is o'er;
The golden tide of Commerce leaves thy shore.

Reynolds, Margaret. → Leighton & Reynolds above.
Roberts, Marie Mulvey & Tamae Mizuta (eds.). *The Disempowered: Women and the Law*. Routledge/Thoemmes Press, 1993.
—— (eds.). *The Wives: The Rights of Married Women*. Routledge/Thoemmes Press, 1994.
—— (eds.). *The Mothers: Controversies of Motherhood*. Routledge/Thoemmes Press, 1994.
Robinson, Mairi (ed.). *The Concise Scots Dictionary*. Aberdeen UP, 1985.
Rooksby & Shrimpton (eds.) *The Whole Music of Passion: New Essays on Swinburne*. Scolar Press, 1993.
Rooksby, Rikky. 'The Algernonicon, or theiteen ways of looking at *Tristram of Lyonesse*', Rooksby & Shrimpton, above.
—— "A century of Swiburne", Rooksby & Shrimpton, above.
清水ちか子「「友情」の解禁——オリンダの挑戦」、『伝統と変革：一七世紀英国の詩泉をさぐる』中央大学出版部、2010.
——（訳）中央大学出版部、2015.
Sutherland, John. *The Longman Companion to Victorian Fiction*, Second Ed., Longman, 2009.
Swaab, Peter(ed,) *Sara Coleridge: Collected Poems*. Manchester, Carcanet Press, 2007.
Turner, Paul. *English Literature: 1832-1890, Excluding the Novel*. Clarendon Press. Oxford, 1989.
吉川朗子「文学観光と環境感受性の教育」→小口、2015.
——（共著）「ジョン・クレアの鳥の巣の詩」、『ロマンティック・エコロジーをめぐって』英宝社、2006.
和田綾子「ヴィクトリア朝におけるブレイク・リヴァイイヴァル——D・Gロセッティの果たした役割」、『鳥取大学・大学教育支援機構教育センター紀要第7号』、2010.
Williams, David. *Too Quick Despairer: Arthur Hugh Clough*, Rupert Hart-Davis, 1969.
Wordsworth, William. (ed. Houghton) *The complete Poetikal Works of William Wordswoth*. Boston UP, 1904.
Wordsworth, Jonathan → Hemans; Landon.
Wu, Duncan (ed.) *Romantic Women Poets: An Anthology*. Blackwell, 1997.
—— (ed.). *Romanticism; An Anthology with CD-Rom*, Second Ed. Blackwell, 1998.

—— & Margaret Reynolds (eds.). *Victorian Women Poets: An Anthology.* Blackwell, 1995.
L.E.L → Landon above.
Louis, Margot K, *Swinburne and His Gods*. MacGill-Queens UP, 1990.
Marsh, Jan. *Dante Gabriel Rossetti: Painter and Poet*. Weidenfeld & Nicolson, 1999.
McSweeney, Kerry. *Tennyson and Swinburne as Romantic Naturalists.* Tronto UP., 1981
Milford, H. S. (ed.) *The Oxford Book of Regency Verse, 1798–1837*. Oxford, Clarendon Press, 1928.
森松健介 ('75)『十八世紀の自然思想』みすず書房、1975.
—— ('03)『十九世紀英詩人とトマス・ハーディ』中央大学学術図書、2003.
—— ('06)『テクストたちの交響詩：ハーディ全小説』中央大学出版部、2006.
—— ('07A)『抹香臭いか、英国詩——十九世紀イギリス詩人の歌った世界観』中央大学人文研、2007.
——（'07B、口頭発表）『ロマン派とヴィクトリア朝』イギリス・ロマン派学会第33回全国大会シンポジアム、2007.
—— ('10)『近世イギリス文学と《自然》』中央大学学術図書、2010.
——（'12）Sutherland below への英文書評、日本英文学会『英文学研究』2012年度英文号、2013
—— ('13)『イギリス・ロマン派と《緑》の詩歌』、中央大学出版部、2013.
——（'16、訳）ウィリアム・モリス『地上の楽園——春から夏へ』音羽書房鶴見書店、2016.
——（'16、訳）ウィリアム・モリス『地上の楽園——秋から冬へ』音羽書房鶴見書店、2016.
Norton, Caroline. 'English Laws for Women in the Nineteenth Century' [1854], in Roberts 1993 below.
—— "The 'Non-Existence' of Women" [1855], in Roberts [*Wives*] below.
—— "The Separation of Mother and Child by the Law of 'Custody of Infants' Considered", in Roberts [*Mothers*] below.
Phelan, J. P, *Clough: Selected Poems*. Longman Annotated Text, Longman, 1996.
Pope, Alexander. *The Twickenham Edition of the Poems of Alexander Pope*. 11 vols. Methuen, 1961.

—— (ed. Geoffrey Summerfield) *Selected Poems*. Penguin Classics, 1990. (*PC*).
Carley, James P. 'Introduction' to *Algernon Charles Swinburne* The Boydell Press, 1990.
Coleridge, Sara. (ed. Jonathan Wordsworth). *Phantasmion 1837*. Woodstock Books, 1994.
Cunningham, Valentine (ed.). *The Victorians: An Anthology of Poetry & Poetics*. Blackwell, 2000.
Griggs, Earl Leslie. *Coleridge Fille: A Biography of Sara Coleridge*. Oxford UP, 1940.
Harrison, Anthony H. *Swinburne's Medievalism*. Louisiana State UP, 1988.
Hemans, Felicia (ed. Jonathan Wordsworth). *The domestic affectins: 1812*. Woodstock Books, 1995.
Howitt, William & Mary. *The Forest Minstrel and Other Poems*. London, 1823. Reissued by Kessinger Publishing, 2009?
Howitt, Mary (ed. Margaret Howitt). *An Autobiography*. 2vols. London, Isbister, 1889.
Houghton, Walter E. *The Victorian Frame of Mind*. Yale UP, 1957.
—— *Arthur Hugh Clough: An Essay in Revaluation*. Octagon Books, 1979.
川津雅江 ('12A)『サッポーたちの十八世紀：近代イギリスにおける女性・ジェンダー・セクシュアリティ』音羽書房鶴見書店、2012.
——（'12B, 口頭発表 L.E.L. に複数の子がいたことが表面化したとの内容）イギリス・ロマン派学会年次大会、2012.
—— Love as a Commodity: Letitia Elizabeth Landon and "Sappho"、『イギリス・ロマン派研究』39–40 合併号、2015.
Kenny, Anthony. *God and Two Poets: Arthur Hugh Clough and Gerard Manly Hopkins*. London, Sidgwick & Jackson, 1988.
桑子利男・正岡和恵（訳）『パーディタ』著者：ポーラ・バーン、作品社、2012.
Landon, Letitia Elizabeth (= L.E.L, ed. Jonathan Wordsworth) *The Improvisatrice 1825*. Woodstock Books, 1996.
Leighton, Angela, 'Because men made the laws': The Fallen Woman and the Woman Poet, in Bristow above.
—— *Victorian Women Poets: Writing against the Haeart*. Harvester Wheatsheaf, 1992.

引用・参考文献

Addison & Steele. *The Spectator. A Corrected Edition, in Eight Volumes.* London, T. Bensley, 1806.

Ashton, Helen. *Letty Landon*. London, Collins, 1951.

Armstrong, Isobel. 'A Music of Thine Own: Women's Poetry'. In Bristow (ed.) below.

Bate Jonathan. *Romantic Ecology: Worthworth and Enviromental Tradition.* 1991, Routledge. その邦訳――『ロマン派のエコロジー：ワーズワスと環境保護の伝統』小田友弥、石幡直樹共訳、松柏社、2000.

Blain, Virginia (ed.). *Victorian Women Poets: A New Annotated Anthology.* Harlow, Pearson Education Limited, 2001.

—— (ed.). *Women's Poetry, Late Romantic To Late Victorian: Gender and Genre, 1830–1900*, Palgrave Macmillan, 1999.

Briggs, Asa. *The Age of Improvement 1783–1867.* New York, Longman, 1959, 1979.

Bristow, Joseph. (ed.). *The Victorian Women Poets: Poetics and Persona.* Croom Helm, 1987.

—— 'Introduction' to *Victorian Women Poets* just below.

—— (ed.). *Victorian Women Poets: Emily Bronte, Eizabeth Barrett Browning, Christina. Rossetti.* New Casebook, Macmillan, 1995.

中央大学人文科学研究所（編）『伝統と変革：一七世紀英国の詩泉をさぐる』中央大学出版部、2010.

――（編訳）『十七世紀英詩の鉱脈』中央大学出版部、2015.

Clare, John (eds. Eric Robinson & David Powell). (*EP*) *The Early Poems of John Clare, 1804–1822.* 2vols. Oxford, 1989.

—— (eds. Eric Robinson & David Powell). (*MP*) *The Middle-Period Poems of John Clare, 1823–1836.* 2vols. Oxford, 1996.

—— (eds. Eric Robinson & David Powell). (*LP*) *The Later Poems of John Clare, 1837–1864.* 2vols. Oxford, 1984.

—— (ed. Eric Robinson) *Northborough Sonnets.* Carcanet Press, originally 1995.

—— (ed. Kelsey Thornton & Anne Tible) *Midsummer Cushion.* 1990. (*MSC*).

「溶岩の中の姿」('The Image in Lava') 222.
ボードレール 310.
『悪の華』310.
「地獄のドン・ジュアン」310.

マ

メネル、アリス (Alice Meynell, 1847–1922)
「恋の断念」('Renouncement') 313.
「現代的な母親」('The Modern Mother') 314.
「現代的な母親」('The Modern Mother') 316.
「アポロを捜す」('A Search for Apollo') 323–5.
「うた」('Song') 325–6.
「巫女」('The Sibyl') 326–7.
「ある観念」('The Idea') 327–8.
「ダーウィニズム」('Darwinism') 328.
「谷」('The Valley') 329–30.
モリス、ウィリアム 323.
『地上の楽園』323.
「アルケースティス妃の愛」323.
「グイネヴィア妃の抗弁」(1858) 341.

ラ

ラプラス 336.
ラーキン、フィリップ
「冬の女」(A Girl in Winter) 300.
ラング、アンドリュー (Andrew Lang, 1844–1912) 358.
ランドン、L・E・(L. E. Landon; L・E・L) 209; 230.
リー、ヴァーノン (Vernon Lee, 1856–1935) 341.
リーヴィ、エイミー (Amy Levy, 1861–89) 341–.
『クサンティッペと他の詩編』(*Xantippe and Other Verse*, 1881) 341–.
「クサンティッペ」('Xantippe', 1881) 341.
「マグダラのマリア」('Magdalen', 1881) 345.
『ルーベン・ザックス』(1888) 等の小説 341.
『小詩人と他の詩編』(*A Minor Poet and Other Verse*, 1884) 341.
『ロンドンのプラタナスと他の詩編』(*A London Plane-Tree and Other Verse*, 1889) 341.
「おぉそれは《恋》か」('Oh, is it Love?') 346–7.
「マイル・エンドの道で」('In the Mile End Road') 347.
「老いたる家」('The old House') 347–9.
「自殺」('Felo de Se') 349.
「十字路に掲げる墓碑銘」('A Cross-Road Epitaph') 349–50.
『宗教と結婚のバラード』(*A Ballad of Religion and Marriage*, 1915) 341.
「宗教と結婚のバラード」('A Ballad of Religion and Marriage') 350.
ロセッティ、クリスティーナ 285; 307.
ロセッティ、ダンテ・ガブリエル 290; 349.
「浄福乙女」290.
W・M・ロセッティ 294.
ロビンソン、アグネス・メアリ・フランシス (Agnes Mary Frances Robinson, 1857–1944) 318.
『一握りの忍冬』(*A Handful of Honeysuckle*, 1878) 318.
「ストルネリとストラムボッティ」('Stornelli and Stram-botti') 319–20.
「ヴェネツィア風ノクターン」('Venetian Nocturne') 321–2.
「オアシス」('An Oasis') 322– 3.
「アポロを捜す」('A Search for Apollo') 323–5

ワ

ワーズワス、ウィリアム (William Words-

the Madding Crowd) 300.
「思索することの苛立ちからもし解放されれば」詩番号 721.
フィリップス、カサリン（=雅名オリンダ、Katherine Philips; Orinda, 1632–64）211–2.
フィールド、マイクル（キャサリン・ブラッドリーとイーディス・クーパーの合体名）209. (Michael Field)=Katherine Bradley (1846–1914) と Edith Cooper (1862–1913)
(Michael Field)=Katherine Bradley (1846–1914) と Edith Cooper (1862–1913)
「プロローグ」('Prologue') 308.
無題詩 相並んで航行する二隻の船 311.
プファイファー、エミリー (Emily Pfeiffer, 1827–90) 269–73.
「安楽な奴隷、オダリスクよ、平穏に」('Peace to odalisque, the facile slave') 269–71.
「自然に」('To Nature') 271–2.
「喪われた光」('The Lost Light') 272.
「ロルケ浅瀬の戦い」(The Fight at Rorke's Drift) 273.
ブラウニング、ロバート 267; 269; 288; 289; 359..
ブラウニング、E・B (Elizabeth Barrett Browning, 1806–61) 230.
プラトン 344; 351.
『饗宴』344.
フリッカー、サラ (Sara Fricker=Sara Coleridge, 1802–52) 252.
ブリッジズ、ロバート (Robert Bridges, 1844–30) 351.
ブリント、マティルデ (Mathilde Blind=Claude Lake, 1841–96) 299.
「冬景色」('A Winter Landscape') 299.
『聖オランの預言と他の詩編』(*The Prophecy of St Oran and other Poems*) 301–5.
『火災に付されたヘザーの村』(*The Heather on Fire*) 305–7.
ブレイク 235
ブロンテ姉妹 (Brontë Sisters) 209.
シャーロット・ブロンテ 239.
アン・ブロンテ 232; 285; 287.
ヘイヴァガル、フランシス・リドリー・ヘイヴァガル (Frances Ridley Havergal, 1836–79) 285–87.
「まさしく主のお望みの時に」('Just When Thou Wilt') 285–7.
ヘーゲル 359.
ヘムモンズ、フェリーシア (Felicia Dorothea Hemans, 1793–1835) 219–30.
『女の記録のさまざま』(*Records of Woman: With Other Poems*, 1828) 223–5.
「アラベラ・スチュアート」('Arabella Stuwart') 223–5.
「ある女性詩人の墓」('The Grave of a Poetess') 225–6
「ポーリン」('Pauline') 226–7.
「《快活》に寄せるオード」('Ode to Cheerfulness') 220–1.
「カサビアンカ」('Casabianca') 219 ; 2212.
「サッポーの最後の歌」('The Last Song of Sappho') 223.
「女性と名声」('Woman and Fame') 222–3.
一八〇八年詩集 (From England and Spain: Or, Valour and Patriotism) 220.
一八三〇年詩集 227–30.
「《自然》が発するさよならの声」('Nature's Farewell') 227–8.
「千里眼」('Second Sight') 228–9.
「辞世の歌」('A Parting Song') 229– 30.
一八三五年の真の辞世の歌 230.

1807–67) 267–8.
「魅力的な女」('The Charming Woman') 267.
「母の嘆き」('The Mother's Lament') 267–8.
ダン、ジョン 240.
ティンダル (Matthew Tindal, 1657–1733) 335.
テニスン 233; 267
『イーノック・アーデン』233.
『イン・メモリアル』271.
ドラモンド、ウィリアム (William Drummond, 1585–1649) 245.

ナ

ニュートン 361.
ネイデン、コンスタンス (Constance Naden, 1858–89) 331–.
『春の季節を歌う詩とソネット』(*Songs and Sonnets of Springtime*, 1881) 331.
『現代の伝道者、生命の精髄、その他の詩編』(*A Modern Apostle, The Elixir of Life and Other Poems*, 1887) 331.
「月光とガス燈」('Moonlight and Gas') 331–2.
「詩人と植物学者」('Poet and Botanist') 333.
「汎神論者の永世の賦」('The Pantheist's Song of Immortality') 333–4.
「進化論的エロス詩編群」('Evolutional Erotics') 334–.
第一編《科学的求婚》334–5.
第二編《新たなる正教》335–6.
第三編《自然選択》336–7.
第四編《ソロモンの蘇生、一八八六年》337–8.
「一月のヒヤシンスに与えて」('To a Hyacinth in January') 338.
「花嫁」('Bride') 338–9.
「アベラール」(Abelard) 338.
「尼僧」('Nun') 338–9.
「星雲説」('The Nebular Theory') 339–40.

ハ

バイロン (George Gordon Byron, 1788–1824) 232; 245.
『アビドスの花嫁』(*The Bride of Abydos*) 232.
『海賊』(*The Corsair*) 232; 269.
ハウイット、ウィリアム (William Howitt, 1792–1879) 230;236.
『四季の書』(*The Book of the Seasons*, 1833) 236
ハウイット、メアリ (Mary Howitt, 1799–1888) 230–
「蜘蛛と羽虫」('The Spider and the Fly', 1829) 230.
『ライトンの森』(*Wood Leighton*, 1838) 230.
「動物たちの叫び」('The Cry of Animals') 232.
『森の吟遊詩人』(*The Forest Minstrel*, 1823) 233, 236–
「森の吟遊詩人」233
「人生はかくの如し」('Telle Est la Vie') 235.
「野薔薇」('The Wild Rose') 235.
「秋の想い」('Autumnal Musings') 235.
「目には見えない死神からの使い」('The unseen Angel of Death') 236–8.
ハクスリー、T・H (Thomas Henry Huxley, 1825–95) 335.
ハッチンソン、サラ (Sara Hutchinson, 1775–1835) 252.
ハーディ 232; 239; 271; 300; 329.
「映像の見える時」('Moments of Vision') 239.
『狂乱のむれをはなれて』(*Far from*

コウルリッジ、サミュエル・テイラー、
252–3; 351.
コウルリッジ、ヘンリー (Henry Coleridge, 1793–43) 252; 254–5.
コウルリッジ、メアリ・エリザベス (Mary Elizabeth Coleridge, 1861–1907) 351–7.
小説『眠れる七人のエフェソス人』351.
『空想の従者』(*Fancy's Following*, 1896) 351.
「もう一つの鏡面」('The Other Side of a Mirror') 351–3
「魔女」('The Witch') 354–5.
「招かざる客」('Unwelcome') 355.
「疑念」('Doubt') 355–6.
「私は自己には忠実、全ての人には虚偽」('True to myself am I, and false to all') 356–7.

サ

サウジー (Robert Southy, 1774–1843) 209; 239.
サザーランド (John Sutherland, 1938–) 209.
『ヴィクトリア朝小説必携』(*The Longman Companion to Victorian Fiction*) 209.
シェリー 233; 307.
「アラスター」233.
「モンブラン」271.
清水ちか子 212.
ジューズベリ , ジェラルディーン (Geraldine Jewsbury, 1812–80) 249.
『マリアン・ウィザーズ』(*Marian Withers*) 249.
ジューズベリ、マリーア・ジェーン (Maria Jane Jewsbury, 1800–33) 209; 239–49.
「私自身の心に」('To My Own Heart', 1829) 240–4.
「恋の肖像」('Love's Likeness', 1829) 245–8.
「詩神への告別」('A Farewell to the Muse') 248–9.
ジョンストン、エレン (Ellen Johnston, 1835–73) 274–84.
「母の愛」('A Mother's Love') 275–7.
「超弩級に美しい若い紳士に与える詩行」('Lines: To a Gentleman of Surpassing Beauty') 277–8.
「女工・エレンに与える詩行」('Lines to Ellen, the Factory Girl) 278–81.
「《自然》の残酷について、《自然》に寄す」('Address to Nature on its Cruelty') 281–2.
「機織り工場の猫を悼んでのネリーの嘆き」('Nelly's Lament for the Pirnhouse Cat') 282–4.
シーワード、アンナ (Anna Seward, 1742–1809) 211.
「過ぎ去った《時》に与えて」('To Time Past', 1772)214–6.
「ソネットⅢ」('Sonnet III', 1771) 217–8.
「ソネット」('Sonnet', 1771) 212.
詩集『ランゴレン * の谷』中の「アイアム村」(1796) 216–7.
『ルイーザ』(*Louisa, a Poetical Novel, in Four Epistles*, 1784) 211.
スニード、ホノーラ (Honora Sneyd, 1750–80) 211.
スペンサー、ハーバート (Herbert Spencer, 1820–1903) 331;336.
ソクラテス 342–4.

タ

タイ、メアリ (Mary Tighe, 1772–1810) 225; 230.
「プシューケー」('Psyche') 225.
ダーウィン 336.
ダッファリン、ヘレン (Helen Dufferin,

第Ⅱ部
（第Ⅰ部との重複あり）

ア

アスパシア (Aspasia, 470–410. B.C.) 343.
アベラール 338–9.
ウェブスター、ジュリア・オーガスタ (Julia Augusta Webster =セシル・ホウム (Cecil Home) 1837–94) 288–98.
『母と娘』(*Mother & Daughter*) 288; 294–7.
「ソネット第二」294–5.
「ソネット第六」295–6.
「ソネット第十五」296–7.
「ソネット第十七」294–5.
「死に別れ」('Passing Away') 288–90.
「見棄てられた女」('A Castaway') 290–92.
「キルケー」('Circe') 292–93.
ヴェルレーヌ 310.
エロイーズ 338.

カ

川津雅江 211, 212.
キーツ 233; 235
『エンディミオン』233.
クライブ、キャロライン (Caroline Clive, 1801–73) 209; 250–1.
「母となるわたし」('The Mother') 250.
「老年」('Old Age') 251.
クラブ 233
『教区の記録簿』233.
ケンダル、メイ (May Kendall, 1861–1943) 358–66.
Lang, 1844–1912との合作詩集 (1885) 358.
『売り物としての夢』(*Dreams to Sell*, 1887) 358.
『夢の国からの歌草』(*Songs from Dreamland*. 1894) 358.
「三葉虫の歌」('Lay of the Trilobite') 358–60.
「女性の未来」('Woman's Future') 360–62
「砂吹き娘と硼素酸男」('The Sandblast Girl and the Acid Man') 362–5.
「地の下で」('Underground') 365–6.
コウルリッジ、サラ (Sara Coleridge, 1802–52) 252–66.
「《希望なき作品= Work Without Hope》と書かれた父の詩行について、父のために書く」('For my Father on his lines called 'Work Without Hope') 252.
婚約期間中にヘンリー当てに書いた詩 254–5.
「若い男」と「鳩」との会話詩 256.
「私のヘンリーが贈ってくれる愛の薔薇」('The Rose of Love my Henry Sends') 257.
「花咲く野を来る日も来る日も私は彷徨う」('Mid blooming fields I daily rove') 257.
「ヘンリーが来る！」('Henry comes!') 258.
「我が子ハーバート・コウルリッジへ、一八三四年二月一三日」('To Herbert Coleridge, Feb 13 1834') 258–9.
「大きな音をたてるもの」('What Makes a Noise') 259–60.
「健康のありがたさ」('The Blessing of Health') 260.
「やまい」('Sickness') 260–1.
『夢』(*Dreams*) 261–.
「《時》への無罪放免」('Time's Acquittal') 260–1.
『ファンタズミオン』('*Phantasmion*') 264–6.

Child') 107.
「貧者」('The Poor') 107–8.
「スカラ瀑布」('Scale Force') 107.
「結婚の誓い」107–9.
「言葉の力」('The Power of Words') 107.
「工場」('The Factory) 107–112.
リチャードソン、サミュエル 14.
ロセッティ、ウィリアム・マイクル (William Michael Rossetti, 1829–1919)
素描「リア王」 167, 169.
ロセッティ、クリスティーナ (Christina Georgina Rossetti, 1830–94) 4, 166.
ロセッティ、ダンテ・ガブリエル (Dante Gabriel Rossetti, 1828–82) iii ; 4, 166–185, 188.
「手腕と魂」(Hand and Soul) 167.
「浄福の乙女」('The Blessed Damozel) 167.
「カリオンの鐘」167.
「海の崖」167.
『生の星宿』(*The House of Life*, 1881) 168–85.
第Ⅰ部「青春と変化」(Youth and Change) 168.
1 番「小曲」('A Sonnet is a moment's monument', 上田敏訳、1905 年の『海潮音』所収) 170.
1 番「ソネットは」(同上の森松健介試訳) 171–2.
19 番「静昼」('Silent Noon' 蒲原有明訳、1912 年ころ) 173.
19 番「静昼」('Silent Noon' 森亮訳、1980 年出版) 174–5.
19 番「静かな真昼」(同上の森松健介試訳) 175–6.
1 番「玉座を占める《愛》」(Love* Enthroned) 176–7.
2 番「婚礼の誕生」('Bridal Birth') 177–8.
3 番「《愛》の聖約」(Love's Testament) 178–9.
4 番「《愛》の視覚」(Lovesight) 179–80.
5 番「《心》の希み」(Heart's Hope) 181.
6 番「婚礼のキス」(The Kiss) 182.
第Ⅱ部「変化と宿命」(Change and Fate) 168.
86 番「失われた日々」(Lost Days) 183–4.
99 番「生まれたばかりの死」(Newborn Death) 184–5.
「古い芸術と新しい芸術」(Old and New Art) 168–9..
ロビンソン、メアリ (Mary Robinson, 1758–1800) 40–5.
「亡霊の出る海岸」'The Haunted Beach', 1800) 40.
『サッポーとパオーン』(Sappho and Phaon, 1796) 40–5.
『ソネット連作』42–5.
「サッポーのヴィーナスへの祈り」(ソネット連作の第三十四連) 42.
「序詩」42.
第二連「貞節の宮殿」42–3.
第三連「逸楽の四阿」43–4.

ワ

ワイルド 170, 189.
ワーズワス 63, 76, 153.
ワッツ (Theodore Watts-Dunton, 1832–1914) 190.
和田綾子 169.

「詩歌における肉体派」('The Fleshly School of Poetry') 169–70, 188.
ブラウン、F・M(Ford Madox Brown 1821–93) 166.
ブラウニング、ロバート 186.
プリーストリ、ジョーゼフ (Joseph Priestley, 1733–1804)
ブレイク 130, 132, 134, 169.
『経験の歌』132.
ブロンテ、アン 4.
ヘイヴァガル , フランシス・リドリー (Frances Ridley Havergal, 1836–79) 4.
ペイター、ウォルター 76, 189, 90.
『ルネサンス』(1873) 189.
「結語」189–90.
ベドウズ、トマス・ラヴェル (Thomas Lovell Beddoes, 1803–49) 122–6.
『死の笑話集』(Death7s Jest-Book) 122–4.
「アサルフ（登場人物名）の歌」('Athulf's Song') 122–4.
「死はすてき」('Death Sweet') 125.
「ナイル鰐」('A Crocodile') 125–6.
ペトラルカ 98.
ペン , ウィリアム (William Penn1644–1718) 29.
ベーン、アフラ (Aphra Behn, 1640–89) 17n
「オルーノーコ」(Oroonoko, 1688) 17n.
ポー、エドガー・アラン 124.
「鐘のいろいろ」(The Bells) 124.
ポウプ 40.
細井和喜蔵 130.
『女工哀史』130.
ホルクロフト、トマス (Thomas Holcroft, 1745–1809) 46.

マ

マンガン、ジェイムズ・クラレンス (James Clarence Mangan, 1803–49) 113–21.
「風のなかに去りぬ」('Gone in the Wind') 114–5.
「シベリア」('Siberia') 115–8.
「夜のとばりが落ちてくる」('The Night is Falling') 118–9.
「名も無きひとり」('The Nameless One') 119–20.
ミダース 11.
ミル (John Stuart Mill, 1806–73) 3–4.
ミルトン 4, 63, 134, 153.
『アレオパジティカ』(*Areopagitica*, 1644) 4.
モア、ハンナ (Hannah More, 1745–1833)、iv; 14–35
『奴隷制 : 一つの詩』('Slavery: A Poem', 1788) iv ; 15–31–
『ヤムバの悲しみ、あるいは黒人女性の嘆き』(*The Sorrows of Yamba, or the Neguro Woman's Lamentation*, c. 1795) 32–5.
モリス、ウィリアム 167, 170, 189–90.
『地上の楽園』189, 90
「さすらい人」189–90.
モリス、ジェーン（Jane Morris, 旧姓バーデン (Burden), 1839–1914）170, 188.

ヤ

吉川 朗子 61, 88.

ラ

ラプラス（天文学者）142.
ランドン、レティシア・エリザベス（Letitia Elizabeth Landon, 筆名 L.E.L., 1802–38）97–
「女性即興詩人」（'Improvisatrice', 1824. 同名の詩集に他の詩も収録）97–106.
「ヴィクトリア王女に」('The Princess Victoria') 107.
「死にゆく我が子」('The Dying

スクリャービン（作曲家）143.
スタール夫人 97.
スペンサー『妖精女王』44.
ゼノン , キプロスの（前 335–263）24.
ソロモン王（Solomon, 紀元前十世紀）
12, 114.

タ

ティティアーノ 162.
宗教画「聖母被昇天」162.
テニスン 4, 165, 186, 192.
「イン・メモリアム」165.
『王の牧歌』(Idylls of the King, 1859) 206.
ドイツ人画家 (Cornelius & Overbeck) 166.
トムソン、ジェームズ (James Thomson, 1700–48) 12.
『自由』(*Liberty: A Poem* 1735–6) 15.

ナ

ナポレオン 7
ニューマン 187.
ノートン、キャロライン (Caroline Norton, 1808–77) 127–36.
詞華集
「サッポーを描いた絵」('The Picture of Sappho') 127.
「女性の価値の無名性」('Obscurity of Woman's Worth') 127.
「ソネット第七番 ('Sonnet VII') 127–28
「工場からの声」('A voice from the factories') 128–34.
『《幼児養育権》の、法による母と子の別離に関する考察』(*The Separation of Mother and Child by the Law of 'Custody of Infants' Considered*) 135–6.
『一九世紀の女性に関連する諸法律』(*English Laws for Women in the Nineteenth Century*) 136.

ハ

バイロン 63, 77, 97.
「シヨンの囚人」77.
ハウイット、ウィリアム (William Howitt, 1792–1879) iii, 61–9.
『四季の書、もしくは《自然》のカレンダー』(*The Book of the Seasons, or the CALENDAR OF NATURE.* 1831) 61–9.
『大邸宅と小村』(*The Hall and the Hamlet*, 1848) 61.
『ウッドバーン農園』(*Woodburn Grange*, 1867) 61.
ハウイット、メアリ 61–2, 68–9.
「秋」69.
「冬」69–70.
「十二月」70.
ハウスマン 7.
ハーディ 7, 134.
バーボールド、アンナ・レティシア (Anna Laetitia Barbauld, 1743–1825) 5–13.
「女性の諸権利」('The Rights of Woman', c. 1795) 6.
『一八一一年』(*Eighteen Hundred and Eleven*, 1812) 7–13.
バーン=ジョウンズ、エドワード 167.
バーンズ 63, 65.
ハント、ホルマン (William Holman Hunt, 1827–1910) 166, 167.
日夏耿之介 176.
ピム、バーバラ 162.
フィリップス、アンブロウズ (1674–1749) 41.
「ヴィーナス賛歌」('A Hymn to Venus') 41–2.
フェラン (J. P. Phelan) 140, 157.
『クラフ詩選集』140.
ブキャナン、ロバート・ウィリアムズ (Robert Williamz Buchanan, 1841–1901) 169–70, 183, 188–9.

「蟻吸の巣」('The Wry Necks Nest', 1819–32) 73.
「月光の中の散歩」('Moon Light Walk') 74–6
「冬に歌うひばりへの挨拶」('Adress to a Lark in Winter') 77
「野の雪の上に臥す冬場に迷える猟犬を見て」('On Seeing a Lost Greyhound in Winter upon the Snowy Fields')
「うた」('Song', 1820)78–9.
「原野」('The Mores')79–80.
「夕べの桜草」('Evening Primrose', The Midsummer Cushion: 所収) 80–1
「村の吟遊詩人」(The Village Minstrel, 1821) 81–2.
「朝の散歩」('A Morning Walk', 中期) 82–4.
「ドビンの死」(The Death of Dobbin* 1808–9) 84–5.
「死せるドビンについての農業労働者の独白」('Labourers Soliloquy on Dead Dobbin', 1820) 85–6.
「おぉ残忍な戦争よ」('O Cruel War') 87.
「冬に歌う雲雀への言葉」('Adress to a Lark Singing in Winter, '1815) 87.
「鴫(しぎ)に与えて」('To the Snipe', ?1832) 87–8.
「大鴉(おおがらす)の巣」('The Raven's Nest' 1832) 88–91,
「待雪草」('The Snowdrop', 1819–20) 91–2.
「玉の泉」('The Fountain', 1819) 92–3.
「民謡」('Ballad, 1819–20) 93–94.
「恋」('Love', 1822–4) 94.
「一つのうた」(Song, 'I hid my love') 95–6.
グレイ、トマス 131, 134.
『墓畔の哀歌』131.
クレオパトラ 194.
ゲーテ 140.
『ファウスト』140.
ゴドウィン (1759–1836) 46.
『政治的正義』46.
コルテス (Hernan Cortes, 1485–1547) 27.

サ

サウジー (Robert Southy, 1774–1843) 46.
サザン、トマス (Thomas Southerne, 1660–1746) 17; 17n; 18.
『オルーノーコ』(Oroonoko) 17n, 18.
サッポー (Sappho, 前 600 年頃) 40–45, 98, 106.
シダル、エリザベス・エリナー (Elizabeth Eleanor Siddal, 1829–62) 169, 188.
シェリー、P・B 134.
シェリダン 133.
ジューズベリ、M. J. (Maria Jane Jewsbury, 1800–33) iv; –7
「私自身の心に」('To My Own Heart', 1829
「恋の肖像」('Love's Likeness', 1829)
シュトラウス、ダヴィード・フリードリッヒ (1808–74) 144.
『イエスの生涯』144.
ジョンソン博士 3; 14.
シーワード、アンナ 5.
スウィンバーン (Algernon Charles Swinburne, 1837–1909) 44.
『ライオネスのトリストラム』(*Tristram of Lyonesse*) 44.
『詩と民謡　第一集』186–7.
「ヴィーナス讃歌」('Laus Veneris') 187.
『キャリドンのアタランタ』(*Atalanta in Calydon*) 187–8.
スウィンバーン、エリザベス（上記の伯母）187.

索　引

（分かりきった作家名・作品名には原名、生没年を省略）

第Ⅰ部

ア

アディソン 40–41.
アーノルド 160, 186, 204.
「ドーヴァー海岸」160.
「グランド・シャルトリューズ修道院からの詩行」162.
イェイツ 143.
イヤースリー、アン (Ann Yearsley, 1756–1806) 35–9.
「奴隷貿易の非人間性」(A Poem on the Inhumanity of the Slave Trade, 1788)35–9.
ウィリアムズ、ヘレン・マリーア (1761–1827) 46.
ウルストンクラフト、メアリ (1759–97) 6, 46.
エイキン博士、ジョン (Dr John Aikin, 1747–1822) 5.
エリオット、エベニザー (Ebenezer Elliott, 1781–1849) 56–60.
「女」('Woman') 56–8.
「エピグラム」('Epigram') 58.
「ソネット」('Sonnet') 59.
オーピー、アミーリア (Amelia Opie, 1769–1853) 46–55.
「孤児となった少年の語った話」('The Orphan Boy's Tale') 47.
『黒人少年の語った話』(*The Negro Boy's Tale*, 1802) 47–55.

カ

カーライル 4, 142.
『衣裳哲学』142.
川津雅江 45.
蒲原有明 173, 176.
キーツ 97.
キーブル (John Keble, 1796–1866) 3
「聖なる詩歌」(sacred Poetry, 1825) 3–4.
ギルクリスト、アレグザンダー (Alexander Gilchrist, 1828–61) 169.
ギルクリスト、アン (Anne Gilchrist, 1828–85) 169.
クラフ、アーサー・ヒュー (1819–61) 137–65, 186, 188.
『トウパー・ナ・ヒュオシッチの小屋』(*The Bothie of Toper-na-Fuosich*, 1848) 137, 156.
『長旅の愛たち』(*Amours de Voyage*, 1849) 137–8.
『ダイサイカス』（*Dipsychus*, 1865. 歿後出版）138–65, 186.
「問いを発する精神」('The Questioning Spirit', 1849) 138–9.
「イスラエル人がエジプトを出たとき」('When Israel Came out of Egypt'=from Ambarvalia, 1849) 140–3.
「現代の十戒」('The Latest Decalogue') 143–4.
「シュトラウス讃」(Epi-Strausium) 144–6.
「復活祭——一八四九年のナポリ」('Easter Day, Naples, 1849') 146–50.
無題詩 ('Why should I say I see') 150–1.
「復活祭第Ⅱ」('Easter Day II') 164.
クレア、ジョン (John Clare, 1793–1864) 7, 71–96.
『羊飼いの暦』(1827) 71.
「尾長シジュウカラ」('Bumbarrels Nest') 73–4
「無題詩」72–73

著者紹介

森松　健介（もりまつ　けんすけ、1935–）

東大大学院修士課程、神戸市外国語大学講師を経て現在中央大学名誉教授。

単著：

『十九世紀英詩人とハーディ』中央大学出版部；『テクストたちの交響詩：ハーディ全小説』同出版部；『抹香臭いか、英国詩』同出版部；『近世イギリス文学と《自然》』同出版部；『イギリス・ロマン派と《緑》の詩歌』同出版部；『バーバラ・ピム全貌』音羽書房鶴見書店。

共著：

「ラーキンの二小説」中央大学出版部；『イギリス文化事典』丸善出版。.

単訳著：

『ハーディ全詩集 I，II』中央大学出版部（第 33 回日本翻訳文化賞）；「アン・ブロンテ全詩集」みすず書房『ブロンテ全集 10』；大阪教育図書ハーディ全集 14–1 巻『覇王たち I』；『ジョン・クレア詩集』音羽書房鶴見書店；ウィリアム・モリス『地上の楽園』全訳，2016, 17 年刊，音羽書房鶴見書店。

共訳著：

バジル・ウイリー『十八世紀の自然思想』みすず書房。

他に著訳書多数。

ヴィクトリア朝の詩歌
第Ⅰ巻

2018年10月10日　初版発行

著　者　　森松　健介
発行者　　山口　隆史
印　刷　　シナノ印刷株式会社

発行所　株式会社 音羽書房鶴見書店
〒113-0033 東京都文京区本郷 4-1-14
TEL 03-3814-0491
FAX 03-3814-9250
URL: http://www.otowatsurumi.com
e-mail: info@otowatsurumi.com
Printed in Japan
ISBN978-4-7553-0413-2 C3098
組版　ほんのしろ／装幀　吉成美佐（オセロ）
製本　シナノ印刷株式会社